新潮文庫

路上の弁護士

上巻

ジョン・グリシャム
白石　朗訳

新潮社版

6721

路上の弁護士

上巻

主要登場人物

マイクル・ブロック………「ぼく」。〈ドレイク&スウィーニー法律事務所〉の反トラスト法部門シニア・アソシエイト
クレア…………………………マイクルの妻。ジョージタウン総合病院の外科レジデント

〈ドレイク&スウィーニー法律事務所〉

アーサー・ジェイコブズ…最高経営責任者
ルドルフ・メイズ…………反トラスト法部門パートナー。マイクルの上司
ブレイドン・チャンス……不動産部門パートナー
ヘクター・パーマ…………不動産部門の弁護士補助職員
バリー・ナッツォ…………訴訟部門シニア・アソシエイト。マイクルの友人

〈十四番ストリート法律相談所〉

モーディカイ・グリーン…所長
エイブラム・リーボウ……弁護士
ソフィア・メンドーサ……ソーシャルワーカー

デヴォン・ハーディ………ホームレス。ヴェトナム帰還兵
ロンテイ・バートン………ホームレス。四人の子供の母親
ティルマン・ガントリー…不動産会社TAG社の社長

1

ゴムの長靴をはいたその男は、ぼくのすぐうしろからエレベーターに乗りこんできたが、最初は姿が目にはいらなかった。しかし、においは嗅《か》ぎとれた――煙と安ワイン、それに石鹸《せっけん》のない路上生活のつんと鼻をつく刺戟臭《しげきしゅう》。上にむかうエレベーターに乗っていたのは、ぼくたちふたりだけだった。しばらくしてうしろをちらりとふりかえると、長靴が――それも、大きすぎるほどの汚れた黒い長靴が見えた。端がすりきれてぼろぼろになったコートの裾《すそ》が、男の膝《ひざ》のあたりまで垂れ下がっていた。コートの下で不潔な衣類が腹まわりを幾重にもとりまいているせいで、男は肥満体といえるほど恰幅《かっぷく》がよさそうに見えた。しかし、これは栄養状態がいいからではない。真冬のワシントンDCでは、路上生活者は手もちの服をありったけ身にまとう。それで太っているように見えるだけだ。

黒人の中年男だった。髪の毛もひげも白髪混じりで、もう何年も洗っていないし、刈ったこともなさそうだ。男はぼくを完全に無視したまま、黒いサングラスの奥からまっすぐ前を見つめているばかり。つかのま、自分がなぜこの男をじろじろ見ているのかという疑問が頭をかすめた。

この男が、ここにいるべき人間ではないからだ。ここは男の建物ではないし、男のエレベーターではない。この男が足を踏みいれられる場所ではないのだ。この八階建てのビルを占めている法律事務所の弁護士たちは、ここで働きはじめて七年たったぼくにさえ不届きに思えるほど高額の時間給で仕事をしている。

またしても、寒さを避けるために浮浪者がビルにはいりこんできたのか。ワシントンのダウンタウンでは日常茶飯事ではある。しかし事務所は、この手の連中を追いはらうために警備員を雇っているのではなかったか。

エレベーターが六階で停止したときになって、男が目的の階数ボタンを押していなかったことに気がついた。男はぼくについてきただけだ。ぼくはすばやくエレベーターを降りると、〈ドレイク&スウィーニー法律事務所〉の豪華な大理石づくりの受付ホールに足を踏みだしながら、顔をめぐらしてうしろに視線を投げた。男はまだエレベーターのなかに立っており、あいかわらずぼくには目もくれないまま、宙をにらんでいた。

弾力的な応対が得意な受付係のひとりであるマダム・デヴィエが、いつもの見くだすような表情でぼくを出迎えた。

「エレベーターに気をつけてくれ」ぼくはいった。

「どうしてです？」

「浮浪者が乗りこんでるんだ。警備課に連絡したほうがいいかもしれないな」

「あの連中ときたら」マダム・デヴィエはフランス語訛《なま》りのある声でいった。

「消臭スプレーもまいたほうがいいな」

ぼくはそれっきりエレベーターの男のことを忘れ、肩をそびやかしてコートを脱ぎながら、その場を離れた。きょうは午後いっぱい、会議の連続だ。どれも重要な人たちとの重要な会合である。廊下の角を曲がって、秘書のポリーに声をかけようとしたそのとき、最初の銃声がきこえた。

マダム・デヴィエは受付デスクのうしろに恐怖の表情で立ちすくみ、われらが浮浪者の友人がかまえた拳銃《けんじゅう》の恐ろしく長い銃身を見つめていた。ぼくがマダム・デヴィエのそばにまっさきに駆けつけた人間だったからだろう、男は鄭重《ていちょう》なしぐさで銃口をぼくにむけてきた。ぼくは凍りついた。

「撃つな」ぼくはそういって、両手をかかげた。それなりに映画を見ているので、こういった場面でどう行動すればいいかは心得ている。

「黙れ」男は落ちつきはらった口調でつぶやいた。

背後の廊下で、人の声がきこえた。「やつは銃をもってるぞ！」と叫ぶ声もした。ついで声はどんどん遠ざかり、小さくなった。わが同僚諸兄が裏口から逃げだしていったのだろう。彼らが窓から飛びおりて逃げていく光景さえ見えるようだった。

ぼくのすぐ左手には重厚な木製の扉があり、その奥が大きな会議室になっていた。ちょうどこの瞬間、会議室には訴訟部に所属する八人の弁護士がいた。人々を食い物にすることで毎日を過ごす、いずれ劣らぬ恐れ知らずの不屈の八人の猛者《もさ》たち。なかでも、いちばんタフな弁護士は、いつでも闘志をみなぎらせた小型魚雷ともいうべきラフターという男だった。このラフターが会議室の扉をあけて、「なんの騒ぎだ?」といったとたん、銃口がすばやくぼくからそれてラフターに狙《ねら》いをつけた。と同時に長靴の男は、目あてのものを見つけた。

「銃をおろせ」ラフターが戸口に立ったまま命令した。

つぎの瞬間、二発めの銃声が受付エリアに轟《とどろ》いた。弾丸はラフターの頭上はるか上の天井に命中し、この弁護士を命惜しさ一心のただの人間に変えた。浮浪者は銃をまたぼくにむけると、ひとつうなずいてみせた。ぼくはその命令にしたがって、ラフターのあとから会議室にはいっていった。会議室の外側の光景でさいごに見えたのは、デスクの前に立ち、恐怖に身をふるわせているマダム・デヴィエの姿だった。電話用のヘッドセットがその首をとりまき、ハイヒールの靴はきちんとごみ箱の横においてある。

ゴム長靴の男はぼくのうしろで扉を乱暴に閉めると、八人の弁護士たち全員を感服させようというつもりか、ゆっくりと銃をふりまわした。これには効果があったようだ。なにより発砲したばかりの銃から立ち昇るにおいが、銃のもちぬしの体臭以上に、はっきりと鼻をついてきたからだ。

会議室の中心を占めているのは大きなテーブルで、つい数秒前まではすこぶる重要に思えていた文書や書類で埋めつくされていた。横一列にならぶ窓からは駐車場が見おろせる。ふたつある扉が廊下に通じていた。

「壁ぎわにならぶんだ」男は銃をきわめて効果的な指示棒がわりにつかいながら、そう命じてきた。ついで男は銃をぼくの頭のすぐ近くにもちあげて、言葉をつづけた。「ドアに鍵《かぎ》をかけろ」

ぼくはその言葉にしたがった。

あたふたと奥の壁にむかっていくあいだ、八人の弁護士たちはひとことも口をきかなかった。ぼくも口をつぐんだまま、ふたつの扉に鍵をかけると、これでいいかとたずねる意味で男の顔を見つめた。

なぜかはわからないながら、郵便局で起きた恐るべき発砲事件のことが頭から離れなかった。怒りに駆られたひとりの職員が、銃器をたずさえて昼食からもどってくるなり、十五人の同僚をみな殺しにした事件だ。ある学校の校庭で起きた大量虐殺《ぎゃくさつ》事件のことも。さらに、ファーストフード店での無差別殺人事件も。

そうした事件で犠牲となったのは、罪もない子どもたちか、ごくまっとうな一般市民である。ぼくたちはといえば、全員が弁護士なのだ！

男はひとしきりうなり声をあげて銃をふり動かすことで、八人の弁護士たちを壁にそってならばせ、彼らの位置に満足すると、こんどはぼくに注意をむけてきた。なにが目あてなのか？ なにか要求を突きつけてくる気か？ そのつもりなら、この男は要求どおりのものを手にできるはずだ。サングラスのせいで、男の目は見えない。しかし、向こうからはぼくの目が見える。そして銃は、そのぼくの目にむけられていた。

それから男は不潔なトレンチコートを脱ぐと、新品のコートをあつかうように畳んで、テーブルのまんなかにおいた。エレベーターのなかで不快に思えたあの悪臭がまた鼻をついたが、そんなことはもうどうでもよくなっていた。男はテーブルの端に立ったまま、つぎの服をゆっくりと脱いだ――ぶあつい灰色のカーディガンだった。

ぶあつく見えたのには、それなりの理由があった。カーディガンの下で、男は赤い棒状のものをいくつも腰に巻きつけていたのだ。なんの知識もないぼくの目には、それがダイナマイトに思えた。それぞれの棒の両端には、色とりどりのスパゲティのような導線がつながれており、銀色のダクトテープがすべてをひとまとめにしていた。

とっさに突きあげてきた衝動――それは両手両足を大きくふりまわしながら全速力で扉めがけて走り、男が銃を撃ちそんじることを願いながら大急ぎで鍵をあけ、男が二発めも撃ちそこなうことを祈りつつ扉から廊下に飛びだしていきたい、というものだった。しかし膝はがくがくふるえ、全身の血が凍りついていた。壁にそってならんだ八人が小さな悲鳴や低いうめき声を洩《も》らし、これが犯人の癇《かん》にさわったようだ。

「頼むから静かにしてくれ」その口調は、忍耐づよい大学教授を思わせた。

その冷静さに胸騒ぎがした。男は腰のまわりのスパゲティの何本かの位置をなおすと、大きめのスラックスのポケットから几帳面《きちようめん》に巻かれた黄色いナイロンロープと飛びだしナイフをとりだした。

それから男は、目の前にならぶ恐怖に凍りついた九人の顔の前でたっぷりと銃をふりまわして、こういった。「おれは、だれひとり傷つけたくないんだ」

耳に心地よく響く言葉ではあったが、本気で信じられるものではなかった。目で数えると、赤い棒はぜんぶで十二本——それだけあれば、一瞬で苦痛なく死ねるのは確実だ。

ついで、また銃がぼくにむけられた。

「おまえだ」男はいった。「こいつらを縛れ」

ラフターが早々と痺《しび》れを切らした。わずかに前に進みでて、こういったのだ。「なあ、きみ、いったいなにが目あてなんだ？」

三発めの銃弾がラフターの頭上を飛んでいって天井に命中し、だれも傷つけないまま壁材にめりこんだ。銃声は大砲のように響きわたり、マダム・デヴィエかほかの女性スタッフかはわからないが、だれかが受付エリアで悲鳴をあげた。すばやくしゃがみこんだラフターだったが、立ちあがろうとするときに、アムステッドのたくましい肘《ひじ》に思いきり胸を打ちつけ、また壁に寄りかかった姿勢に逆もどりした。

「静かにしていろ」アムステッドが歯を食いしばったまま、低く吐き捨てた。

「なれなれしく、〝きみ〟呼ばわりするな」男がいい、〝きみ〟という呼びかけは瞬時に却下された。

「だったら、どう呼びかければいいんですか？」ぼくはたずねた。自分が人質のリーダーになるような感じがしたからだ。この質問を口にするときには慎重に語調をえらび、大いにへりくだった口調にしてみた。男はぼくの敬意が気にいったようだった。

「ちゃんと旦那《ミスター》さまと呼んでもらおうか」男はいった。〝ミスター〟という呼びかけに異議ある人間は、この部屋にはひとりとしていなかった。

電話が鳴った。一瞬、男が電話にむかって銃をぶっぱなすにちがいないと思った。しかし男は、電話にむかって手をふった。それでぼくは、電話をテーブルの男のすぐ前まで運んだ。男は左手で受話器をとりあげた——右手はあいかわらず銃をかまえ、その銃口はまっすぐラフターにむけられていた。

もしぼくたち九人の投票でことが決まるのなら、ラフターこそ最初の生贄《いけにえ》の山羊《やぎ》になる人間にちがいない。それも八対一で。

「ああ」男はいい、すこし相手の話に耳をかたむけていただけで、すぐ受話器をもどした。それから慎重な身ごなしでテーブルの上座の椅子《いす》まであとじさり、腰をおろしてぼくに命じた。「ロープを手にもて」

男の要望は、八人全員の手首を縛りあわせろというものだった。ぼくはロープを適当な長さに切ると、わが同僚諸兄の顔をできるかぎり見ないように努めながら、彼らの死期を早める作業を進めた。そのあいだずっと、背中に銃が押しあてられていた。男は全員の手首をきつく縛りあげるように命じてきたが、ぼくは血が流れるほど厳重に縛っているように見せかけながらも、できる範囲で精いっぱいロープをゆるめに縛った。

ラフターが小声でなにかつぶやき、ぼくはその頰を張りとばしてやりたくなった。アムステッドはうまく手首を折り曲げてくれたので、縛りおえたときには、その気になればすぐにロープをほどけるほどだった。マラマッドは汗をかき、呼吸を浅くしていた。このメンバーではいちばん年上で、唯一《ゆいいつ》のパートナー。二年前にいちど心臓発作を起こしている。

八人のうちでは友人といえるバリー・ナッツォのときには、我慢しきれず顔に目をむけた。年齢もおなじ三十二歳なら、事務所にはいったのもおなじ年。バリーはプリンストン大学出身でぼくはエール大学。ふたりとも、ロードアイランド州プロヴィデンス出身の妻をめとった。バリーの結婚生活は順風満帆だった。結婚後四年で、三人の子宝に恵まれていたのだ。ぼくの結婚生活は、長期にわたる崩壊プロセスの最終段階にさしかかっていた。

バリーと目があった――その瞬間ふたりとも、バリーの子どもたちのことを考えていた。自分に子どもがいないことが幸運に思えた。

そのあと無数にきこえてくるサイレンの第一陣が、耳にとどいた。ミスターがぼくに、五つある大きな窓のブラインドをすべておろすように命じた。この作業を順番にこなしていくあいだ、自分の姿を見てくれる人間がいれば命が助かるとでもいうみたいに、ぼくは下の駐車場に目を走らせていた。駐車場には、緊急灯をつけたパトカーが一台だけとまっていた。してみると、すでに警官たちがこの建物内にはいっているのだ。

そして、この部屋にはぼくたちがいた――九人の白人とミスターが。

最新の資料によれば、全世界で〈ドレイク&スウィーニー法律事務所〉に所属する弁護士は八百人だった。その半数が、いまミスターがテロ行為を働いているワシントンDCのこの建物にいる。ミスターは、自分が銃と十二本のダイナマイトで武装していることを〝上司〟に電話で教えろ、とぼくに命じた。ぼくは自分の所属する反トラスト法部門のマネージング・パートナーであるルドルフに電話をかけ、メッセージをそのまま伝えた。

「きみは無事なのかね、マイク?」ルドルフがたずねてきた。ミスター専用となった新型スピーカーフォンの音量を最大にしての会話だった。

「ええ、まったく無事です」ぼくは答えた。「とにかく、この人の要求をすべて飲んでください」

「要求とは?」

「まだわかりません」

ミスターが銃をふり、電話での会話は打ち切られた。

拳銃の動きの合図で、ぼくは会議用テーブルの横、ミスターから二、三メートル離れた自分の持ち場に引き返した。ミスターは、胸のあたりでとぐろを巻く導線をぼんやり指でもてあそぶという、人の神経を逆なでする習慣を身につけだしていた。

ミスターは下を見おろし、赤い導線をすこし引っぱった。「この赤いのが見えるだろ? こいつを思いっきり引く。それで一巻のおわりだ」

このちょっとした警告を口にしおわると、男はサングラスの奥からぼくをじっと見つめた。ぼくは、なにか返答の言葉を口にする必要に駆られた。

「なんでそんなことをしようというんですか?」とにかく会話の糸口をつかみたい一心だった。

「したくはないとも。しかし、おれの勝手じゃないか」

男の口調が、ぼくには意外だった。急ぐ調子のまったくない、悠揚せまらぬ几帳面なリズム。どの音節も、同等のあつかいをうけてもいる。いまはホームレスになっているが、過去にはそれなりの暮らしをしていたにちがいない。

「なんでぼくたちを殺そうとしてるんです？」ぼくはたずねた。

「おまえらと議論をする気はない」男は宣言した。質問は以上です、裁判長。

時計に縛られて暮らす弁護士という職業柄か、ぼくは腕時計を確かめた。もしぼくたちが生きのびられたらの話だが、この事件のすべてを、正しく記録にとどめておくことができるようにだ。時刻は一時二十分。ミスターは静かな状態がお望みだったので、ぼくたちは神経がすり減りそうな沈黙の時間を、すでに十四分も過ごしたことになる。

自分たちがこのまま死ぬなんて信じられなかった。男にはこれといった動機もないようだし、ぼくたちを殺す理由もないように思えた。この部屋にいる人間のだれひとり、この男に会ったことがないのは確実だった。エレベーターに乗っていたときのことを思いかえしても、この男は特定の階を目ざしていたわけではなかった。男は人質をさがしていた狂人にすぎない。となれば、遺憾ながら昨今の一般常識では、死人が出るのはごく当然となる。

いうなればこれは、二十四時間にわたって新聞の大見出しを独占して、人々があきれかえってかぶりをふるたぐいの無意味な大量殺人事件だ。そしてしばらくあとには、こんどは死んだ弁護士にまつわるジョークが発生するのだろう。

新聞の見出しも脳裡《のうり》に浮かんだし、テレビのレポーターたちの声もきこえた。しかし、それが現実になると思うことを、ぼくは断固こばんだ。

受付エリアから人の話し声が、外からサイレンの音がきこえた。廊下のずっと先のほうで、警察無線がかん高い金切り声をはりあげている。

「昼食にはなにを食べたんだ？」ミスターがぼくにたずねる声が、室内の静寂を破った。

驚きのあまりとっさに嘘《うそ》も出てこなくなり、ぼくは一瞬ためらったのちに答えた。

「グリルド・チキンのシーザーサラダ添えですが」

「ひとりで食ったのか？」

「いや、友人といっしょに」フィラデルフィアから、ロースクール時代の仲間がやってきていたのだ。

「ふたりぶんの勘定はいくらだった？」

「三十ドル」

これがミスターの気にさわった。

「三十ドルだと？」ぼくの言葉をくりかえす。「ふたりぶんの食事でか」

ミスターはかぶりをふって、八人の弁護士たちに目をむけた。男がここでアンケートを続行するのなら、八人にはなんとしても嘘をついてほしかった。ここにいるメンバーのなかには驚くほどの美食家もいる。彼らにとって三十ドルは、オードブルの代金にもならない。

「おれがなにを食べたか知ってるか?」男がぼくにたずねた。

「知りません」

「スープだよ。ホームレスの救護所でスープとクラッカーを食べた。無料のスープでね。ありがたくいただいたさ。三十ドルもあれば、おれの仲間百人ぶんの食事がまかなえる。知ってたか?」

ぼくは、ついいましがた自分の罪の重さに気づいたような顔で、重々しくうなずいた。

「全員の財布と金、時計や装身具のたぐいをあつめるんだ」男はまた銃をふりまわしながらいった。

「理由を教えてもらえますか?」

「いやだね」

ぼくはまず自分の財布と時計、それに現金をテーブルの上におくと、人質仲間のポケットをあさりはじめた。

「おれの仲間のためだよ」ミスターがいい、ぼくたち全員が安堵《あんど》の吐息をついた。

つづいて男は掠奪品《りゃくだっぴん》をすべてブリーフケースにおさめて鍵をかけ、もういちど〝上司〟に電話をかけるようぼくに命じてきた。ルドルフは、最初の呼出音で電話に出てきた。ルドルフのオフィスにＳＷＡＴチームのリーダーがキャンプを張っている光景が目に見えるようだった。

「ルドルフ、ぼくです、マイクです。スピーカーフォンで話してます」

「ああ。きみは無事か？」

「ええ、ご心配にはおよびません。いまからこちらの紳士の要求で、ぼくが受付エリアにいちばん近い扉をあけ、廊下にブリーフケースをおいて、またドアを閉めて鍵をかけます。わかりましたか？」

「ああ」

後頭部に銃口を押しつけられた姿で、ぼくはゆっくりと扉を細くあけると、廊下にブリーフケースを投げだした。どこにも人の姿は見えなかった。


大規模法律事務所の弁護士たちが時間単位で報酬を請求するという快楽から切り離される機会は、数えるほどしかない。そのひとつが睡眠だが、ぼくたちはほとんど眠らないときている。食事の時間はといえば、報酬請求にまわすことを奨励されていた——依頼人が勘定書きを手にとった場合はなおさらだ。刻一刻と時間がたっていくにつれ、ぼくの頭にこんな疑問が芽ばえてきた。人質事件の終結を待っている時間を、この建物にいるほかの四百人の弁護士たちは、いったいどうやって報酬請求にまわすのだろうか？

駐車場を見おろせば、その弁護士たちの姿が見えるはずだった。どうせほとんどの連中は車のなかにすわって暖をとり、携帯電話でだれかと話をしながら、この時間をだれかの勘定につけているのだろう。この事務所は、一分一秒たりともおろそかにしないのだから。

下にいる無慈悲な仕事の鬼たちのなかには、この事件がどのようにおわるかということを気にもかけていない連中もいるはずだ。とにかく事件に早くけりがついてほしい一心で。

ほんの一瞬だったが、ミスターがうたた寝をしたように見えた。頭を重そうにうなだれ、息づかいが重々しいものになっていた。ラフターがうなり声を洩らしてぼくの注意を引き、〝行動を起こせ〟といいたげに顔を片側に強くふり動かしてみせた。ただし問題があった――ミスターが右手に銃を握り、ほんとうに寝入っているにしても、左手は忌《い》まわしい赤い導線をしっかり握りしめたままだったのだ。

ラフターは、ぼくに英雄になることを求めていた。ラフターはたしかに勇猛果敢な性格では事務所屈指であり、手柄も多い訴訟担当弁護士だが、まだパートナーの椅子についているわけではない。ぼくとおなじ部課にいるわけでもないし、事務所は軍隊ではない。だから、ぼくはあえてラフターの命令を無視した。

「去年、おまえはいくら稼いだ？」ミスターがぱっちりと目を覚まし、はっきりした声でぼくにたずねてきた。

ぼくは、またしても驚かされていた。「ああ……ええと……そうですね……」

「嘘は禁物だぞ」

「十二万ドルです」

この答えも、男の気に食わなかった。「そのうちどのくらいを寄付した？」

「寄付？」

「ああ。慈善事業への寄付だ」

「そういうことですか。いや、覚えてません。家計のことは、ほら、妻にすべてまかせているので」

八人の弁護士たちが、いっせいに身じろぎをしたように思えた。

ミスターはこの答えが気にくわなかったようだし、答えをごまかされて黙っているつもりもないようだ。「おまえの税金の書類は、だれがつくった？」

「国税庁に提出する書類という意味ですか？」

「そう、それだ」

「作成したのは、うちの事務所の税金部門です。ここの二階にありますが」

「このビルの？」

「ええ」

「よし、その書類をここにとどけさせろ。ここにいる全員の税金関係の書類を、おれに見せるんだ」

ぼくは弁護士たちの顔を見た。そのうちふたりばかりは、「どうとでも勝手にしろ」といいたげな顔をしていた。どうやら、ぼくはあまりにも長く躊躇《ちゅうちょ》していたようだ。というのもミスターが「早くしろ！」と胴間声を張りあげたばかりか、同時に銃の引金まで引いたからだ。

ぼくはルドルフに電話をかけた。ルドルフもためらっていたが、ぼくは大声でわめいた。

「とにかく、すぐこの部屋あてにファックスで送ってください」それからこういいそえる。「去年のぶんだけでかまいませんから」

それからぼくたちは、所得税申告書の送信が遅くなったら、それを理由にミスターが処刑にとりかかるのではないかと怯《おび》えながら、部屋の隅のファックスマシンを十五分間にわたってただにらみつけていた。

2

グループの書記役をおおせつかったばかりのぼくは、ファックス用紙の束を握りしめて、ミスターが銃口でさし示した場所に腰をおろしていた。ロープで縛られ、壁を背にしてろくに動くこともできない姿勢で二時間近くも立たされたままの仲間たちは、そろそろ前かがみになったり、肩を落としたり、つらそうな顔を見せたりしはじめていた。

しかし、ここに来て一同の不快指数は劇的に上昇することになった。

「最初はおまえだ」男はぼくにいった。「名前は？」

「マイクル・ブロックです」ぼくは丁寧に答えた。こんごともよろしく、だ。

「去年おまえはいくら稼いだんだ？」

「その質問にはさっきも答えました。十二万ドルです。税引前の額で」

「そのうちいくら寄付にまわした？」

嘘でごまかせる自信はあった。税務弁護士でないとはいえ、男の質問をうまくかわせる自信はあったのだ。ぼくは自分の所得税申告書を見つけだすと、たっぷり時間をかけて書類のページを繰《く》っていった。昨年はクレアが二年めの外科レジデントとして三万一千ドル稼いだため、ふたりあわせた年収はかなりの額になっていた。しかし払った税金の総額は――連邦所得税をはじめ、驚くほど多種多様な税のおかげで――五万三千ドルにもなっており、それ以外にも学資ローンの返済があり、クレアの学費があり、ジョージタウンの高級アパートメントの家賃としてひと月二千四百ドルが必要で、ローン必須《ひっす》だった二台の新車の返済にも追われているほか、もろもろの快適なライフスタイルを維持するために必要な出費があったせいで、貯えはオープンエンド型投資信託への五万一千ドルにとどまっていた。

ミスターは辛抱づよく待っていた。ありていにいえば、この辛抱づよさにぼくは不安をかきたてられていた。いまごろはSWATが空調設備のダクトにもぐりこんだり、近くの木に登ったり、となりのビルの屋上に散開したり、この会議室の設計図を調べたり、そのほかテレビでやっているような手立てをつくして、たったひとつの目的――つまりこの男の頭蓋骨《ずがいこつ》に銃弾を叩《たた》きこむこと――を達成しようと躍起になっているはずだ。それなのにこの男は、そんなことも知らぬげな顔をしている。自分の運命をありのままにうけとめて、死ぬ覚悟ができているわけだ。ところが、ぼくたちはちがう。

男はあいかわらず赤い導線をいじくっており、おかげでぼくの心搏数《しんぱくすう》は一分あたり百以上にはねあがっていた。

「エール大学に千ドル寄付しましたよ」ぼくは答えた。「それから、地元の〈アメリカのとるべき道連合《ユナイテッドウェイ》〉に二千ドルです」

「貧しい者にはいくらの金を寄付した？」

エール大学に寄付した金が、本来それを必要としている学生にとどいたかどうかは怪しいものだ。「〈ユナイテッドウェイ〉はこの街じゅうに金をばらまいてるから、一部は貧しい人を助けるのにつかわれているはずです」

「飢えた人にはいくら寄付した？」

「五万三千ドルの税金をおさめました。そのかなりの部分が福祉やメディケイド健康保険や児童扶助の方面にまわされたはずですね」

「自発的に金をさしだしたのか？　寄付の精神で？」

「税金をおさめることに不満はありませんが」ぼくは、わが国の同胞の大多数とおなじく嘘をついた。

「これまでに飢えた経験は？」

男は単純な答えを欲しがっている。それにぼくの機知や皮肉の精神は、もっか開店休業中だった。「いや、その経験はありません」

「雪のなかで寝たことは？」

「ありません」

「おまえときたら、それだけの大金を稼いでいながら、まだまだ欲をかきやがって、歩道に立っているおれに小銭ひとつよこさない」男はほかの弁護士にむかって銃をふりたてた。「おまえら全員だ。おれが歩道にすわってお恵みをせがんでも、おまえたちはただ通りすぎるだけ。気どりくさったコーヒー一杯に、おれが何回も食事できる金を出すくせに。なんで貧しい人や病気の人やホームレスを助けようとしない？　腐るほど金がありやがるくせに」

気がつくとぼくは、ミスターといっしょに欲深な我利我利亡者《もうじゃ》たちの顔を見つめていた。見ていて気持ちのいいものではなかった。ほとんどの弁護士たちは目を伏せて、自分の足を見つめている。ただひとり、ラフターだけがテーブルをにらみつけていた。その頭にはきっと、ワシントンＤＣにいるミスターの同類たちを無視して通りすぎるとき、ぼくたち全員の頭に浮かぶ思いが去来しているはずだ。そう、もしここでこのホームレスに小銭をくれたとしても、(一)どうせ酒屋に駆けつけるだけだし、(二)さらに金をせびられるだけで、(三)どうせ路上生活をやめやしない——という思いだ。

またしても静寂。建物のすぐ上空をヘリコプターが旋回している。駐車場でなにが計画中なのかは想像するしかない。ミスターの指示にしたがって電話が保留の状態にされているため、外部との通信手段はまったくなかった。ミスターには、だれかと話をしたり交渉をしたりするつもりはない。熱心に耳をかたむける聴衆なら、この会議室にそろっている。

「このなかで、いちばん稼ぎのいいのはだれなんだ?」男がぼくにたずねた。

この場にいるパートナーはマラマッドだけだった。ぼくはファックス用紙の束をめくって、マラマッドの書類をさがした。

「たぶんわたしだろうな」マラマッドが口をひらいた。

「名前は?」

「ネイサン・マラマッド」

ぼくは、マラマッドの所得税申告書を手早くめくっていった。パートナーの成功ぶりを仔細《しさい》に数字で検証できるというめったにない好機ではあったが、ちっとも楽しい気分になれなかった。

「いくらだ?」ミスターがぼくにたずねた。

国税庁の税制のすばらしさよ! どの数字がお好みでしょう? 総収入? 調整後総所得? 実収入? 課税所得? 給与所得? それとも事業および投資所得?

マラマッドが事務所からもらっている月給は五万ドル。そして年一回のボーナス——ぼくたちみんなの憧《あこが》れの的《まと》——は、五十一万ドルだった。昨年が好景気だったことは全員が知っていた。そしてマラマッドは、年間百万ドル以上を稼ぐ多くのパートナーのひとりだった。

ぼくは安全策をとることにした。申告書のいちばんさいごのほうには、こまごまとした他の所得——賃貸物件の賃料、各種の配当金、少額事業所得など——が詰めこまれていたが、かりにミスターがこの申告書を手にしたところで、数字相手に悪戦苦闘を強いられるだけだろうと思ったからだ。

「百十万ドルです」ぼくは、それ以外の二十万ドルの存在に目をつぶって答えた。

男はしばしその数字に考えこんでいた。

「そうか、おまえは百万ドル稼いだわけか」男はマラマッドにいった。

いわれたほうは、その事実を恥ずかしいなどとは思っていなかった。「そのとおり」

「で、飢えた人間やホームレスたちに出した金額は？」

分類された控除欄にすでに目を通していたぼくは、この質問への真実の答えを知っていた。

「正確なところは記憶にないな。妻もわたしも、かなりの額を慈善事業に寄付しているよ。たしか、グレーターDC基金に五千ドルを寄付したはずだ。知ってのとおり、この組織は必要とする人間に金を提供している。ああ、かなりの金を寄付しているとも。それも心から喜んでね」

「ああ、そりゃもう大喜びで金を出してるんだろうよ」ミスターは、はじめて皮肉をちらりとうかがわせながら答えた。

この男は、じっさいにどれほど親切心にあふれているかをぼくたちに説明させるつもりはないのだ。知りたがっているのは、飾りのない事実だけ。男はぼくに九人全員の名前を紙に書き、その横にそれぞれの昨年の総収入と昨年一年間の寄付金の額を記入するように命じてきた。

これには、かなりの時間が必要だった。急いだほうがいいのか、わざと時間を引き延ばせばいいのかも判断できなかった。出てきた数字が気にくわなければ、男はぼくたちをみな殺しにするのか？　だったら、急がないほうがいいに決まっている。ぼくたち裕福な人間がたんまりと金を稼ぎながら、ろくにその金を他人にわたしていないことは、すぐに明らかになったからだ。しかしその反面でぼくは、いまの情況が長びけば長びくほど、救出作戦が度はずれたものにならざるをえない、とも思っていた。

この男は、一時間おきに人質をひとりずつ処刑していくと宣言したわけではない。刑務所に収容されている仲間の釈放を要求してもいない。それどころか、およそなんの要求もないようにさえ思えるほどだ。

ぼくは時間を稼いだ。マラマッドのおかげでテンポが決まった。さいごは、事務所にはいって三年めのアソシエイトのコルバーンで、年収はわずか八万六千ドルだった。いちばんの落胆は、わが友人のバリー・ナッツォがぼくより一万一千ドルもよけいに稼いでいたことだ。これについては、あとでじっくり話しあおうと思った。

「端数《はすう》を切りつめれば、総額で三百万ドルです」ぼくはミスターに報告した。ミスターはまた居眠りをしていた——今回も指をあいかわらず赤い導線にかけたまま。

ミスターはゆっくりとかぶりをふった。「で、貧しい人々に出した金は?」

「寄付金の総額は、十八万ドルになりました」

「総額なんぞききたくないね。おれやおれの仲間を、おまえら白人お偉いさんのクラブといっしょにしてもらっちゃ困る。ほら、クラシックのコンサートやユダヤ教会にあつまっては、ワインや直筆サインのオークションをして、ほんのお情けの金をボーイスカウトに寄付する手合いだよ。いや、おれが話してるのは食べ物のことだ。おまえたちとおなじ街に住んでいながら飢えている人々のための食べ物のことなんだ。小さな赤ん坊のための食べ物のことだよ。そう、ここ、この街だよ——おまえたちが何百万ドルもの金を懐《ふところ》に入れているこの街では、夜になるとちっちゃな赤ん坊たちが飢えてるんだ。腹が減ったと泣いてるんだよ。さあ、食べ物に出した金の額は?」

男はじっとぼくを見ていた。ぼくは目の前の書類を見つめている。嘘《うそ》はつけなかった。

「この街には、いたるところに無料の給食所がある」男はつづけた。「貧之人やホームレスが食べ物をもらうところだ。で、おまえたちは給食所にいくら金を出した? そもそも金を出したのか?」

「直接は出していませんが……」ぼくは口をひらいた。「この寄付金の一部は——」

「黙れ！」

男は、またあの忌《い》まわしい銃をふりまわした。

「ホームレスの救護所には？ 外がマイナス十度になったとき、おれたちが一夜の宿にするあの手の施設には？ そこの書類に、そういった救護所の名前がいくつならんでる？」

もはや捏造《ねつぞう》の種も尽きていた。ぼくは低い声で答えた。「ひとつもないですね」

男はいきなり立ちあがった。ぼくたち全員がぎょっとした。銀色のダクトテープでとめられた赤い棒状の物体が、あますところなく見えてきた。男は椅子《いす》をうしろに蹴《け》り飛ばした。「診療所にはいくら金を出した？ ああ、医者たちが——いつもはかなりの金を稼いでいるまっとうな医者たちが——わざわざ自分たちの時間を割《さ》いて病人を助けにきてくれる、あの手の診療所だよ。あの医者たちは治療費なんぞ請求しない。前は政府が家賃を援助してたし、薬や消耗品を買うのに金を援助してたんだ。ところが、共和党のギングリッチが下院議長になって政府を牛耳《ぎゅうじ》るようになったとたん、あらゆる金が消えた。おまえらは、あの手の診療所にどれくらい金を出したんだ？」

ラフターが、〝なんとかしろ〟といいたげな目つきでぼくをにらんだ。ぼくが書類のなかからいきなりなにかの記述を見つけだし、「なにをいってるんだ！ ここを見ろ！

ぼくたちはその手の診療所や給食所に合計で五十万ドルの金を寄付してるんだぞ！」とでも叫べばいいのだろう。

ラフターがぼくの立場なら、そんなことをしたかもしれない。しかし、ぼくにはその気はなかった。銃で撃たれたくなかったからだ。ミスターは、見た目よりもずっと頭が切れる。

ぼくが書類をめくっているあいだ、ミスターのほうは窓ぎわに歩みより、ブラインドの隙間《すきま》から外をのぞき見ていた。

「どこもかしこも警官だらけだな」と、全員にきこえるような声でつぶやく。「おまけに救急車もどっさり来てやがる」

それっきり男は眼下の光景のことを忘れ、早足でテーブルにそって歩くと、人質に近づいて足をとめた。弁護士たちはその一挙手一投足を見まもっていたが、とりわけ爆発物には多大なる関心を寄せていた。男はゆっくりと銃をもちあげると、一メートルと離れていない場所から、まっすぐコルバーンの鼻に狙《ねら》いをつけた。

「診療所にはいくら出した？」

「出してない」コルバーンはそう答え、いまにも泣きそうな顔になりながらきつく目をつむった。心臓が凍りつき、ぼくは息を飲んだ。

「給食所には？」

「出してない」

「ホームレスの救護所には？」

「出してない」

コルバーンを撃つ代わりに、男は銃口をバリーにむけて、この三つの質問をくりかえした。バリーの答えもまったくおなじだった。ミスターは列にそって場所を変えながら、銃をそれぞれの弁護士につきつけて、同様の三つの質問をくりかえしていった。いずれの弁護士の場合も、答えはまったくおなじだった。男がラフターを撃たなかったことに、ぼくたちは落胆した。

「三百万ドルだと」男は嫌悪《けんお》もあらわに吐き捨てた。「そんなに稼ぎやがったくせに、病人や飢えた人間にはびた一文出さなかったわけだ。まったく、哀れな連中だな」

そのとおり、哀れというほかはない気分だった。そしてぼくには、男がぼくたちを殺すつもりでないことがわかった。

だいたい、ごくふつうの浮浪者がどうやってダイナマイトを調達したのか？　それに起爆装置との接続方法を、いったいだれから教わったのだろう？

夕方になると男は腹が減ったといいだし、〝上司〟に電話をかけて市の北東部、Lストリートと十七番ストリートの交差点にあるメソジスト伝道教会にスープを注文させろ、とぼくに命じてきた。あそこのスープには、ほかよりもたくさん野菜がはいってる——ミスターはそういった——おまけにたいていの給食所とちがって、かびくさくないパンを出すんだ。

「無料給食所が出前をしてるのか？」ルドルフは信じられない思いもあらわな声で、そうたずねてきた。その声がスピーカーフォンを通じて、会議室に響きわたった。

「とにかく、いわれたとおりにしてください！」ぼくは大声で叫びかえした。「ちゃんと十人ぶん運ばせるようにしてくださいね」

ミスターは電話を切って、また保留状態にしておくように命じてきた。

わが友人たちや警官の一隊が、ちょうどラッシュアワーのこの街を横切って飛び、ぼろをまとった路上生活者たちがスープボウルに顔を寄せている静かで小さな教会めがけて急降下していく光景が、まざまざと脳裡《のうり》に浮かんだ。いったいどんなことになるのか？　スープを十人前たのむ——パンをよぶんに増やしてくれ。

ヘリコプターの音がまたしてもきこえてきて、ミスターはもういちど窓に近づいた。外をのぞき見てからあとじさり、ひげを引っぱりながら、いまの情況に思いをめぐらせる。ヘリコプターが必要になるとは、いったい外の連中はどのような突入計画を立てているのだろうか？　もしかするとヘリコプターは、負傷者を現場から迅速に搬出するためのものかもしれない。

アムステッドはもう一時間も前からもぞもぞと落ち着かなげに身をよじっており、左右でこの男と手首をつながれているラフターとマラマッドを苛立《いらだ》たせていた。ここにきてついに、アムステッドは我慢できなくなった。

「ええと、すまないが、その……どうしても洗面所に行きたくてね」

ミスターは、ひげを引っぱったまま答えた。「洗面所とな。なんだ、その洗面所というのは？」

「小便がしたいんだよ」アムステッドは、まるで小学校三年生のような調子でいった。

「もうあまり我慢できそうもないんだ」

ミスターは会議室を見まわすと、コーヒーテーブルの上にわれ関せずといった顔で鎮座している陶製の花瓶に目をとめた。それからまた銃をひとふりして、アムステッドのロープをほどくようぼくに命じる。

「洗面所ならあそこにあるぞ」ミスターはいった。

アムステッドは花瓶から花を抜きだすと、ぼくたちに背中をむけて長々と放尿した。そのあいだぼくたちは、みな顔をふせて床を見おろしていた。アムステッドが用をすませると、ミスターは会議用テーブルを窓ぎわに運べとぼくたちに命令した。テーブルは六メートルの長さがあり、〈ドレイク＆スウィーニー法律事務所〉の家具の大多数とおなじく、がっしりした胡桃《くるみ》材の品だった。テーブルの片側をぼくが、もう一方を不平たらたらのアムステッドがもちあげた。ふたりでこのテーブルをすこしずつ、二メートル弱動かしたところで、ミスターがやめろといった。それからミスターはぼくに命じて、マラマッドとラフターの手首を縛りあわせた。アムステッドは自由の身で残された。いまにいたるも、この男がそんなことをした理由はわからない。

ついで男はそれぞれ縛りあわされた七人の人質を、壁に背中をむけた姿勢でテーブルにすわらせていった。あえて理由を問いただす声はひとつもあがらなかったが、ぼくは男が狙撃手《そげきしゅ》に対抗するための楯《たて》をつくりたかったのだろうと推測した。あとになって警察の狙撃手がとなりのビルの屋上に配置されていたことを知ったが、おそらくミスターは彼らの姿を目にしたのだろう。

五時間も立ちんぼを強いられたあとでもあり、ラフターと仲間たちは足を休めることができて安堵《あんど》した顔を見せていた。アムステッドとぼくは、椅子にすわっているように命令された。ミスター本人はテーブルの上座に席をとった。ぼくたちはじっと待った。

路上での暮らしは、人に忍耐心を教えこむにちがいない。ミスターはサングラスで目を隠したまま、頭をまったく動かさず、いくら長いあいだ黙りこくってすわっていても、いっこうに苦ではないようすだった。

「だれが立ち退《の》きの担当者なんだ?」男がだれにともなくつぶやき、二分ばかり口をつぐんでいたかと思うと、またおなじ質問をくりかえした。

ぼくたちは首をひねりながら、たがいに顔を見あった。男がなにを話しているのか、ぼくには見当もつかなかった。男はテーブルの一点、コルバーンの足からあまり離れていないところをじっと見つめているようだった。

「おまえたちはホームレスを無視してるだけじゃない、ホームレスを増やすあと押しまでしてやがる」

もちろんぼくたちは、みな調子をあわせてうなずいた。まったくもって同感だ、というように。男がぼくたちを言葉で侮辱したいのなら、ぼくたちはその侮辱を諸手《もろて》をあげてうけいれるつもりだった。

テイクアウトの食べ物が到着したのは、七時数分前だった。扉に鋭いノックの音が響いた。ぼくはミスターに命じられて電話をかけ、もし部屋の外にだれかの姿が見えたり声がきこえたりしたら人質のひとりを殺す、という警察への警告の文句を伝えた。ぼくは慎重に言葉をえらびながらこれをルドルフに説明し、いかなる救助のこころみもつつしむようにと話してきかせた。こちらでいま交渉が進んでいるところだから、といって。

事情はわかった――ルドルフはそう答えた。

アムステッドが扉に歩みよって鍵《かぎ》をはずし、ミスターに顔をむけて指示をあおいだ。ミスターはそのすぐ背後に立ち、アムステッドの頭から三十センチも離れていない場所に銃をかまえていた。

「扉をゆっくり、ゆっくりあけるんだ」男はいった。

扉があいたとき、ぼくはミスターから二、三メートルうしろに立っていた。食べ物は、ぼくたち弁護士の作成する大量の書類を弁護士補助職員が運ぶのにつかう小型カートに積まれていた。スープのはいった四つの大きなプラスティック容器と、パンがぎっしり詰めこまれた大きな茶色い紙袋がひとつ見えた。飲み物が添えられていたかどうかは記憶にないし、そのあとも明らかになることはなかった。

アムステッドが廊下に一歩足を踏みだしてカートに手をかけ、会議室にカートを引っぱりこもうとしたその瞬間、一発の銃声が響きわたった。会議室から十二メートル離れたマダム・デヴィエのデスクの脇机《わきづくえ》のかげに、ひとりの警察の狙撃手が身を隠しており、なににもさえぎられない視界を確保していた。アムステッドがカートに手をかけるために上体をかがめたとき、ミスターの頭部がその視界にはいった。一瞬の隙を逃さず、狙撃手は男の頭を銃弾で吹き飛ばした。

ミスターはなんの声もあげずに、そのまま仰向《あおむ》けにのけぞってきた。ぼくの顔は一瞬にして、血となにかの液体にまみれた。自分も撃たれたのかと思った。激痛を感じて悲鳴をあげたことは覚えている。アムステッドも、廊下のほうでなにか叫んでいた。七人の弁護士たちは熱湯を浴びせかけられた犬のように、あたふたとテーブルから降りると、口々に大声で叫びながら、半分の弁護士が残り半分を引きずるようにして扉を目ざしはじめた。ぼくは両目を手でおさえたまま床に膝《ひざ》をつき、ダイナマイトが爆発するのを待ちかまえていた。それから混乱を避けて、もうひとつの扉に全速力で駆けよった。鍵をあけて扉を引きあける。さいごに見たとき、ミスターは事務所所有の高価きわまる中国製絨緞《じゅうたん》の上で体を痙攣《けいれん》させていた。その手は左右とも体の両側に力なく投げだされ、赤い導線から離れていた。

　廊下はたちまち、ＳＷＡＴのメンバーで立錐《りっすい》の余地もなくなった。見るからにいかめしいヘルメットをかぶり、ぶあついベストを身につけた何十人もの男たちが、しゃがみこんだ姿勢のまま近づいてきた。彼らの姿はぼやけて見えただけだった。ＳＷＡＴの男たちはぼくたち弁護士をつかまえると、受付エリアを通ってエレベーターに運びこんだ。

「けがをしてるんですか？」男たちがぼくにたずねた。

　それさえわからなかった。ぼくの顔とシャツは、血と粘り気のある液体にまみれていた——あとで医者が、この液体は脳脊髄液《せきずいえき》というものだと教えてくれた。

3

関係者の家族や友人はビルの一階、ミスターからできるだけ遠く離れた場所で待っていた。そのほか何十人もの事務所のアソシエイトや同僚たちがあちこちのオフィスや廊下に詰めかけて、ぼくたちの救出を待っていた。ぼくたちの姿を目にすると、その全員が大きな歓声をあげた。

血まみれだったせいで、ぼくは地下にある小さなアスレチッククラブに運びこまれた。このクラブは事務所所有だが、弁護士たちからは事実上無視されている。エクササイズに汗を流すひまなどないほど忙しいし、トレーニングをする時間をひねりだした弁護士には、それまで以上の仕事が割りふられるからだ。

ぼくはすぐに何人もの医者にかこまれたが、そのなかに妻のクレアの姿はなかった。

血が自分のものでないことを説明すると、医者たちは緊張を解いて、定例の検査をはじめた。血圧は高く、脈搏《みゃくはく》は言語道断なほどの速さだった。医者たちはぼくに薬を出してくれた。

いまいちばん必要なのはシャワーだった。医者たちは血圧を測定するあいだ、ぼくを十分もベッドに寝かせていた。

「ショック状態でしょうか？」ぼくはたずねた。

「いや、そんなことはないでしょう」

とはいえ、ショック状態の気分だった。クレアはどこにいる？　ぼくはかれこれ六時間も銃口をつきつけられ、生命の危険にさらされていた。それなのにどうして妻はここに来て、ほかの弁護士の家族といっしょに待ってはいなかったのだ？

そのあと、たっぷり時間をかけて熱いシャワーを浴びた。強力なシャンプーでくりかえし三回髪の毛を洗ってから、永遠にも思われるほど長いあいだ、ただシャワーの湯を浴びた。時間が凍りついていた。なにも重要には思えなかった。なんといっても、ぼくは生きている——ちゃんと呼吸して、湯気を体から噴きあげて。

そのあと、だれかの清潔なトレーニングウエアに着替えて——ちなみに、これはぼくにはかなり大きすぎた——ベッドに引き返し、あらためて血圧を測定してもらった。秘書のポリーが部屋にはいってきて、ぼくを長いこと抱きしめてくれた。いまのぼくには、他人の抱擁が必要だった。ポリーは目に涙を浮かべていた。

「クレアはどこにいる？」ぼくはたずねた。

「いま、電話で呼びだしています。わたしも病院に電話を入れたんですが」ポリーは、ぼくたち夫婦が離婚寸前だということも知っていた。

「大丈夫なんですか？」

「ああ、たぶんね」

ぼくは医者たちに礼をいって、アスレチッククラブをあとにした。廊下でルドルフが出迎えてくれて、ぎこちなく体を抱きしめてきた。べつにぼくがなにか大仕事を成功させたわけでもないのに、ルドルフは〝おめでとう〟という言葉を口にした。

「あしたは仕事に出てこなくてもいいぞ」ルドルフはいった。もしやこの男は、たった一日の休暇でぼくのショックがすべて消えるとでも思っているのだろうか？

「いまはあしたのことも考えられないんです」ぼくは答えた。

「きみには休養が必要だな」ルドルフはいった。医者がその点に気づいていなかったとでもいいたいのか。

バリー・ナッツォと話をしたかったが、人質仲間はすでに事務所から帰宅していた。数人がロープによる擦過傷を負っていた以外、負傷者はひとりもいなかった。

人的被害が最小限にとどめられ、善人の側が勝利の笑顔を見せているとあって、〈ドレイク&スウィーニー法律事務所〉の昂奮《こうふん》はたちまち引いていった。弁護士とスタッフの大半は、ミスターとその爆弾から少しでも距離をおくために一階に詰め、事件の終結を不安をかかえながら待っていたのだ。ポリーが、ぼくのコートをもってきてくれた。ぼくは大きすぎるトレーニングウエアの上からコートを羽織った。房つきのローファーがちぐはぐだったが、そんなことは気にならなかった。

「建物の外に記者たちが来てます」ポリーが教えてくれた。

　ああ、そうか、マスコミだ。たしかに大ニュースだろう！　そんじょそこらにある、ありふれた定番の銃撃事件とはわけがちがう——いかれたホームレスが弁護士集団を人質にとったとあれば。

　しかし、取材陣はあてがはずれたのではないだろうか？　弁護士たちは脱出し、悪人は銃弾をうけて死亡、ダイナマイトは所有者が床に倒れて不発だったのだから。たしかに、一歩まちがっていたら超弩級《ちょうどきゅう》のビッグニュースだったはずだ！　銃撃とそれにつづく爆発。一瞬の白い閃光《せんこう》とともに建物の窓ガラスが砕け散り、外の道路に犠牲者の手足がばらばらと落下する。そしてチャンネル9はぬかりなくすべてを録画し、夜のニュースのトップでその映像を流したはずだ。

「ご自宅まで車でお送りします」ポリーはいった。「どうぞ、こちらへ」

　どう行動すればいいかを他人に指示してもらえることがありがたかった。頭の働きが鈍くなっているうえに混乱しており、ばらばらの静止映像がなんのプロットも背景もないまま、脳裡につぎつぎ浮かんでくるだけだった。

ぼくたちは従業員用の通用口をつかって、一階から外に出た。肌を刺すように冷たい夜気を、ぼくは肺が痛くなるまで思いきり吸いこみ、その甘みを心ゆくまで味わった。ポリーが自分の車をとりにいっているあいだ、ぼくは建物の角に身を隠して、正面側で展開されている乱痴気騒ぎを見まもっていた。パトカーに救急車、テレビ局の中継車。あろうことか消防車まで来ていた。どれも道具をまとめて帰りじたくをしていた。そのなかで救急車が一台だけ、車体後部を建物にむけてとまっていた。ミスターを死体公示所まで運んでいくためにちがいない。

ぼくは生きている！　生きているんだ！　そう何回も胸のうちでひとりごちるうちに、はじめて口もとに笑みが浮かんできた。そう、ぼくは生きている！

ぼくは目をきつくつぶると、手短に、しかし心の底からの感謝の祈りをとなえた。

あの音が耳によみがえってきた。ふたりとも黙りこくったまま、運転席のポリーがゆっくりと車を走らせながら、ぼくがなにか言葉を口にするのを待っているあいだ、ぼくの耳には狙撃手のライフルの鋭い銃声がきこえていた。そのあと銃弾が目標に命中する鈍い音、つづいてほかの人質たちが大あわてでテーブルを離れてドアにむかったときの暴走状態の喧噪《けんそう》。

あのとき、ぼくはなにを見ていたのだろう？　まず、七人の人質が扉を一心に見つめてすわっていたテーブルをふりかえり、すぐさま銃をかかげてアムステッドの頭部に狙《ねら》いをつけていたミスターに目をもどした。あの男が撃たれたとき、ぼくはそのすぐ背後に立っていた。なにが男に命中した弾丸をおしとどめ、貫通してぼくに当たる事態を防いでくれたのか？　弾丸は壁や扉や人体を軽々と突き抜けるではないか。

「あの男には、ぼくたちを殺す気はなかったんだ」ぼくは、他人の耳にやっとききこえる程度の小声でつぶやいた。

ポリーは、ぼくの声をきいて安堵した顔を見せた。「だったら、なんのつもりだったんでしょう？」

「さあね」

「あの男はなにか要求してたんですか？」

「そんなことはいっぺんも口にしなかったな。いや、それどころか、かわされた言葉は驚くほどすくなかったよ。何時間もすわっていながら、そのほとんどはおたがい顔をにらみあっていただけだったから」

「どうしてあの男は警察と話をしなかったんでしょう？」

「さあね。とにかくあれはあの男の最大のミスだったな。もし電話線をあけていてくれたら、ぼくから警官たちに話をして、あの男に殺意がないことを納得させることも不可能じゃなかったのに」

「でも、警察を責めているわけじゃありませんね？」

「もちろん。ぼくが礼状を書くのを忘れていたら、ひとこと注意してくれ」

「あしたは出勤なさいますか？」

「ほかになにをしろというんだい？」

「いえ、一日ほどお休みになったほうがよろしいかと思っただけです」

「休むのなら丸一年休まないとね。一日休んでもどうにもならないよ」

ぼくとクレアが暮らすアパートメントは、ジョージタウンのPストリートにあるテラスハウスの三階にあった。ポリーは歩道に車を寄せて停止させた。ぼくはポリーに礼を述べて車をおりた。明かりのついていない窓を見あげただけで、クレアが家にいないことはわかった。


クレアに出会ったのは、ぼくがエール大学のロースクールを卒業し、同期の五十人の卒業生ともども輝かしい未来が約束された仕事を得て、ワシントンDCに引っ越してきた直後のことだった。クレアのほうは、アメリカン大学の政治学科を卒業したところだった。クレアの祖父はかつてロードアイランド州の知事をつとめたことがあり、一族の者はもう何世紀にもわたって政界の中枢《ちゅうすう》に深く食いこんでいた。

大規模法律事務所の例に洩《も》れず、〈ドレイク＆スウィーニー法律事務所〉も一年めの新人を軍隊の新兵訓練所なみにあつかう。ぼくは週に六日、一日十五時間働き、日曜日にはクレアと週一回のデートをした。日曜の夜には出勤した。結婚すれば、ふたりの時間がもっと増えるだろうと当時は思っていた。なるほど、たしかに毎晩おなじベッドで寝られるようにはなったが、ぼくたちのベッドでの行為は睡眠に限定されていた。

結婚式は盛大で、新婚旅行はごく短期間ですませた。そして新婚生活の輝きが薄れるや、ぼくはまた週に九十時間を事務所で過ごすようになった。結婚してから三カ月後には、なんと十八日のあいだいちどもセックスがなかった。クレアが数えていたのだ。

最初の数カ月間こそクレアは頓着《とんちゃく》しなかったものの、しだいにぼくから無視されることが気にさわりはじめた。無理もない。しかし〈ドレイク&スウィーニー法律事務所〉の神聖なるオフィスは、一介の若いアソシエイトがそんな文句をいえる場所ではなかった。毎期の新人のうち、パートナーの椅子《いす》にすわれるのは一割以下。だから、競争は苛《か》烈《れつ》をきわめた。見返りは莫大《ばくだい》だった——最低でも百万ドルの年収。だからすこしでもたくさんの時間を報酬請求にまわすことのほうが、妻を幸せにすることよりも大事だった。離婚は日常茶飯事だった。仕事の負担軽減をルドルフに願いでることなど、ぼくは夢にも思わなかった。

結婚して一年がたつころには、クレアはすこぶる不機嫌になっており、ぼくたちは口《くち》喧嘩《げんか》をするようになった。

そしてクレアは、メディカルスクールに通うといいはじめた。家でただテレビを見ているだけの生活に飽きあきして、ぼくと張りあえるほどなにかに夢中になろうとしたのだ。ぼくにはそれが、すばらしいアイデアに思えた。なにより、ぼくのうしろめたい気持ちをほとんど消してくれるものだったからだ。

働きはじめて四年もすると、事務所側はぼくたちがパートナーになれる可能性について、ちょっとしたヒントをばらまきはじめる。アソシエイトたちはそのヒントをかきあつめ、仲間内でくらべあう。一般的な感触では、ぼくがパートナーへの最短距離にいるようだった。しかし、そのためにはこれまで以上に身を粉にして働く必要があった。

クレアはクレアで、アパートメントにいる時間をぼく以上に減らそうと決意していたようだ。そのためぼくたちふたりは、極端な仕事中毒という愚行にますますのめりこんだ。夫婦喧嘩もしなくなり、たがいの距離が広がっていくばかりになった。クレアにはクレアの交友や関心事があり、ぼくにはぼくの交友や関心事があった。幸運だったのは、ぼくたちが子孫を増やす方面での努力をしなかったことだ。

遅ればせの後悔が胸を刺す。かつては愛しあっていたのに、ぼくたちは自分たちの手でその愛を葬《ほうむ》り去ったのだ、と。

明かりひとつついていないアパートメントに足を踏みいれたとき、ぼくはここ何年ではじめてクレアの存在を必要としていた。死に直面したとき、人はその事件についてだれかと語りあうことが必要になる。だれかから必要とされ、だれかに撫《な》でてもらい、〝あなたを気づかっている人がいる〟と教えてもらう必要があるのだ。

ぼくは氷を入れたグラスにウォッカをそそぐと、居間のソファに腰をおろした。むしゃくしゃして、腹の虫がおさまらなかった。ひとりきりだったからだ。やがて思いは、ミスターと過ごした六時間のことにおよんでいった。

二杯めのウォッカを空にしたとき、玄関から物音がきこえた。クレアがドアの鍵《かぎ》をあけて、声をかけてきた。「マイクル」

ぼくは答えなかった。むしゃくしゃも、腹の虫もおさまっていなかったからだ。居間にはいってきたクレアは、ぼくの姿を見つけると足をとめた。

「大丈夫なの?」その声には、心から心配している響きがあった。

「ああ、なんともない」ぼくは低く答えた。

クレアはバッグとコートを床に落としてソファに近づき、すぐそばにやってきた。

「いままでどこにいた?」ぼくはたずねた。

「病院よ」

「そりゃそうだ、愚問だったな」ぼくは長々と酒を口に流しこんだ。「きょうはね、ひどい目にあったんだよ」

「事件のことなら知ってるわ」

「ほんとに?」

「決まってるじゃない」

「だったら、いままでどこにいた?」

「だから病院よ」

「九人の人間が六時間にわたって、頭のおかしな人間に人質にされていたんだ。そのうち八人の家族は、みんな心配して現場に駆けつけた。で、ぼくたちは幸運にも逃げだすことができた。ところがぼくだけは、秘書に車で家まで送ってもらうほかはなかった」

「だって、事務所には行けなかったんだもの」

「そりゃそうだ、これも愚問だったな。いやはや、気くばりが足りずに失礼した」

クレアはソファの横の椅子に腰をおろした。ぼくたちはにらみあった。

「わたしはね、病院に詰めているように命令されたの」クレアは氷も負けるほど冷ややかな声で話しはじめた。「病院も人質事件のことは知ってたし、負傷者が出る可能性があることもわかってた。こういった事件の場合には、対応が決められてるのよ――当局からあちこちの病院に通達があって、全スタッフが待機させられるの」

これにも痛烈な皮肉を返してやろうと思いながら、ぼくはまたたっぷりと酒をのどに流しこんだ。

「事務所に行っても、あなたを助けることはできなかったわ」クレアはつづけた。「だから、わたしは病院でずっと待機してたのよ」

「電話をかけたか？」

「かけようとはしたわよ。でも、ずっと話し中だった。ようやく通じたと思ったら、電話に出た警官にすぐ切られたわ」

「事件が解決したのは、もう二時間も前なんだぞ。そのあいだどこにいた？」

「手術室よ。小さな男の子だったけど、手術中に死んだわ。車にはねられたんだけど」

「すまなかった」ぼくはいった。医者たちがあれほどたくさんの死や苦痛を毎日見ていられるというのが、ぼくにはどうにも理解できなかった。死体をこの目で見たのは、ミスターでようやくふたりめだった。

「わたしこそ、ごめんなさい」

クレアはそういうとキッチンに行き、ワインのグラスを手にして引き返してきた。ぼくたちは、しばらく薄闇《うすやみ》のなかにただすわっていた。会話の組み立て方の訓練をしてこなかったぼくたちにとって、話をするのは簡単ではなかった。

「事件のことを話したいの？」クレアがたずねた。

「いや。いまは話したくない」これは本音だった。薬とアルコールの相乗効果でわれながら息づかいが重くなっていた。ふとミスターのことが思い出された――銃をふりまわしてダイナマイトを腹に巻いていたというのに、あの男はどれほど冷静で落ち着いていたことか。いくら沈黙の時間が長びいても、あの男は顔色ひとつ変えなかった。

いまのぼくが欲しいのは沈黙だった。あしたになれば話すこともできるだろう。

4

翌朝の四時に薬の効果が切れた。ミスターの粘っこい脳漿《のうしょう》の強烈なにおいを鼻に感じて、目が覚めた。闇のなか、ぼくはつかのま度をうしなった。鼻や目をごしごしとこすり、ソファの上でなんども寝がえりを打つうちに、だれかが身じろぎする物音がきこえた。クレアは、となりの椅子にすわったまま寝ていた。

「心配ないわ」クレアが静かな声でいいながら、ぼくの肩に手をおいた。「わるい夢を見ただけだから」

「水をもってきてもらえるかな」ぼくがそういうと、クレアはキッチンに行った。

それから一時間にわたって、ふたりで話をした。ぼくは、事件について覚えているかぎりのことを話した。クレアはすぐそばにすわって、ぼくの膝《ひざ》を撫で、水のグラスを手にしたまま熱心にきいてくれた。過去数年のあいだ、ぼくたちのあいだにはほとんど会話がなかった。

クレアは七時から入院患者の回診の予定があったので、ふたりでワッフルとベーコンの食事をこしらえた。そのあと小型テレビを前にして、キッチンカウンターでならんで食事をした。六時のニュースのトップは、人質事件だった。事件の最中のビルや、周辺にあつまった群衆の映像のほか、事件がおわってから急いで立ち去ろうとする人質たちをとらえた映像も流された。ぼくたちが爆音を耳にしたヘリコプターのうち、すくなくとも一機はニュース専門局のものだったらしい。上空からカメラがどんどんズームインして、窓をアップでとらえた。ほんの二、三秒だったが、外をのぞき見ているミスターの姿が窓ごしにちらりと見えた。

ミスターの本名はデヴォン・ハーディ。年齢は四十五歳で、数はすくないものの犯罪歴のあるヴェトナム帰還兵だった。ニュースを読みあげるキャスターの背後に、強盗事件をおこして逮捕されたときの写真が映しだされた。ミスターとは似ても似つかぬ顔だった——ひげもなければサングラスもない、ずっと若いころの写真だったからだ。ハーディは、ドラッグ濫用《らんよう》歴のあるホームレスとのことだった。動機は不明。家族も名乗りをあげてはいなかった。

ぼくたちの事務所が〝ノーコメント〟と発表し、ニュースはおわった。

つぎは天気予報だった。夕方遅くなってから大雪になるという予報が出されていた。まだ二月の十二日。それなのに、早くも降雪量の新記録が打ち立てられていた。

クレアに、事務所まで車で送ってもらった。駐車場にはぼくのレクサスがとまっていたが、それ以外に何台もの輸入車がとまっている光景を見ても、いまさら驚いたりはしなかった。この駐車場から車が一台もなくなることはない。弁護士のなかには、事務所に寝泊まりする者さえいる。

ぼくは午前中にいちど電話をするとクレアに約束し、できたら病院でいっしょに昼食をとろうと話した。クレアのほうは、できれば一日か二日はぼくにゆっくりと休養してほしがっていた。

どうすればよかったのだろう？　ソファに横になって、薬を飲んでいればよかった？　どうやらだれもが、ぼくは一日か二日ほど休むべきだと思っているようだ。これはただの臆測《おくそく》だが、そうやって休んだあとはエンジン全開で仕事に復帰することを期待されているにちがいない。

ロビーにいたふたりの警戒怠りない警備員に朝の挨拶《あいさつ》をする。四基のエレベーターのうち、三基の扉がひらいて待っていた。ぼくはひとつの選択をした。ミスターといっしょに乗ったエレベーターに足を踏みいれたのだ。時間が這《は》うように進みはじめた。

いちどきに百もの疑問が頭のなかに湧《わ》いてでてきた。ハーディはなぜこの建物をえらんだのか？　なぜこの法律事務所を？　ロビーにはいってくる前は、どこにいたのか？　いつも正面玄関の付近に立っているはずの警備員はどこにいたのか？　なぜぼくといっしょに乗りこんできたのか？　この建物は一日じゅう、数百人単位の弁護士が出入りしている。なぜ六階をえらんだのか？

そもそも、デヴォン・ハーディの目的はなんだったのか？　とるにたらぬ命とはいえ、体に爆発物を巻きつけてその命を危険にさらしたのである——数名の弁護士の我利我利亡者《もうじゃ》ぶりを叱《しか》りたいだけで、そこまでするだろうか？　もっと裕福な人間は、ほかにいくらでも見つかったはずだ。たぶん、もっと欲深な人間も。

ハーディが発した「だれが立ち退《の》きの担当者なんだ？」という質問には、だれからも答えが出なかった。しかし、調べればすぐわかるだろう。

エレベーターがとまって、ぼくは外に足を踏みだした。こんどは、だれかがうしろから降りてくることはなかった。この時間、マダム・デヴィエはどこかでまだ寝ており、六階は静まりかえっていた。受付デスクの前で足をとめると、ぼくは会議室に通じるふたつの扉をじっと見つめた。それから手近なほうの扉、アムステッドが立ち、その頭上を通過した銃弾がハーディの頭部に命中したあの扉を、ゆっくりとあけた。それから長々と息を吸い、照明のスイッチを入れた。

なにも起こらなかったかのようだった。会議用テーブルと椅子には一糸の乱れもなかった。ミスターが絶命した中国製の絨緞《じゅうたん》は、さらに高級なものに交換されていた。壁は新しく塗りなおされていた。ラフターが立っていた場所の真上の天井にあった弾痕《だんこん》さえ、きれいに消えていた。

〈ドレイク&スウィーニー法律事務所〉の権力者たちは、事件が起こらなかったように見せかけるために、ゆうべひと晩でかなりの金を投下したようだった。きょうはここに物見高い連中がやってくるかもしれないが、彼らが見物するようなものはひとつもなかった。あのままでは、事務所の連中が一分か二分ばかり仕事をなおざりにしたかもしれない。だから、われらがお上品なオフィスに街の汚れの痕跡を残しておくことは許されなかったのだ。

これは冷酷きわまる隠蔽《いんぺい》工作だったし、もっと悲しかったのは、事務所がこんなことをした理由が自分で完全に納得できたという事実だった。ぼくは、金持ちの白人の一員だった。そんなぼくがなにを期待していたのか？　記念碑？　ミスターの路上生活仲間が捧《ささ》げた花束？

自分がなにを期待していたのかはわからなかった。しかし、塗りたてのペンキのにおいには胸のむかつきをおぼえた。

毎朝ぼくのデスクのおなじ場所に、ウォールストリート・ジャーナル紙とワシントン・ポスト紙がおかれている。以前は新聞をおいてくれる人の名前を知っていたのだが、ずいぶん前に忘れていた。ポスト紙の都市圏版の第一面、まんなかの折り目よりも下の部分に、テレビとおなじデヴォン・ハーディの顔写真と、きのうのささやかな事件にまつわる長い記事が掲載されていた。

記事に手早く目を通した。どんな記者よりも、事件の詳細についてはくわしく知っているという自負があったからだ。しかし、知らなかった事実を記事から二、三教えられた。まず、あの赤い棒状の物体はダイナマイトではなかった。ミスターは箒《ほうき》の柄二本を短く何本にも切り、あの不気味な銀色のダクトテープを巻きつけることで、ぼくたちの心胆を寒からしめたのだ。銃は四四口径のオートマティックで、盗品だった。

ポスト紙ならではの姿勢だが、記事の重点は被害者たちよりもデヴォン・ハーディにおかれていた。そして、他意はまったくないが、ぼくを満足させたことがあった――〈ドレイク&スウィーニー法律事務所〉に所属する人間からの発言が、記事中にひとことも出ていなかったことだ。

〈十四番ストリート法律相談所〉の所長をつとめるモーディカイ・グリーンという人物の話によれば、デヴォン・ハーディは国立植物園の用務員を長年つとめていたという。しかし、予算削減のあおりで失職。そのあと強盗をして数カ月を刑務所で過ごし、出所後は路上生活者になった。アルコールとドラッグを相手に格闘しつづけ、万引きの常習犯でもあった。モーディカイの相談所のスタッフが何回かハーディの代理人をつとめたことがあるという。ただし家族がいるのかどうかは、ハーディを担当した弁護士にもわからないとのことだった。

動機の解明については、モーディカイはほとんど寄与していなかった。ただしデヴォン・ハーディが最近、それまで不法占拠者として住みついていた古い倉庫から強制立ち退きを迫られたことは話していた。

強制立ち退きは、弁護士によって執行される法的手続のひとつである。ワシントンDCには法律事務所が星の数ほどもあるが、ミスターを路上にほうりだした事務所の名前については、ぼくは九分九厘《くぶくりん》わかったという自信があった。

モーディカイの談話によれば、〈十四番ストリート法律相談所〉は寄付金によって運営され、その仕事の対象はホームレスに限定されている、とのことだった。

「連邦政府から助成金がおりていた当時は、七人の弁護士が働いていました。それがいまは、わたしをふくめてわずか三人です」モーディカイはそう語っていた。

驚くことではなかったが、ウォールストリート・ジャーナル紙は事件のことをまったく報じていなかった。アメリカで五番めに大きな法律事務所の九人の弁護士が殺されるか、あるいは軽傷を負わされたとしても、この新聞の一面で事件が報じられることは決してあるまい。

これが、もっと大きな事件にならなかったのは幸運だった。なにせいまぼくはデスクにつき、怪我《けが》ひとつ負っていない体で新聞記事を読んでいるのだから。一歩まちがえば、ぼくがミスターといっしょに死体公示所にならんでいても不思議はなかったというのに。

ポリーは八時数分前に、満面に笑みをたたえ、自家製クッキーを盛りつけた皿を手にやってきた。仕事をしているぼくを目にしても、ポリーは意外な顔ひとつ見せなかった。それどころか、ぼくをふくむ九人の人質全員が出勤していたし、そのほとんどは予定より早い時刻に顔を見せていた。妻のいる家にとどまって看護をうけたりすれば、自分が弱い人間であることを大声で宣伝するもひとしい行為になったはずだからだ。

「アーサーからお電話です」ポリーがいった。

うちの事務所にはアーサーという名前の弁護士が最低でも十人はいるが、いちいち名字を名乗らずに廊下をうろつけるアーサーはひとりしかいない。パートナーであり、最高経営責任者でもあるアーサー・ジェイコブズ。事務所の原動力であり、ぼくたちの全員が心からの賞賛と尊敬を寄せている人物だ。事務所の良心と情熱といえば、アーサーのことである。このぼくも、七年間でアーサーと話をしたことが三回あった。

ぼくは、自分が元気だと話した。危機的情況にあっても勇気と気品をうしなわなかったことでアーサーからお褒めにあずかると、あやうく自分は英雄だと錯覚しそうになった。それにしても、どうして会議室での出来ごとをアーサーが知っているのか？　たぶん最初にマラマッドと話をしてから、順番に階段を下にむかってきたのだろう。だとすると、いずれあれこれの噂話《うわさばなし》が生まれて、そのつぎはジョークが生まれるにちがいない。

アムステッドと陶器の花瓶の話は、まちがいなく笑いのネタになるはずだ。

アーサーは、人質となった者全員と十時に会議室で顔をあわせ、ぼくたちの証言をビデオに録画したい、といった。

「なぜです？」ぼくはたずねた。

「訴訟部の連中から、証言を録画しておくべきだという意見が出たんだ」アーサーは八十歳という高齢にもかかわらず、剃刀《かみそり》なみの切れ味をそなえた声で答えた。「犯人の遺族が警官を訴えるかもしれないからね」

「なるほど」ぼくはいった。

「訴えるとしたら、われわれも被告として名をつらねることになる。当節では、相手かまわず片はしから訴えるのが流行じゃないか」

ありがたいことです——思わず、そう口にしかけた。世の中から訴訟沙汰《ざた》がなくなったら、ぼくたち弁護士はどこに行けばいい？

ぼくはアーサーの気くばりに感謝の言葉を述べた。アーサーは、つぎの元人質と話をするために電話を切った。

九時前にはパレードがはじまった。見舞い客やゴシップマニアたちが、列をなしてぼくのオフィスにやってきては時間をつぶしていったのだ。だれもが心底からの見舞いの言葉をかけてくれたが、その一方では事件のことを根掘り葉掘りききたがってもいた。

デスクの上には仕事が山積していたが、まったく手がつけられなかった。客の行列が途切れた静かな時間になっても、ぼくはわが注目を待っている目前のファイルの列を、ぼんやりと見つめてすわっているばかりだった。頭が麻痺《まひ》したような気分だった。ぼくの手は、いっかなファイルに伸びようとはしなかった。

きのうまでとは勝手がちがっていた。仕事はもはや重要には思えなくなっていた。このデスクは生と死にかかわる場所ではない。ぼくは死を目《ま》のあたりにした。肌で死を感じたとさえいえる。そしてぼくは無知ゆえに、肩をひとつそびやかすだけですべてを忘れられ、なにごともなかったかのように日常に復帰できる、などと考えていた……。

思いはデヴォン・ハーディと、四方八方に伸びた色とりどりの導線を接続された赤い棒の束におよんだ。ハーディは何時間もかけてあのおもちゃを用意し、襲撃計画を練った。銃を盗み、この事務所を見つけ、致命的なミスをやらかして、命を落とした——それなのに、ぼくとおなじ建物で働いている同僚たちのだれひとり、ハーディのことなどこれっぽっちも気にかけてはいない。

結局ぼくは、事務所から外に出ることにした。オフィスをおとずれてくる人の数は増える一方であり、いっしょにいることに耐えられない人々とのおしゃべりにうんざりしていた。電話をかけてきた記者もふたりいた。ポリーに用足しに出かけてくるというと、アーサーとの会合を忘れないようにと釘《くぎ》を刺された。ぼくは自分の車に乗りこんでエンジンをかけ、ヒーターのスイッチを入れると、長いことシートに腰かけたまま、事件の再現劇に参加するべきかどうかについて思いをめぐらせた。もし欠席すれば、アーサーの不興を買うことになる。アーサーとの会合を欠席する人間などいない。

ぼくは車を出した。これは、みずから愚行を買って出るまたとないチャンスだ。事件のショックで心に傷を負ったせいで事務所にいられなくなった、ということにすればいい。アーサーもほかの連中も、こんどばかりはぼくを大目に見てくれるだろう。

漠然とジョージタウン方面に車を走らせたものの、どこか行くあてがあるわけではなかった。鉛色の雲が垂れこめていた。歩道を歩く人々はみな急ぎ足。除雪要員が早くも準備を進めていた。Mストリートでひとりの物乞《ものご》いとすれちがったときには、デヴォン・ハーディの知りあいだろうかと思った。雪嵐《ゆきあらし》のとき、路上生活者たちはどこに行くのだろう？

病院に電話をかけると、クレアは緊急手術中で二、三時間は身動きがとれないと教えられた。病院のカフェテリアでのロマンティックな昼食のひとときは、かくして夢と消えた。

車を北東方向にむけてローガン・サークルを通りすぎ、ワシントンのなかでも治安のよくない地域にはいるうちに、〈十四番ストリート法律相談所〉が見つかった。Qストリート・ノースウエスト十四番地。歩道に寄せて車をとめながら、ぼくはこれで愛車のレクサスも見おさめだと確信した。

相談所は、古ぼけた三階建ての赤い煉瓦《れんが》づくりのヴィクトリア朝風マンションの半分を占めていた。最上階の窓は、すべて古びたベニヤ板でふさがれている。となりは薄汚いコインランドリー。おそらくほど遠からぬ場所に、クラック・ハウスがあるにちがいない。

正面玄関の上には、派手な黄色の雨よけが張りだしていた。ノックをするべきか、いきなり足を踏みこむべきかもわからない。ドアには鍵《かぎ》がかかっていなかった。ぼくはゆっくりと把手《とつて》をまわして……別世界に足を踏みいれた。

たしかに一種の法律事務所ではあったものの、大理石とマホガニーで飾られた〈ドレイク&スウィーニー法律事務所〉とは天地の差があった。目の前の広い部屋には金属製のデスクが四つあり、そのどれにも見ただけで息苦しくなるような高さ三十センチの書類の山ができている。デスク周辺のすりきれたカーペットの上にも、ファイルが秩序もなく散乱していた。ごみ箱はどれもあふれんばかりで、丸められた法律用箋《ようせん》が床のそこかしこに転がっている。片側の壁にそって、色のちぐはぐなファイルキャビネットがいくつもならんでいた。ワープロも電話も、十年前の型だった。木製の書棚は棚板がたわんでいる。奥の壁には、マーティン・ルーサー・キング牧師の色褪《いろあ》せた写真が傾いたまま飾ってあった。この正面の部屋から、さらにいくつかの小さなオフィスが枝わかれしていた。

せわしなさのただよう埃《ほこり》っぽい部屋。ぼくは、ここの雰囲気に魅了されていた。きつい顔だちのヒスパニック系の女性が、しばしぼくを見つめてからタイプの手を休めた。

「だれかにご面会かしら？」女性はそう質問してきた。ただの質問というより、挑みかかるような調子だった。〈ドレイク＆スウィーニー法律事務所〉の受付係が来客にこんな応対をしたら、その場で馘《くび》になるはずだ。

デスクの側面に貼《は》りつけてあるプレートによれば、この女性の名前はソフィア・メンドーサだった。このあとぼくはすぐ、この女性が受付係以上の存在だと知ることになる。横の小部屋からいきなり割れ鐘のような声が響いてきて、ぼくは驚かされたが、ソフィアは眉《まゆ》毛《げ》一本動かさなかった。

「モーディカイ・グリーンさんに会いたいんですが」ぼくが鄭重《ていちょう》にいうと同時に、その名前の当人が先ほどの大音声につづいて、足音も高らかに自分のオフィスである小部屋からこのメインオフィスに姿をあらわした。モーディカイが一歩踏みだすたびに、床が震動した。モーディカイはオフィスの反対側にいるエイブラムとかいう人物にむかって、大声で叫んでいた。

ソフィアはモーディカイにむかってあごをしゃくったきり、ぼくの存在を頭から払い捨て、タイプ仕事を再開した。モーディカイは巨漢の黒人だった。身長はゆうに百九十センチ以上あり、その巨体がかなりの体重を運んでいる。年齢は五十代はじめといったところ。白髪混じりのひげを生やし、フレームの赤い丸眼鏡をかけていた。モーディカイはぼくに一瞥《いちべつ》を投げたきりなにもいわず、またエイブラムに大声で叫びながら、床をきしませて歩きつづけた。それからべつのオフィスに姿を消したかと思うと、エイブラムなる人物が見つからなかったと見えて、数秒後にまた引き返してきた。

それから、あらためてぼくを見つめて——「なにか用かな?」

ぼくは前に進みでると、名前を名乗った。

「ああ、こんごともよろしく」モーディカイの言葉は、たんなる社交辞令だった。「で、きみの用件は?」

「デヴォン・ハーディのことです」

モーディカイはしばしぼくを見つめてから、ソフィアに視線をうつした。ソフィアはわき目もふらずに仕事を進めていた。それからモーディカイは、自分のオフィスをあごでさし示した。ぼくはモーディカイのあとから、窓のない四メートル四方たらずの小部屋にはいっていった。床にはファイルフォルダーやくたびれた法律書が散らばり、文字どおり足の踏み場もないほどだった。

ぼくは、金色のエンボス加工がほどこされた〈ドレイク＆スウィーニー法律事務所〉の名刺を手わたした。モーディカイはひたいに深く皺《しわ》をよせて名刺を見つめると、そのままぼくにつき返してきた。

「スラム街探訪としゃれこんだわけかな？」モーディカイはいった。

「ちがいます」ぼくは名刺をうけとった。

「では、どんな用件で？」

「友好のしるしに来たんです。ハーディに命中した弾丸は、このぼくの体に命中しても不思議はなかったものですから」

「じゃ、あの男とおなじ部屋にいたんだな？」

「ええ」

モーディカイは深々とため息をつくと、警戒心をといた。それからぼくの横にあった一脚きりの椅子《いす》を指さして、「かけたまえ。ただし服が汚れるかもしれんぞ」

ぼくたちは椅子に腰をおろした。膝《ひざ》がモーディカイのデスクにふれたし、ぼくは両手をコートのポケットに突っこんだままだった。モーディカイの背後で、ラジエーターがうなりをあげていた。ぼくたちは目と目を見かわし、すぐに顔をそむけあった。たずねてきたのはぼくなのだから、まずぼくが話を切りだすべきだった。しかし、最初に口をひらいたのはモーディカイだった。

「きのうは、さんざんな目にあったようだね」モーディカイはいった。かすれがちの声はこれまでよりも低くなり、同情にあふれているといえそうな響きがあった。

「ハーディにくらべたらましでしたよ。きょうは、新聞であなたの名前を見かけたので、こちらにやってきたんです」

「といって、わたしにどうしろと？」

「遺族が訴訟を起こすと思いますか？　もしそうなら、ぼくは帰らないといけませんから」

「遺族はいないから、たいした訴訟は起こされないだろうな。その気になれば、わたしが騒ぐことはできる。デヴォンを撃った警官はどうせ白人だろう？　それなら市当局から、わずかな金を搾《しぼ》りとれるかもしれん。警官による不法妨害を主張すれば、和解に漕《こ》ぎつけられるだろうしね。だが、そんなことは楽しいとも思えんよ」モーディカイは手をふって、デスクをさし示した。「それでなくとも、ほら、仕事が山になってるんだ」

「撃った警官の姿は見ませんでした」いわれて、はじめて気がついた事実だった。

「だから、訴訟のことは忘れてくれ。で、そんな用件で来たのか？」

「なぜ来たのか、自分でもわからないんです。けさは、なにごともなかったように出勤したんですが、まともに頭が働かなくて。それで車を走らせていたら……ここにいたんです」

モーディカイはこの説明を理解しようとしているのか、ゆっくりとかぶりをふった。

「コーヒーでも飲むかね？」

「けっこうです。ハーディのことはよくご存じだったんですか？」

「ああ、あの男はここの常連だったからな」

「遺体はどこに？」

「DC総合病院の死体公示所だと思う」

「遺族がいなければ、このあとどうなります？」

「市が埋葬するよ。法律用語では〝貧民埋葬〟と呼ばれてる。RFKスタジアムの近くに墓地があって、そこに詰めこむんだな。身寄りもなく遺体の引きとり手もない死人がどれほどたくさんいるものか、真実を知れば驚くと思うよ」

「ええ、そうでしょうね」

「それどころか、ホームレスたちの生活のすべてが、きみにとっては驚きの連続のはずだ」

軽いジャブだった。ぼくのほうは、スパーリングをする気分ではなかった。「ハーディがエイズにかかっていたかはご存じですか？」

モーディカイは顔をのけぞらせて天井を見あげ、しばしその姿勢で考えこんでいた。

「なぜそんなことを？」

「ぼくはハーディのまうしろに立っていたんです。あの男の後頭部が銃弾で炸裂《さくれつ》し、ぼくは顔一面に血を浴びました。それだけです」

この発言で、ぼくは憎まれ役と平均的な白人を分かつ線をまたぐことになった。

「あの男がエイズにかかっていたとは思えないな」

「死んだときには、その種の検査をするんですか？」

「ホームレスに？」

「ええ」

「たいていの場合は検査するよ。しかしデヴォンの場合は、死因がまったくちがうからな」

「確かめてもらえますか？」

モーディカイは肩をすくめ、またすこし態度を軟化させた。「わかった」あまり気のすすまなそうな口調でいうと、胸ポケットからペンを抜きだして、「それがここに来た理由か？　エイズのことが心配だった？」

「それも理由のひとつだったと思います。ぼくの立場なら、あなたでも心配になりませんか？」

「たしかに」

エイブラムという男が部屋にはいってきた。小柄だが活発な雰囲気があり、大衆の利益を代弁する弁護士の歩く見本のような四十歳くらいの男だった。ユダヤ人で黒い口ひげをたくわえ、角縁眼鏡をかけ、着ているのは皺くちゃのブレザーと皺くちゃのチノパン、それに汚れたスニーカー。全身から、世界を救おうとする人間ならではの重々しいオーラを発散していた。

エイブラムはぼくには目もくれなかったし、モーディカイもその種の儀礼に頓着《とんちゃく》する男ではなかった。

「天気予報では大雪になるといってたぞ」モーディカイはエイブラムにいった。「すべての救護所がきちんとあいてるかどうかを確かめておかなくちゃならんな」

「いま確認しているところだ」エイブラムはぴしゃりといいかえすと、唐突に部屋から出ていった。

「お忙しいのは承知してます」ぼくはいった。

「きみの望みはそれだけか？ 血液検査をすればいいんだね？」

「ええ、まあ。で、なぜハーディがあんなことをしたのか、心あたりはありますか？」

モーディカイは赤いフレームの眼鏡をはずすと、ティッシュでレンズを拭《ふ》き、目もとを揉《も》みしだいた。「路上生活者の例に洩《も》れず、あの男も精神を病んでいたんだ。何年も路上生活をつづけ、浴びるように酒を飲み、クラックでハイになり、寒い場所で寝て、警官や不良グループに小突きまわされていれば、頭もおかしくなろうというものさ。おまけに、最近あの男の身にさいごの一線を越えさせる出来ごとがあってね」

「強制立ち退《の》きですか？」

「ああ。デヴォンは数カ月前から、ニューヨーク・アヴェニューとフロリダ・アヴェニューの交差点にあった廃屋になった倉庫に住んでた。だれかがベニヤ板をもちこみ、倉庫のなかを小さく区切って、アパートメントにしてたんだな。ホームレスが暮らすには、わるい場所じゃなかった。雨露をしのぐ屋根やトイレがあって、水道もつかえたからね。家賃は月に百ドルで、金は倉庫のリフォームをおこなった元ポン引きに支払う決まりだった。この男が、工場の建物の所有者を自称していたんだ」

「ほんとうに所有していた？」

「ああ、そうだと思う」モーディカイはデスクの書類の山から薄いファイルを一冊抜きだした。なんたる奇跡――その一冊はまさしく目あてのファイルだった。モーディカイは、しばしファイルの中身に目を通していた。「ここから話はややこしくなってくる。先月この不動産が、リバーオークス社という大手の不動産会社に買いとられたんだ」

「で、そのリバーオークス社が住人すべてを強制的に立ち退かせたと？」

「ああ」

「そのリバーオークス社の法的代理人を、うちの事務所がつとめていた可能性がありますね」

「大ありだな」

「で、話がこみいっているという理由は？」

「また聞きで耳にした話なんだが、強制立ち退きの前にいっさい通告がなかったらしい。住人たちは、例の元ポン引きにちゃんと家賃を払っていたと主張している。それが真実なら、あの連中はただの不法占拠者なんかじゃなくなる。つまり賃借人であって、それなら正当な法手続を踏んでもらう資格があったわけだ」

「不法占拠者の場合には、事前に通告がないと？」

「まったくなしだ。しかも、そんなことは毎日のように起きているよ。路上生活者たちが廃屋となった建物にはいりこむ。たいていは、なにも起こらない。だから彼らは、自分たちがその建物の所有者になったと思いこむ。本来の所有者は、その気になればいつでも、事前の通告なしに排除できる。不法占拠者には、なんの権利もないんだ」

「デヴォン・ハーディは、どうやってうちの事務所の存在をつきとめたんでしょう？」

「さあね。ただ、あの男は愚か者ではなかった。正気はなくしていたかもしれないが、決して愚かな人間ではなかったよ」

「その元ポン引きの男はご存じですか？」

「ああ。とことん信頼のおけない男さ」

「問題の倉庫はどこにあるというお話でしたっけ？」

「もうなくなったよ。先週とり壊されて、いまはすっかり更地《さらち》になってる」

もうかなりモーディカイの時間をつかわせていた。モーディカイもぼくも、それぞれの腕時計に目をやった。それからぼくたちは電話番号を教えあい、こんごも連絡をとりあう約束をかわした。

モーディカイ・グリーンは、人の痛みのわかる温かな心根のもちぬしであり、名もなき依頼人の大集団を守るために路上で粉骨砕身している。モーディカイとおなじ視点で法律を見るためには、これまでの一生でぼくがつちかってきた以上の魂が必要だ。

相談所を出ていくときには、ソフィアを無視した。どうせ相手も無視するだろうと思ったからだ。愛車のレクサスは先刻駐車した場所にとまっていたが、車体には早くも二センチを越える雪が降り積もっていた。

5

雪の降っているワシントンの街を、あちこち走りまわった。この前、会議に遅刻せずにワシントンDCの道路を車で走ったのがいつのことだったか、もう思い出せなかった。ぼくは重量級の豪華な愛車のなかでぬくぬくと体も濡《ぬ》らさずにすわったまま、ただ車の流れにあわせて走っているだけだった。どこといって目的地もないまま。

事務所にはしばらく帰れない。アーサーがぼくに怒り狂っているはずだからだ。帰れば帰ったで、百人もの人々がてんでにオフィスに顔を出しては、「元気か？」と心にもない言葉をかけてくるのに我慢しなくてはならない。

自動車電話の呼出音が鳴った。とりみだしたポリーの声がきこえた。「いまどこにいるんです？」

「だれかが知りたがってるのかい？」

「ええ、たくさんの人が。たとえばアーサーです。それからルドルフも。もうひとり、べつの記者からも電話がありました。数名の依頼人から助言をもとめる電話もありました。それに、病院にいる奥さまからも電話がありました」

「妻の用件は？」

「心配なさってました——ほかの人とおなじで」

「ぼくなら心配ないよ。みんなには病院に行っていると話しておいてくれ」

「ほんとですか？」

「いや。だけど、病院に行ってもおかしくないだろう？　アーサーはなんといってた？」

「アーサーから電話があったわけじゃないんです。ルドルフからの電話でした。みなさん、あなたを待っているとのことです」

「待たせておけ」

一瞬の間。それからゆっくりした口調で、「わかりました。こちらにお帰りになるとしたら、何時ごろになります？」

「わからないな。医者から解放されたらすぐに行くよ。きみは家に帰ったらいい。なにせ雪嵐《ゆきあらし》のまっただなかだからね。またあした、こちらから電話する」そういって答えを待たずに、ぼくは電話を切った。

住んでいるアパートメントを日中目にすることはめったになかったし、煖炉《だんろ》のそばにぽつねんと腰をおろして、降る雪をただ見ているというのも、考えただけで耐えられなかった。だからといってバーの入口をくぐったりすれば、帰れなくなるのは目に見えている。

そこでひたすら車を走らせた。ぼくはメリーランドやヴァージニアの郊外住宅地にいそいそと帰っていく通勤者の車の流れのままにただよい、ほとんど人けのなくなった道路を走って市街の中心部に引き返した。RFKスタジアムの近くでは、引きとり手のない遺体が埋葬されるという墓地を見つけたし、結局だれも口に入れなかったゆうべの夕食を調理した場所であるメソジスト教会の前も通った。これまで近くに寄ったこともなければ、今後も二度と目にしないだろうと思われる地域を、ぼくは車で走り抜けた。

四時になると、街から人影が消え失《う》せていた。空はすっかり暗くなり、雪もかなり激しくなってきた。地面には早くも十センチ以上も雪が積もっている。予報では、雪はさらに降りつづくだろう、ということだった。

いうまでもないことだが、たとえ雪嵐といえども〈ドレイク&スウィーニー法律事務所〉が業務を停止することはなかった。知りあいの弁護士のなかには、真夜中や日曜日に好んで仕事をする者もいる——電話が鳴らないからだ。だから大雪は、ノンストップでつづく会議や打ちあわせの電話という果てしない難行苦行からの、いっときのうれしい小休止をあたえてくれるのだ。

ロビーに立つ警備員からは、秘書や職員の大多数には三時に帰宅するように指示が出されたという話をきいた。ぼくは今回も、ミスターが乗ったエレベーターに乗った。

ぼくのデスクのまんなかには、ピンク色の電話メモ用紙がきれいにならべられていた。どれひとつとして、興味を引かれるものはなかった。ぼくは自分のコンピュータの前にすわり、依頼人インデックスの検索にとりかかった。

リバーオークス社はデラウェア州の会社で、創業は一九七七年、本社所在地はメリーランド州ヘイガーズタウンになっていた。株式非公開の企業であるため、財務関係の情報はごくわずかしか入手できなかった。法的代理人をつとめているのはN・ブレイドン・チャンス。知らない名前だった。

そこでぼくは、この名前をわが事務所の巨大データベースで検索した。チャンスはこの事務所の四階にある不動産部門のパートナーだった。四十四歳の妻帯者。ゲティスバーグ大学、デューク大学ロースクールという学歴で、立派だが、その反面では意外性のない履歴書だった。

日々八百人の弁護士がだれかを脅しつけたり訴えたりしているため、事務所で現在係属中の案件は三万六千件にのぼる。そこで、ニューヨークの支所がシカゴ支所の依頼人を訴えたりしないよう、新規案件はただちに事務所のデータシステムに入力されることになっていた。〈ドレイク&スウィーニー法律事務所〉では弁護士も秘書も弁護士補助職員も、全員が専用のコンピュータ端末をもっており、あらゆる案件についての概略をただちに入手できる仕組みになっていた。事務所所属の遺言検認を専門とする弁護士がパームビーチで裕福な依頼人の遺産関係の業務をおこなえば、数回キーを打つだけで、ぼくもわが事務所の法的代理業務のアウトラインを知ることができるという寸法だ。

リバーオークス社関連では、四十二件の案件が係属中だった。そのすべてが、この会社の不動産購入取引にまつわるものだった。どの案件にも、チャンスが正式代理人として名前をつらねていた。強制立ち退き手続が執行されたのは四件で、そのうち三件までが昨年おこなわれている。調査の第一段階は、じつにあっさりと完了した。

今年の一月三十一日、リバーオークス社はフロリダ・アヴェニューの物件を購入した。売手はTAG株式会社。そして二月四日に、われわれの依頼人は敷地内にあった廃屋となった倉庫から若干名の不法占拠者を強制的に立ち退かせた。そのひとりが、デヴォン・ハーディという名前の男だったことを、すでにぼくは知っていた。ハーディはこの立ち退き執行に怨恨《えんこん》をいだき、具体的な方法は不明ながらも、担当弁護士たちがいる事務所をつきとめたのだ。

ぼくは案件名と案件番号をメモすると、その足で四階にむかった。

大規模法律事務所にはいるときから、不動産弁護士になるという目標を胸にいだいている者はいない。名声を確立できるような、もっと魅力のある分野がほかにいくつもあるからだ。訴訟部は昔から変わらぬ人気の的《まと》だし、訴訟担当の弁護士ともなれば、およそあらゆる弁護士のなかでも——すくなくともこの事務所では——最大の崇拝をあつめる存在でもある。法人業務関連の部門にも、もっとも優秀な頭脳のもちぬしを引きつける分野がある——企業合併や吸収に関連する部門はいまだに人気があるし、証券関係の業務もまた昔から人気を誇っているのだ。ぼくが働いている反トラスト法関連部門は、高い評価を得ていた。税法は思わず怖気《おじけ》づくほど複雑怪奇だが、その分野で働く弁護士たちはすこぶる賞賛されている。政府関連業務（ロビー活動のことだ）はだれからもきらわれているものの、莫大《ばくだい》な収益をもたらす分野でもあることから、ワシントンＤＣにある法律事務所はこぞって専門の部課をもうけて、弁護士たちに政界の腐敗を促進させていた。

しかし、最初から不動産専門弁護士を志望する者はいない。どうしてそうなのかは知らない。彼らは自分たちだけの世界に閉じこもっている——抵当権関係の書類のきわめて小さな活字で印刷された部分を、わき目もふらず読んでいるにちがいない。事務所内では、不動産関係の弁護士はほかの部門とくらべて、わずかながら地位の低い存在だと見られていた。

〈ドレイク&スウィーニー法律事務所〉では、どの弁護士も係属中の案件ファイルを自分のオフィスに保管しているし、たいていは鍵《かぎ》や錠前のついた場所にしまっている。ほかの弁護士が見られるのは、片がついた古い案件ファイルだけだ。弁護士は、いくら圧力をかけられても担当案件のファイルをほかの弁護士に見せない。例外は、シニア・パートナーか事務所の重役会議のメンバーからの要請があったときにかぎられる。

ぼくがファイルを見たいと思っている強制立ち退きに関係した案件は係属中だったし、ミスターがあんな事件を起こしたあとだけに、厳重に保管されていることは充分予想できた。

秘書たちの詰所の横にあるデスクで、ひとりの補助職員が一枚の青写真を検分していた。ぼくはこの補助職員に、ブレイドン・チャンスのオフィスの場所をたずねた。職員は廊下の反対側にある、ドアがあいたままになっているオフィスをあごでさし示した。

驚いたことにチャンスはまだ勤務中で、きわめて多忙な弁護士の雰囲気を四方八方に発散していた。ぼくが仕事の邪魔をしたことに、チャンスは不快の念を隠そうともしなかった。当然だ。所内の一般的な職務遂行手順にしたがうなら、ぼくはまず事前に電話をかけ、面会の約束をとりつける必要があったからだ。ただしいまのぼくは、規則を四角四面に守る心境ではなかった。

チャンスはぼくに、椅子《いす》にすわれともいわなかった。それでもぼくは椅子にすわった。

これでチャンスの機嫌がなおるかというと、そんなことはなかった。

ぼくの顔を思い出したのだろう、チャンスは苛立《いらだ》ちもあらわな声でいった。「ああ、きみは人質のひとりだったな」

「ええ、そうです」

「さぞや恐ろしい体験だったろう」

「もうおわったことですから。ところで銃をふりまわしていた犯人、故ハーディは、強制立ち退き手続によって二月四日にある廃屋となった倉庫から追いだされています。うちの事務所が担当した立ち退き手続ですか？」

「そうだ」チャンスはそっけなく答えた。その過剰な自己防衛を感じさせる挙措を見れば、問題のファイルがきょう一日ついやして詳細に検討されていたという察しはついた。たぶんチャンスは、アーサーをはじめとするお歴々ともども、ファイルの隅々にまで目を通したにちがいない。「それがどうかしたか？」

「ハーディは不法占拠者だったんですか？」

「決まってるだろうが。あそこにいたのは、全員が不法占拠者だよ。われわれの依頼人は、あの手の厄介な問題を一掃しようとしていてね」

「ハーディが不法占拠者だったことは、まちがいないんですね？」

チャンスは口をあんぐりとひらいた。その目が赤くなった。ついで、チャンスは息を吸いこんだ。「きみの目的はなんだ？」

「案件ファイルを見せてもらえますか？」

「断わる。きみにはなんの関係もないからな」

「もしかすると関係があるかもしれないんです」

「きみの監督役のパートナーは？」チャンスはペンをとりだした。ぼくを叱責《しっせき》できる立場にある人物の名前を、しっかりとメモに書きつけておこうというつもりか。

「ルドルフ・メイズです」

　チャンスはその名前を大きな字で書きとめた。「わたしはすこぶる多忙でね。わるいが、お引きとり願おう」

「どうしてファイルを見せてもらえないんです？」

「わたしの担当案件のファイルで、そのわたしがだめだといったからだ。これで満足したかね？」

「それでは充分な根拠にならないかもしれません」

「いいや、きみにとっては充分な根拠だ。さあ、出ていってもらえないか？」チャンスは立ちあがって、ドアを指さした——その手はかすかにふるえていた。ぼくはチャンスに笑顔を見せて、オフィスをあとにした。

　補助職員は、やりとりのいっさいを耳にしていた。デスクの横を通りしなに、ぼくと職員は〝困ったやつだ〟という視線をかわしあった。

「最低の下司野郎《げす》さ」職員は唇だけを動かしているも同然の、ごく小さな声でそう吐き捨てた。

ぼくはまた笑みを浮かべて、同意のしるしにうなずいてみせた。下司なだけでなく、頭も鈍い男だ。もしチャンスがぼくに愛想よく接し、アーサーか上層部のだれかからファイルの他人への閲覧を禁止されていると説明していたら、ぼくもここまで疑いの念をいだかなかったかもしれない。しかし、いまやファイルになにか秘密があることがぼくにも明らかになっていた。

つぎの課題は、ファイルを入手することだった。

クレアとぼくは携帯電話をいくつももっている——ポケット用、バッグ用、自動車電話、もちろんそれぞれのポケットベルはいうにおよばず——だから、連絡をとりあうのは造作もないことのはずだった。しかし、ぼくたちの結婚生活で簡単にいくことなどありはしない。連絡がついたのは午後の九時になってからだった。いつもと変わりない一日——といっても、ぼくが限界まで働いても追いつけないほど体力を消耗する一日だろう——を過ごしたことで、クレアは疲れはてていた。これは、ぼくたちが恥ずかしげもなくやっていたゲームだった。そう、〝自分の仕事のほうが重要だ、なぜなら自分は医者／弁護士なのだから〟。

　このゲームにも、もううんざりだった。死と紙一重の体験をしたことで時間差ショックをこうむり、事務所にいられずに街をさまよっていたと話すと、クレアは安心した顔を見せた。クレアは、ぼくとは比較にならないほど生産的な一日を過ごしたことだろう。

　クレアの目標は、アメリカにおける女性脳外科医としてトップをきわめることにあった。あらゆる希望が潰《つい》えたとき、男の医者たちでさえ力を貸してくれと頭を下げて助力を乞《こ》うてくるような脳外科医を目ざしていたのだ。クレアは優秀な頭脳と強い意志をもち、さらには尽きることのないスタミナにも恵まれている。きっと、どんな男でも押しつぶしていけるだろう――なにせ〈ドレイク＆スウィーニー法律事務所〉で長年鍛えられているマラソン選手のこのぼくでさえ、じわじわと押しつぶされているのだから。ふたりの競争の趨勢《すうせい》が確定してから、すでに久しい。

　クレアの愛車であるミアータのスポーツカーは四輪駆動ではないため、悪天候のなかでそんな車を走らせる妻のことが心配だった。クレアは、あと一時間で病院での勤務がおわるといった――ぼくが事務所からジョージタウン総合病院まで車を走らせると、ちょうど一時間ばかりかかる。そこでぼくが病院までクレアを迎えにいき、レストランをさがそうという話になった。もし見つからなければ、ぼくたち夫婦の定番である中華料理のテイクアウトを買えばいい。

そのあとデスクの上の書類やこまごました品を整理したが、そのあいだもぼくは、きれいにならべてある十冊のファイル——現在係属中の案件のうち最新の十件のファイル——が目にはいらないように気をつけていた。デスクの上におくファイルを十冊に限定するというのは、ルドルフから教えられた仕事の方法だった。そしてぼくは、毎日この十冊のファイルすべてに時間をふりむけるようにしていた。なにより重要なのは、時間単位での報酬請求だった。十件の案件ファイルには——依頼人たちの法的問題の緊急度には関係なく——もっとも資金力のある依頼人に関係するファイルがかならずふくまれていた。これもまた、ルドルフから教わった小細工のひとつだった。

事務所からは、年間で二千五百時間を報酬請求にまわすことを求められている。つまり一年五十週として、週に五十時間だ。ぼくの平均的な一時間あたりの報酬額は三百ドルだから、ぼくはわが愛するこの事務所に総額で七十五万ドルの金をもたらしていることになる。これにたいして事務所がぼくに支払っている給与は十二万ドル——これに総額三万ドルの各種手当がつき、さらに諸経費として二十万ドルが認められていた。残りはパートナーたちが山わけすることになる——年一回の山わけは筆舌に尽くしがたい複雑怪奇な方法でおこなわれるが、そのさいは殴りあいの喧嘩《けんか》が通例となっていた。

パートナーたちの年収が百万ドルを下まわることはめったにないし、二百万ドル以上稼ぐ者さえいる。しかもひとたびパートナーに昇格すれば、その椅子は一生保証されていた。だから三十五歳でパートナーになれれば——出世街道をひた走っているぼくなら確実なことだが——そのあとは三十年におよぶ莫大な収入と夢のように裕福な生活が待っているわけだ。

そういった夢があるからこそ、ぼくたちは夜も昼も関係なく、一日じゅうデスクにへばりついていられるのである。

この手の数字をメモに書きつけていたそのとき——ぼくはしじゅうこんな計算に精を出していたし、事務所のほかの弁護士たちもみんなしているはずだとにらんでいた——電話が鳴った。かけてきたのは、モーディカイ・グリーンだった。

「ミスター・ブロックだね？」モーディカイは丁寧な口調だった。声ははっきりときこえたが、背景の喧噪《けんそう》もそれに負けないほどだった。

「ええ。どうか気やすくマイクルと呼んでください」

「ああ、そうさせてもらうよ。何本か電話をかけて確認したんだがね、きみにはなんの心配もないことがわかった。血液検査の結果は陰性だったよ」

「ありがとうございました」

「礼にはおよばんさ」モーディカイはいった。「ただ、すこしでも早く結果を知りたがっているだろうと思ってね」

「感謝します」ぼくは重ねて礼を述べた。モーディカイの背後の喧噪が高まってきた。

「いまどこにいるんです？」

「ホームレスの救護所だよ。大雪のせいでどんどんホームレスたちがやってきて、食事を出すのが追いつかないんだ。猫の手も借りたいくらいだよ。じゃ、もう切らないと」

ぼくのデスクはマホガニー製の古いもので、絨毯《じゅうたん》はペルシア製、椅子は高価な臙脂《えんじ》色《いろ》の革ばりで、ハイテク機器はどれも最新のものだ。いまこうして豪奢《ごうしゃ》に飾りつけられたオフィスをながめわたしながら、ぼくは長年のあいだではじめて、ひとつの疑問を感じていた――この部屋には合計でいくらかかっているのだろう？　ぼくたちは、ただ金を追いもとめているだけではないのか？　なぜ身を粉にして働いている？　もっと高価な絨毯や、もっと古いデスクを買いこむためか？

豪華な部屋が提供してくれるぬくもりと居ごこちのよさにつつまれたまま、ぼくの思いはモーディカイ・グリーンにおよんだ。いまモーディカイはボランティアとして忙しい救護所に身をおき、寒さに凍えて腹をすかせた人々に食事をふるまっている――きっとあたたかな笑顔を見せ、愛想のいい言葉を口にしているはずだ。

ぼくもモーディカイも、学校では法学をおさめて司法試験に合格し、難解な法律用語をなんなくつかいこなせる。つまり、ある程度までは同類だ。ぼくは依頼人たちが競争相手を飲みこむ手助けをしている――そのおかげで依頼人の収支決算の数字には〇《ゼロ》がいくつも増え、いずれはぼくも大金持ちになれるはずだ。そしてモーディカイは、依頼人が飢えを満たして温かなベッドを見つける手助けをしている。法律用箋《ようせん》の殴り書きを見おろした。収入、年数、そして大金持ちへの道。悲しい思いで胸がいっぱいになった。なんという恥知らずな強欲ぶりか。

いきなり電話が鳴って、ぼくは飛びあがった。

「どうして、いまになってもまだオフィスにいるの?」クレアがたずねた。一語ずつゆっくりと発音している——すべての単語が冷たい氷におおわれていたからだ。

ぼくは信じられない気持ちで腕時計に目をやった。「ああ……その……西海岸の依頼人から電話がかかってきたんだ。ほら、むこうは雪が降っていないからね」

この口実は以前にもつかった気がしたが、そんなことはどうでもよかった。

「わたしはずっと待ってるのよ、マイクル。わたしに歩けというつもり?」

「いや。できるだけ早く迎えにいくよ」

クレアを待たせたことは、前にもある。これもまた、例のゲームの一部だった——〝これだけ多忙な身では、そうそう身軽に動きまわれない〟というわけだ。

ぼくは走って、事務所の建物から雪嵐《ゆきあらし》のなかに飛びだしていった——またしても夜の時間を台なしにしたくせに、そのことを本心から悔やむ気持ちもないまま。

6

ようやく雪がやんだ。ぼくとクレアはキッチンの窓べで、コーヒーを飲んでいた。ぼくは窓から射《さ》しこむまばゆい朝の日ざしで新聞を読んでいた。記事によれば、ワシントン・ナショナル国際空港はようやく再開したとのことだった。

「フロリダに行こう」ぼくはいった。「いますぐに」

クレアは、こちらの意気をくじくような顔つきになった。「フロリダ？」

「いや、バハマ諸島でもいい。いまから出れば、午後早い時間には現地いりできるぞ」

「無理よ」

「いや、無理なものか。ぼくはどうせこれから二、三日は仕事に出るつもりはないし、それに――」

「どうして仕事に出ないの？」

「精神的にまいっているからだよ。事務所では精神的にまいった場合には、二、三日の休暇がとれることになってる」

「たしかに、おかしくなってるみたいね」

「いわれなくてもわかってる。でも、きっと楽しい旅になるぞ。広々したところでくつろげるし、下にもおかぬ接客をされて、なんでも望みどおりになるんだから」

クレアはまたこわばった表情を見せながら答えた。「わたしには無理よ」

話はこれでおしまいだった。ぼくとしても気まぐれで口にしたことだし、クレアがさまざまな用事で身動きがとれないことも重々承知していた。その意味では意地のわるい誘いだった——そう思いながら新聞に目をもどしたが、意地のわるい誘いをしたことを悔やんではいなかった。どんな情況だろうと、クレアがぼくと旅行に行かないことはわかりきっていたからだ。

クレアはだしぬけに忙しい理由をならべはじめた。アポイントメント、授業、回診——野心に満ちた若き外科レジデントならではの生活。そのあとクレアはシャワーを浴びて服を身につけ、出かける用意をととのえた。ぼくは車でクレアを病院まで送っていった。

雪に埋もれた道路を車がのろのろと進んでいくあいだ、ふたりのあいだに会話はほとんどなかった。

「これから二日ばかりメンフィスに行くことにしたよ」レザボア・ストリート側にある

病院の玄関前に車をとめると、ぼくはこともなげな口調でいった。

「あら、そう」クレアはいった。その言葉には、それとわかる反応は感じられなかった。

「両親に会いたくなったんだ。もう一年近く顔を見せてないから、そろそろ行く頃合いだと思って。雪のせいで体調もよくないし、仕事をする気分でもない。精神的にまいっているからね」

「じゃ、電話をして」クレアはそういうと助手席側のドアをあけ――そのまま閉めた。キスもなければ〝さよなら〟のひとこともなく、気づかいのひとつも見せずに。見ていると、クレアは急ぎ足で歩道を歩いていき、建物のなかに姿を消した。

おわりだった。そのことを母に告げるのが、いまから憂鬱《ゆううつ》でたまらなかった。


両親はともに六十代になったばかり、どちらも健康で、無理じいされた引退生活を前向きな姿勢で楽しむことを心がけていた。父は、三十年にわたって航空会社でパイロットをつとめていた。母は銀行の支配人だった。ふたりとも骨身を惜しまずに働いてかなりの貯蓄をし、ぼくたち兄弟になにひとつ不自由のない中流階級の家庭を提供してくれた。ぼくたち三人の兄弟は、これ以上は望めない最高の私立学校に進んだ。

両親は堅実で保守的、愛国心もあり、酒やタバコといった悪習にはいっさい染まらず、おたがいに深く愛しあっていた。日曜日にはふたりそろって教会に行き、七月四日には独立記念日のパレードに参加、週にいちどのロータリークラブの会合に出席し、いつでも気がむいたときに旅行をしている。

兄のワーナーは三年前に離婚していたが、そのことで両親はいまでも胸を痛めていた。アトランタで弁護士をしているワーナーは、大学時代の恋人と結婚した。アトランタのある一家の出身で、その一家とは家族ぐるみのつきあいだった。ふたりの子宝に恵まれたのち、ワーナーの結婚生活は軌道をはずれはじめた。妻は子どもたちの監護権を手にして、ポートランドに引っ越した。事情がすべて許せば、両親は年に一回だけ、孫たちの顔を見に出かけている。これは、ぼくが決してもちだすことのない話題だった。

ぼくはメンフィス空港でレンタカーを借りると、そのまま東に広がっている郊外住宅地、白人たちが住んでいる地域に車を走らせた。黒人は市街地に住んでおり、白人は郊外。ときおり黒人たちがどこかの地域に移住するようなことがあると、白人たちはまたべつの、もっと遠く離れた地域に移動していく。おたがいに避けあっているふたつの人種のおかげで、メンフィスは東にむかって拡大しつつあった。

両親が住む家はゴルフコースの上にあった。ガラスを多用した温室のような新築の家は、どの窓からもフェアウェイがのぞめる設計になっている。ぼくはこの家がきらいだった――フェアウェイにいつでも人がいたからだ。しかし、この意見を表だって口にすることはなかった。

空港からあらかじめ電話をかけておいたので、ぼくが家についたときには、すでに母が期待をみなぎらせて待っていた。父はハーフラウンドしているという話だった。

「疲れた顔をしてるわね」母はぼくを抱擁してキスをすると、そういった。これは、母がぼくを出迎えるときの常套句《じょうとうく》になっていた。

「ありがとう。母さんはきれいだよ」お世辞ではなかった。カントリークラブで毎日テニスをして日焼けマシンをつかっているせいで、母の体は引き締まり、小麦色に日焼けしていた。

母がつくってくれたアイスティーを、ぼくたちはパティオに出て飲んだ。パティオからは、おなじような引退生活者たちがゴルフカートに乗ってフェアウェイを疾駆していく姿が見えた。

「どうかしたの？」母はまだ一分もたたないうちに、それこそアイスティーのグラスにふたりとも口もつけないうちからたずねてきた。

「いや、なにも。ぼくなら元気だよ」

「クレアはどうしたの？　おまえたちはほとんど電話をよこさないでしょう？　もう二カ月以上もクレアの声をきいてないわ」

「クレアなら元気だよ。ぼくたちはどちらも元気で健康、一心に仕事に打ちこんでるんだ」

「ふたりいっしょの時間を充分つくるようにしてる?」

「いや」

「そもそも、ふたりで過ごす時間はあるの?」

「あまりないな」

母は顔を曇らせ、世の母親族の例に洩《も》れず目玉をぎょろりとまわして憂慮を示した。

「夫婦のあいだがうまくいってないのね?」という質問で、母は攻撃を仕掛けてきた。

「ああ」

「わかってるのよ、わたしには。空港から電話をもらったとき、おまえの声をきいただけで、これは問題が起こったなと察したもの。まさか、行きつく果ては離婚だなんて考えてやしないでしょうね。結婚カウンセラーに相談してみた?」

「いいや。とにかく下り坂なんだ」

「だったらカウンセラーに相談してみたら? クレアはすばらしい女性よ。だから、結婚生活を守るために全力をつくしなさい」

「努力はしてるさ。ただ、簡単にはいかなくてね」

「浮気? ドラッグ? お酒? ギャンブル? その手のことが原因なの?」

「そうじゃない。ただ、ふたりの大人がそれぞれの道を歩んでいるだけなんだ。ぼくは週に八十時間働いてる。残り八十時間は、こんどはクレアが仕事をしてるわけだ」

「だったらペースを落とすことね。お金がすべてではないわよ」母の声がわずかにかすれていた。見ると、その目がうっすらとうるんでいた。

「すまないとは思ってるよ、母さん。子どもがいなかったことだけが救いだね」

母は唇を嚙《か》みしめて気丈な顔を見せようとしていたが、内心では死にそうな苦しみを味わっていることがわかっていた。そればかりか、母の考えは手にとるようにわかった。ふたりが失敗、残るはひとり。いよいよ離婚となれば、母はそれを自分の責任だと思いこむにちがいない。兄の離婚のときとまったくおなじように。母はどうにかして、自分に責任を押しつける口実をひねりだすのだ。

ぼくとしては、情けをかけてほしくなかった。もっと興味のもてる話題で会話をつづけるために、ぼくはミスターの事件のことを物語った。母を思いやって、ぼく自身がこうむった危険については、かなり割り引いて話した。事件のことがメンフィスの新聞で報道されたとしても、両親はその記事を見のがしていた。

「それで、おまえはなんともなかったのかい?」母は恐怖にかられた顔でたずねた。

「もちろん。銃弾は命中しなかったんだよ。なにより、いまここにいるじゃないか」

「ほんとによかったね。でもわたしがいいたいのは、心に傷を負ってやしないかということだけど」

「ああ、大丈夫だよ。なんともない。頭がばらばらになるようなこともなかったしね。

ただ事務所から二日ばかり休めといわれたんで、家に帰ってきたんだ」

「なんとまあ、かわいそうに。クレアのことがあるうえに、そんな目にあって」

「ぼくならもう心配ないって。ゆうべはワシントンは大雪でね、休暇をとるには好都合だったんだ」

「クレアは安全なの？」

「ああ、ほかのワシントン住民なみには安全だよ。病院に寝泊まりしてるしね。たぶん、あの街では病院にいるのがいちばん賢明じゃないかな」

「おまえのことが心配なのよ。犯罪についての統計を見たわ。とてつもなく危険な街ね、ワシントンは」

「そうだね、危険ということじゃメンフィスといい勝負だ」

ぼくたちは、パティオの近くに落ちてきたゴルフボールを見つめ、その所有者が姿をあらわすのを待ちうけた。恰幅《かっぷく》のいい女性がゴルフカートから転がりでてくると、ボールの近くをしばしうろついてから打ったものの、ボールはまたあさっての方角に飛んでいった。

母はアイスティーのお代わりをとりにいくといって立ちあがった——それだけでなく、目もとをぬぐうためにも。

ぼくの訪問で、両親のどちらが強い衝撃をうけたかはわからない。母は、孫たちがたくさんいる絆《きずな》の強い家庭をもとめていた。父は息子たちが出世の階段をいちはやく昇り、苦労してかちえた成功がもたらす報酬を享受《きょうじゅ》するような事態が望ましいと考えていた。

その日の午後遅く、ぼくは父とハーフラウンドをした。といってもゴルフをしていたのは父で、ぼくはビールを飲みながらカートを運転していただけだった。いまだにゴルフの魅力は理解できなかった。よく冷えたビールを二本も飲むと、口をひらいて話をする気分になった。これに先だつ昼食の席で、ミスターの事件のことをあらためて話していたこともあり、ぼくが心身の充電をはかって闘技場に猛然と引き返すために、二日ばかり羽を伸ばしにきたわけでないことくらい、父はとっくに察していたようだ。

「なんだか、大きな法律事務所で働くのがいやになってね」三番ホールのティーグラウンドわきで肩をならべてすわり、先行していた四人のグループが出ていくのを待つあいだ、ぼくは重い口をひらいた。どうしても気分が落ち着かず、落ち着かないことが苛立《いらだ》ちの種になっていた。なんといっても、これはぼくの人生だ——父の人生ではない。

「いったいなにがいいたい？」

「いまの仕事に嫌気がさしてるってことさ」

「ほう、おまえもついに現実に目覚めたか。どうだ、工場で単調な仕事を黙々とやるしかない人たちは、自分の仕事に嫌気がさしているとは思わないか？　なんといっても、おまえは金持ちになっているじゃないか」

父はそんなふうに反論してきた。こちらは、あやうくノックアウトされかけた。さらに二ホールをまわり、父のボールをさがしてラフのなかをふたりで歩きまわっているとき、父がこういった。

「じゃ、転職をしようとでも?」

「うん、考えてはいるよ」

「こんどはどんな仕事をするつもりだ?」

「わからない。まだ早すぎる段階なんだ。これまで、ほかの仕事をさがしたことがないからね」

「さがしたことがなければ、となりの芝生のほうが青いとどうしてわかる?」父は自分のボールを拾いあげると、その場を歩き去った。

そのあと父が自分のショットを追いかけてフェアウェイを進んでいくあいだ、舗装された狭い通路にそってひとりでカートを走らせながら、ぼくはあそこにいる白髪頭の男がなぜこれほど怖いのだろう、と自問した。父は三人の息子たちを駆りたてて人生の目標をさだめさせ、しゃかりきに働き、〝大物〟になるために刻苦精励することを強いてきた——すべては大金を稼ぎだして、身をもってアメリカン・ドリームを実現することが目的だった。たしかに父は、ぼくたち兄弟が必要としているものすべてを提供してくれた。

兄や弟とおなじく、ぼくも最初から社会的良心をそなえて生まれてきたわけではない。教会に寄進をしたのは、聖書が寄進を強くすすめていたからだし、政府に税金を納めているのも、法律が要求しているからだ。たしかに、出した金の一部はなんらかの善行につかわれているにちがいないし、その意味ではぼくたちも善行に参加しているといえる。政治はそういったゲームを好む人間たちのものであり、そもそも正直なだけの人間が金を生むはずはない。ぼくたちは生産的な人間になれと教えこまれて育った——ぼくたちが成功をおさめればおさめるほど、それがめぐりめぐって社会の利益になる、と。目標をさだめ、一心に仕事に打ちこみ、フェアプレイを心がけ、成功者の地位をつかめ。

父は五番ホールでダブルボギーをやらかし、その罪をパターになすりつけながら、カートに乗りこんできた。

「さっきの話だけど、なにもぼくは、いま以上に青々とした芝生に行きたいわけじゃないかもしれないんだ」ぼくはいった。

「まわりくどい話はやめて、いいたいことをまっすぐ口にしたらどうだ？」父はいった。いつもどおり、ぼくは問題に正面から立ちむかえない自分に弱さを感じていた。

「いま考えているのは公益法の分野なんだ」

「なんだ、それは？」

「あまり金は儲《もう》からなくても、社会の利益を第一に考えて働くということかな」

「どうしたんだ？　民主党員にでもなったか？　いやはや、ワシントンに長く住みすぎたようだな」

「ワシントンには共和党員が山ほどいるよ。それどころか、あの街は共和党に乗っとられてるんだ」

ぼくたちはそれきり黙りこんで、つぎのホールまで行った。父はゴルフ上手だが、ショットはますます悲惨なものになってきた。どうやらぼくのせいで、精神集中が乱れていたらしい。

またしてもラフのなかを歩いているとき、父がいった。「そうか、どこぞのアル中が銃で頭を吹き飛ばされたものだから、こんどはおまえが社会を変えようという気になった。そんなところだろう？」

「あの男はアル中なんかじゃなかった。それに、ヴェトナムにも出征していたんだ」

ヴェトナム戦争のごく初期にB‐52のパイロットをしていた父は、これをきくなりその場に凍りついた。しかし、それも一瞬のことだった。父にはすこしも譲る気がないようだった。「あの手の連中のひとりということか？」

ぼくはなにも答えなかった。ボールは完全にどこかに消えてしまい、父も本気でさがしているわけではなかった。父はべつのボールをフェアウェイに投げだしたが、これもひどいミスショットをしでかした。ぼくたちは、その方向にむかって出発した。

「おまえがみすみす、前途有望な仕事を棒にふるのを見たくはないな」父はいった。「働きすぎたんだろうよ。そのぶんだと、二、三年のうちにはパートナーになれるだろうな」

「たぶんね」

「いまは、とにかく二、三日ゆっくり休むことだ」

これがぼくの治療法としてふさわしいということで、全員の意見が一致しているようだった。

ぼくは両親を高級レストランでの夕食に誘った。食事のあいだぼくたちは、クレアのことやぼくの仕事のこと、両親がめったに会えない孫たちの話題を必死で避けていた。だからぼくたちの話題は昔の友人たちや、昔からのなじみの人々にまつわる話ばかりだった。おかげでいろいろな噂話《うわさばなし》にはくわしくなったものの、関心のもてる話題はひとつもなかった。

両親の家を出たのは、飛行機の出発時刻の四時間前、金曜日の正午だった。そしてぼくは、ワシントンDCでの混乱した生活に逆もどりした。

7

金曜日の夜に帰宅したときには、もちろんアパートメントにはだれもいなかった。だが、変わったことがひとつだけあった。キッチンカウンターに置き手紙があったのだ。クレアは、ぼくからの合図を正しくうけとったらしい——手紙には、プロヴィデンスの実家に二日ほど帰る、とあった。理由は書かれていなかったが、帰宅したら電話をかけてくれ、とは書いてあった。

そこでぼくはクレアの両親の家に電話をかけて、一家の夕食を中断させた。それから五分間、ぼくたちはどちらも苦労しながらふつうの会話をつづけた。その会話で明らかになったのは、ぼくもクレアもまったく元気であり、メンフィスはすばらしく、プロヴィデンスもすばらしく、どちらの家族も元気で、クレアが日曜日の午後にワシントンに帰ってくる、ということだった。

ぼくは受話器をもどすと、コーヒーを淹《い》れ、Pストリートをのろのろと進んでいる車の行列を寝室の窓からながめながら、コーヒーをゆっくりと飲んだ。道路にはまだ雪が残っている。そもそも、多少でも溶けたのかどうか、それさえさだかではなかった。

ぼくは両親に気の滅入《めい》るような話をきかせてきたが、クレアもおなじ内容の話を自分の両親にきかせているのだろう。自分たち夫婦の真実にふたりでむきあわず、その前にそれぞれの家族に心情を打ち明けるというのも、考えれば寂しく妙な話だったが、なぜかそれほど意外には思えなかった。こんなことにはもう倦《う》み疲れていた。だから近いうちに、それもそう遠くないある日——たぶんこんどの日曜日あたりに——ふたりでどこかに腰をおろして——まあ、キッチンテーブルあたりか——現実に正面からむきあう覚悟をかためた。その場でぼくたちはそれぞれの気持ちや恐怖を正直に吐露することになるだろうし、さらにこれには確信があったが、どちらも袂《たもと》をわかったあとの未来についての計画を立てはじめるはずだ。クレアが終止符を打ちたがっていることはわかっている。わかっていないのは、その気持ちがどれほど切実なものか、という点だけだ。

ぼくは発言に説得力をつけるため、クレアにいうべき科白《せりふ》を声に出して練習した。そのあと、ゆっくり時間をかけて散歩をした。外は氷点下十度、強い風が吹き、トレンチコートを着ていても身を切られるような寒さだった。瀟洒《しょうしゃ》な一戸建てやこぢんまりしたタウンハウスの前を通ると、本物の家族が食事をとり、にこやかに笑い、ぬくもりを楽しんでいる団欒《だんらん》の光景が見えた。そのあとMストリートに出ると、閉所恐怖症に悩む人々が群れをなして歩道を埋めつくしていた。凍えるような金曜の夜も、Mストリートが閑散とすることは決してなかった。どこのバーにも客がつめかけ、レストランには順番待ちの客が行列をつくり、コーヒーショップは満員だった。

ぼくは一軒のクラブの前で足をとめると、足首まで雪に埋もれたままブルースのメロディに耳をかたむけ、酒を飲んだり踊ったりしている若いカップルたちをながめた。生まれてはじめて、自分がもう若くないということを実感していた。いま三十二歳。しかし過去七年間は、どこの二十代の若者にも負けないほどの仕事をこなしてきた。ぼくは疲れていた——年寄りとはいえないにしろ、中年と呼ばれる年齢がぼくに着々と重くのしかかりつつあった。ぼくは、もう大学を卒業したばかりの若者でなくなったことを認めた。この店にいるような若くて愛らしい娘たちから、ふりかえって見つめられることは、もうなくなったのだ。

ぼくは凍えていた。それに雪がまた降りはじめていた。サンドイッチを買ってポケットにつめこむと、ぼくは重い足を引きずりながらアパートメントに引き返した。それから強い酒をグラスに注いで、煖炉《だんろ》に小さな火をおこし、薄闇《うすやみ》のなかでサンドイッチを食べた——とてつもない孤独を感じながら。

かつては週末にクレアが家を空《あ》ければ、それを自分が事務所で暮らしていることで感じる罪の意識を打ち消す口実にしていた。いま煖炉のそばにすわっていると、過去の自分の考え方がうとましくてたまらなくなってきた。ぼくがいなくても、〈ドレイク&スウィーニー法律事務所〉は末長く堂々と存続しつづけるだろうし、依頼人とその法律的な問題は、またべつの若き弁護士集団がきちんと面倒を見ることになるだろう。ぼくの辞職など、事務所にとっては道路の小さな窪《くぼ》みにすぎない——それも気づかないほどの。ぼくが事務所を出て数分もすれば、あのオフィスには別人がはいっているはずだ。

九時をまわったころに電話の呼出音が鳴り響いて、ぼくを陰鬱《いんうつ》な長い白昼夢から現実の世界に引きもどした。モーディカイ・グリーンだった。モーディカイは携帯電話にむかって、大声で怒鳴りつけるように話していた。

「いま忙しいか？」モーディカイはたずねた。

「ええと……そうでもありません。どうしました？」

「地獄のような寒さのうえに、また雪が降ってきた。人手不足なんだよ。二、三時間でいいから、ちょっくら手を貸してくれないか？」

「なにをするんです？」

「仕事だよ。とにかくこっちでは、猫の手も借りたい忙しさなんだ。救護所にも給食所にも、どんどん客がつめかけているのに、ボランティアの数が足りなくてね」

「ぼくでも役に立つんですか？」

「パンにピーナツバターを塗ることはできるか？」

ン教会の救護所だ。教会の地下にいるからな」

「ええ、なんとか」

「だったら、きみは役に立つ人材だ」

「わかりました。で、どこに行けばいいんです？」

「相談所から十ブロック離れたところだよ。十三番ストリートとユークリッド・ストリートの交差点に立つと、右手に黄色い教会が見えるはずだ。エベニーザー・クリスチャン教会の救護所だ。教会の地下にいるからな」

　ぼくはこの情報を書きとめていった。一語書きとめるごとに、ぼくの文字はどんどんふるえてきた。モーディカイが最前線から電話をかけてきているからだ。銃を携帯するべきだろうか？　モーディカイは護身用の銃をもっているのか？　しかしあの男は黒人で、ぼくはそうではない。それにぼくの車、あのすばらしいレクサスはどうなる？

「わかったか？」ややあって、モーディカイのうなり声がきこえた。

「ええ。二十分後には行けると思います」ぼくは雄々しく宣言したが、早くも心臓は激しい動悸《どうき》を刻んでいた。

　それからジーンズとスエットシャツに着替え、足にはデザイナーズブランドのブーツを履いた。財布からクレジットカードと現金のほとんどを抜きだす。クロゼットのいちばん上をあさると、昔着ていた裏地がウールのデニムジャケットが見つかった。コーヒーとペンキの染《し》みがついている。ロースクール時代の遺物だった。これを着ていれば金持ちには見えないのではないか——そう思いながら鏡の前に立つ。あいにく、考えちがいだった。もし若い男優がこれを着てヴァニティフェア誌の表紙のモデルになれば、このファッションがたちまち新しい流行になるにちがいない。

抗弾ベストが欲しいと心の底から思った。ぼくは恐怖にふるえあがっていた。しかしドアに鍵《かぎ》をかけて雪空のもとに踏みだしたとき、ぼくはなぜか不思議な高揚感を感じてもいた。

予想とは異なり、走行中の車から銃撃をうけることもなければ、ギャングの集団に襲撃されることもなかった。悪天候のせいで——一時的なこととはいえ——この街は人っ子ひとりいない安全な場所になっていたのだ。ぼくは教会を見つけると、道路をはさんで反対側の駐車場に車をとめた。教会は、大聖堂のミニチュア版といった雰囲気だった。建造されてから、すくなくとも百年はたっているだろう。創立時の信徒会がすでにここを見すてて、去っていることはまちがいない。

建物の角を曲がると、ドアのそばに三人の男たちが肩を寄せあってたたずみ、順番を待っていた。ぼくは行き先を心得ている人間のような顔をして三人の横を通りすぎ、ドアをあけて……ホームレスの世界に足を踏みいれた。

心の底から、そのまま足を進めたかった。こんなところは前にも来たことがあるし、いかにもここで仕事がある人間の顔をしたかった。しかし、足が前に進んでくれなかった。ぼくはただ驚きに目を見ひらき、地下室に立錐《りっすい》の余地もなくつめかけている驚くほどの数の貧しい人々の群れを、ただ茫然《ぼうぜん》と見つめるばかりだった。床に横たわって眠ろうとしている者がいた。グループをつくって車座になり、低い声で話をしている者がいた。細長いテーブルの前にすわったり、折りたたみ椅子《いす》にすわったりして、食事をとっている者がいた。四方の壁には、ぎっしりと隙間《すきま》なく人々がならんでいた――みな背中をコンクリートブロックの壁にもたせかけている。大声で泣いている幼児もいれば、遊んでいる幼児もいる。母親たちは、自分の子どもを身近に引きとめておこうとしていた。これだけの喧噪《けんそう》のなかでも、アル中たちは妙な姿勢で横たわって高いびきをかいている。ボランティアたちが毛布をくばり、この群衆のなかを歩きまわっては、人々に林檎《りんご》を手わたしていた。

部屋の突きあたりがキッチンになっていた――せわしなく人が動きまわっては、食べ物を用意し、人にくばっていた。奥のほうにモーディカイの姿が見えた。紙コップにフルーツジュースをそそぎながら、ひっきりなしにしゃべっている。配膳《はいぜん》用テーブルの前では、行列が辛抱づよく待っていた。

室内は暖かく、臭気や芳香やガスのぬくもりが入り混じって、かなり強いにおいをつくりだしていたが、これは不快なものではなかった。ミスターとおなじように着ぶくれしたホームレス男がぼくにぶつかってきた。いよいよ足を前に進めなくては。

まっすぐモーディカイのところに歩みよると、この弁護士はぼくを見てうれしそうな顔を見せた。ふたりで旧友同士のような握手をかわしてから、ふたりのボランティアを紹介してもらったが、ふたりの名前はまったくききとれなかった。

「正気の沙汰《さた》じゃないぞ」モーディカイはいった。「大雪と寒波だからね。今夜は徹夜で仕事になるな。よし、あっちからパンをもってきてくれ」

そういってモーディカイは、白い食パンが載ったトレイを指さした。ぼくはそれをもちあげて、モーディカイのあとからテーブルに近づいた。

「かなりややこしい作業だからな。ボローニャソーセージはここで、こっちがマスタードとマヨネーズだ。サンドイッチの片側にはマスタード、片側にはマヨネーズを塗る。ソーセージのスライスはひと切れで、それを二枚のパンではさめば完成だ。おりを見て、ピーナツバターのサンドイッチも十ばかりつくる。わかったか？」

「わかりました」

「飲みこみが早いな」モーディカイはぼくの肩をぽんと平手で叩《たた》くと、この場を離れていった。

手早くサンドイッチを十ばかりつくると、この作業に習熟した自信がもてたので、ぼくは多少ペースを落とし、順番待ちの行列をつくっている人々をながめた。みな伏し目がちではあったものの、前にある食べ物をたえずちらちら盗み見てもいた。人々にはまず紙の皿とプラスティックのボウル、スプーンとナプキンがわたされる。それから行列が前に進むにつれて、ボウルにスープがつがれ、皿にサンドイッチの半分がおかれ、そこに林檎と小さなクッキーが添えられる。テーブルのいちばん端では、林檎のジュースが待っていた。

ボランティアからジュースをわたされると、ほとんどの人が小声で感謝の言葉をつぶやき、皿とボウルをしっかりかかえて離れていった。子どもたちでさえ、食べ物をあつかうときには静かで慎重になっていた。

たいていの人はじっくりと時間をかけて食べていた。料理のぬくもりや舌ざわり、顔にむかって立ち昇ってくる芳香を心ゆくまで楽しんでいるのだろう。とはいえ、できるだけ早く腹に詰めこもうとしている人もいた。

ぼくの横には火口が四つあるガスレンジ台があり、そこに載せられた四つの大鍋《おおなべ》のなかではスープが煮立っていた。さらにその向こうには、セロリと人参《にんじん》、玉葱《たまねぎ》、トマト、それに一羽丸ごとの鶏などが隙間なくおかれたテーブルがあった。ひとりのボランティアが大きな包丁を手に、親の仇《かたき》に遭ったような剣幕でどんどん野菜を薄切りにしたり、さいの目に切ったりしている。レンジ台の前には、ふたりのボランティアが立っていた。ほかにも数人のボランティアが、できあがった料理をせっせと配膳テーブルに運んでいる。つかのま、サンドイッチの担当はぼくだけになった。

「ピーナツバターのサンドイッチがもっと必要だな」キッチンに引き返してきたモーディカイはそういうと、テーブルの下に手をさし入れて、ありふれたブランドのピーナツバターの二ガロン容器をとりだした。「まかせても大丈夫か?」

「ええ、もう専門家ですから」

モーディカイはぼくの作業を見まもっていた。行列がいっとき短くなったこともあって、話をしたい気分になったようだ。

「あなたは弁護士だと思ってましたよ」ぼくはピーナツバターをパンに塗り広げながらいった。

「弁護士だが、その前にまず人間だよ。両方の役割をこなすことは不可能ではない——ああ、そんなにたくさん塗るな。効率のよさを考えなくちゃな」

「この食べ物はどこから来たんです?」

「食糧銀行だよ。ぜんぶ寄付でまかなわれてる。今夜は運がよかった。鶏肉《とりにく》があったからね。気くばりの賜物だな。いつもはスープの具は野菜だけなんだ」

「このパンはあまり新しくありませんね」

「ああ。しかし、なにせ無料だからな。大きなパン工場が、三日前の賞味期限切れの品を寄付してくれるんだ。よかったら、きみもサンドイッチを食べるといい」

「どうも。いまひとつもらいました。あなたも食事はここで？」

「たまにね」胴まわりの肉づきを見るかぎり、野菜スープと林檎だけの食生活を守ってはいないようだ。モーディカイはテーブルの端に腰かけて、群衆を見わたした。「救護所に来たのは、きょうがはじめてか？」

「ええ」

「まっさきに頭に浮かんできた単語は？」

「絶望——ですね」

「そうだろうと思った。しかし、そんな気持ちはすぐに克服できる」

「ここには何人の人が住んでるんです？」

「ひとりもいないよ。ここは緊急用救護所だからね。キッチンは毎日昼時と夕食時にあいてはいるが、常設の救護所ではない。ここは親切な教会でね、天気がわるいときに、ここを開放してくれているわけだな」

ぼくは必死で話を理解しようとした。「だったら、この人たちはふだんどこに住んでるんです？」

「不法占拠者もいるよ。廃屋になったビルに住みついてるんだが、まあ、幸運な連中だろうよ。路上で暮らしている者もいる。公園で暮らしている者、バスの停留所で暮らしている者、それから橋の下をわが家にしている者。天気に恵まれているかぎりは、死ぬことはない。しかし、今夜はそのままでは凍え死ぬだろう」

「だったら、寝泊まりできる救護所はどこにあるんです？」

「街のあちこちに散らばってるよ。約二十カ所――そのうち半数は個人の出資でまかなわれ、残り半分が市当局の運営だ。こちらは、予算削減のあおりを食らって、近々二カ所が閉鎖されることになってるがね」

「ベッドは合計でいくつになります？」

「だいたい五千というところかな」

「ホームレスの人数は？」

「それが昔から大問題でね。人数をたやすく数えられる人種とはいえないからな。だいたい一万人というところが、妥当な数字だと思う」

「一万？」

「ああ。ただしそれは、路上生活を送っている者にかぎった数字だよ。家族や友人のところに一、二カ月ほど身を寄せて、一時的にホームレスでなくなっている者が、それ以外に二万人はいるだろうな」

「とすると、いまも最低五千人の人間が路上にいると？」ぼくはたずねた。信じられない気持ちが、われながらありありと声に出ていた。

「最低でもね」

ひとりのボランティアから、サンドイッチの追加の注文がはいった。モーディカイに手伝ってもらって、ふたりでまた十個ばかりつくった。そのあとぼくたちは手を休めて、また群衆に目をむけた。ドアがあき、赤ん坊をかかえた若い母親がそろそろとはいってきた。そのうしろから、三人の幼児がつづく——そのうちひとりはショートパンツ姿で、左右ちぐはぐの靴下をはいてはいたが、靴はない。その子の肩にはタオルが巻いてあった。ほかのふたりは靴を履いてこそいたが、まともな服を着ていなかった。赤ん坊は眠っているように見えた。

母親はぼんやりした顔をしており、地下室にはいったはいいが、つぎにどこに行けばいいかもわからないようすだった。テーブルには空席はない。母親が子どもたちを食べ物のほうにみちびいてくると、ふたりのボランティアが笑顔で進みでて助けの手をさしのべた。ひとりが親子をキッチンに近い部屋の隅に案内して食べ物を運び、もうひとりは一家に毛布をかけてやった。

モーディカイとぼくは、その一部始終を見つめていた。じろじろ見てはいけないと思ったが……だれがそんなことを気にする？

「この嵐《あらし》が過ぎ去ったら、あの母親はどうなるんでしょう？」ぼくはたずねた。

「だれにわかる？　気になるなら自分できけばいい」

そのひとことで、ぼくは窮地に立たされた。まだ、手を汚す覚悟ができていなかったのだ。

「きみはワシントンDC法曹協会で活動してるのか？」モーディカイがたずねてきた。

「ええ、多少は。なぜです？」

「ちょっとした好奇心できいてみただけだ。法曹協会では、ホームレスのためにかなりの公益活動《プロ・ボノ》をしているからね」

モーディカイは餌《えさ》を撒《ま》いている——その餌にあっさり食いつく気はなかった。

「いまも死刑事件を担当していますよ」ぼくは胸を張っていった。

あながち嘘《うそ》ではなかった。四年前にあるパートナーの手伝いで、テキサス州の死刑囚のために摘要書を書いたことがあった。事務所では公益活動の必要性をアソシエイト全員に説いてはいるが、一銭の金にもならない仕事で報酬請求のできる仕事をさまたげるのは断じて褒められたことではなかった。

ぼくたちはそれからも、母親と四人の子どもたちを見つめつづけた。ふたりの幼児はスープが冷めるのを待つあいだ、先にクッキーを口に入れていた。母親は薬で朦朧《もうろう》としているのか、そうでなければショック状態にあるようだった。

「いますぐあの女性が行って、そのまま住みつけるような場所はないんですか？」

「ないだろうな」モーディカイはテーブルに腰かけたまま、大きな足をぶらぶらと揺らして、こともなげに答えた。「きのうの時点でいうなら、緊急用救護所の入所順番待ちリストには五百人が名前をつらねていたよ」

「緊急用救護所？」

「ああ。気温が氷点下になったときだけ、市当局がお情けで扉をあける低体温療法みたいな救護所があるんだ。あの母親がすがれるのはそこだけだと思うが、まあ、今夜は満員だろうな。これまたご親切にも、氷が溶けはじめると、市当局はまたその救護所を閉鎖するしね」

ここで副料理長をつとめる人物が、用事で立ち去らねばならなくなった。たまたま手があいていた唯一《ゆいいつ》のボランティアであるぼくが、その仕事を割り当てられた。モーディカイがサンドイッチをつくっているかたわらで、ぼくはセロリや人参や玉葱を一時間ばかり切りつづけた。そのあいだずっと、ミス・ドリーがぼくの仕事を監視していた。ミス・ドリーは、この教会の創設委員のひとりであり、かれこれ十一年にわたってホームレスたちに食事を供給する仕事の責任者をつとめているという。ここは、ミス・ドリーのキッチンだった。ミス・ドリーからは喜んでここに迎えいれるという言葉をもらったほか、いちどだけセロリを大きく切りすぎていると注意されもした。ぼくはすぐに、もっと小さく切るようにした。ミス・ドリーのエプロンには染みひとつなかった。この女性は自分の仕事に多大な誇りをいだいているらしい。

「こういう人たちをいつも見ていて、見なれるということはあるんですか？」ぼくはミス・ドリーにたずねてみた。ガスレンジ台の前にふたりで立っていたときだったが、ちょうど背後のどこかで口論が起こって、注意がそちらに引かれてしまった。モーディカイと牧師が口論の仲裁にはいり、また平和がおとずれた。

「そんなことはないわね」ミス・ドリーはタオルで手をふきながら答えた。「いまでも胸が痛むわ。でも、聖書の箴言《しんげん》集にも『貧しき者に食べ物をふるまう者は幸いだ』という言葉があるでしょう？　その言葉を胸に仕事を進めてるの」

そういってミス・ドリーは体の向きを変えてスープをそっとかきまわし、ぼくのいるほうに声をかけてきた。

「鶏肉の用意ができたわ」

「というと？」

「あなたが鶏肉を鍋からとりだして、切った野菜を鍋に入れ、鶏肉が冷めたら、肉を骨から削《そ》ぎ落とす——ということ」

肉を骨から削ぎ落とすにはこつが必要だった。ミス・ドリーの方法にならうとすれば、なおさら必要となる。その仕事をおえたときには、指は熱くてたまらず、火傷《やけど》同然の状態になっていた。

8

モーディカイはぼくの先に立って、玄関ホールに通じる暗い階段をあがっていった。

「足もとに気をつけろよ」モーディカイがささやくような小声でいい、ぼくたちは観音びらきになったスイングドアを押しあけて、礼拝堂に足を踏みいれた。あたりは薄暗かった。いたるところで、人々が眠りにつこうとしていたからだ。信徒席の上に横たわって、いびきをかいている者もいた。信徒席の下で体を丸めている者も、子どもたちを静かにさせようとしている母親もいた。通路にも人々が背中を丸めてすわりこんでいたため、ぼくたちは残りすくないスペースを飛び石づたいの要領で進んで説教壇に近づいていった。聖歌隊席もホームレスたちで埋めつくされていた。

「こんなことをしてくれる教会は数すくないんだ」ふたりで祭壇の横に立って何列にもわたる信徒席をながめわたしていると、モーディカイが小声でささやいた。

教会がおよび腰になるのも、わからないではない。

「日曜はどうなるんですか？」ぼくは、おなじく小声で質問した。

「天気によるな。ここの牧師は、わたしたちの仲間なんだ。ホームレスたちを追いださず、礼拝式のほうを中止してくれることもある」

〝仲間〟というのが具体的にどういう意味なのかはわからなかったが、そんなクラブの一員になりたい気分ではない。天井のほうから板がきしむような物音がしたので見あげると、頭上にUの字形のバルコニーが張りだしていることがわかった。目を凝らして見たところ、バルコニーの信徒席にも人間の集団が折り重なるようにして寝ている光景がしだいに見えてきた。モーディカイも、おなじ場所を見あげていた。

「いったい全員で何人が……」ぼくは低くつぶやいた。その思いをさいごまで口にすることができなかった。

「数えてないんだ。わたしたちは食べ物をふるまい、一夜の宿を提供するだけでね」

一陣の風が建物の側面にぶつかってきて、窓のガラスががたがたと揺れた。地下室にくらべると、教会堂のなかはかなり気温が低い。ぼくたちは爪先《つまさき》立ちで寝ている人々をまたいで歩きながら、オルガンの横にあった扉をくぐり抜けた。

そろそろ午後の十一時だった。地下室はあいかわらずごったがえしていたが、スープの行列はもう消えていた。

「こっちに来てくれ」モーディカイはそういうと、プラスティックのボウルをボランティアにさしだし、笑顔でぼくにいった。「きみの名コックぶりを確かめようじゃないか」ぼくたちは人ごみのまんなかに席をとった——折りたたみ式のテーブルで、路上生活者たちに左右を囲まれた席だった。モーディカイのほうはなにも問題のない顔で、食べることにも話すことにも支障を感じていなかったようだが、ぼくのほうはそうはいかなかった。スープをすこし飲みはした——ミス・ドリーの力量だろう、じっさいとてもおいしかった。しかしぼくは、マイクル・ブロックという名前の人間——メンフィス出身でエール大学卒、いまは〈ドレイク&スウィーニー法律事務所〉に所属する裕福な白人男性が、ワシントンDC北東地区のどまんなかにある教会の地下室にいて、ホームレスに周囲をかこまれたまま腰をおろしているという事実を、どうあがいても頭からふり払えなかった。ここで見かけたぼく以外の白人はひとりだけ——中年のアル中男で、食事をおえると姿を消していた。

愛車のレクサスがとうに消えていることにも、この建物を出たら五分後には自分が死体になっていることにも確信をいだいていたので、モーディカイがいつどうやってここから帰るのであれ、ぜったいにこの男から離れまいと誓いを立てた。

「きょうのスープは絶品だな」モーディカイはそういって、事情を説明してくれた。「日によって味にばらつきがあるんだよ。手に入れられる材料によってね。おまけに調理法も、場所によって異なるものだから」

「このあいだ、〈マーサのテーブル〉でヌードルにありついたぞ」ぼくの右側にすわっていた男がいった。男の肘《ひじ》は、ぼくの手よりもぼくのスープのボウルの近くに迫《せ》りだしていた。

「ヌードルだって？」モーディカイがわざと驚いたふりをしてたずねた。「スープにヌードルがはいってたのか？」

「そうともさ。ひと月に一回くらい、ヌードルいりのスープが出るんだよ。いまじゃみんなに知れわたってるから、テーブルを確保するのがひと苦労さ」

男が冗談で話しているのか真面目《まじめ》なのか、ぼくには判断がつかなかった。しかし、男の目はきらきら輝いていた。贔屓《ひいき》にしている無料給食所の混雑ぶりにホームレスの男が不満を述べ立てているのが、ぼくにはユーモラスに感じられた。〝テーブルを確保するのがひと苦労〟——ジョージタウンに住んでいる友人たちの口から、おなじ科白《せりふ》を何回きかされたことだろうか。

モーディカイが笑顔を見せて、男にたずねた。「きみの名前は？」

あとでぼくは、モーディカイがかならず話し相手の名前をたずねる習慣をもっていることを知ることになる。この男がホームレスを愛しているのは、犠牲者だからという理由だけではない——なにより、自分の同胞だからなのだ。

これは、ぼく自身の当然ともいえる好奇心でもあった。ホームレスは、どういった事情でホームレスになるのか？　そこが知りたかった。この国の巨大な福祉システムのどこにどんな欠陥があって、橋の下で暮らすしかないほどの貧窮に追いこまれる人が出てくるのか？

「ドラノだ」男は、ぼくが切った大きめのセロリを噛《か》み砕きながら答えた。

「ドラノ？」モーディカイが鸚鵡《おうむ》がえしにたずねた。

「ドラノだ」男は、排水管用の洗剤として有名な商品の名前をくりかえした。

「名字は？」

「ないんだ。なにせ貧乏だからね」

「ドラノという名前はだれにつけてもらった？」

「母さんだよ」

「お母さんからドラノという名前をもらったとき、きみは何歳だった？」

「五歳くらいだっけ」

「なんでドラノという名前になった？」

「母さんにはちっこい赤ん坊がいてね、この子がぜんぜん泣きやまない。しじゅう泣き叫んでて、だれも寝られなかった。だから、おれがその子に〈ドラノ〉を飲ませたんだ」男はスープをかきまぜながら物語った。なんども練習を重ね、何回も人に物語ってきたことのうかがえる口調だった。だから、ぼくは一語たりとも信じなかった。しかしほかの人間は話にきいっており、ドラノは注目を浴びてご満悦だった。

「赤ん坊はどうなった?」モーディカイは、真正直に話を信じているふりをしていた。

「死んだよ」

「弟になるはずだったんだろう?」

「いいや。妹だな」

「そうか。じゃきみは、自分の妹を殺したわけだな」

「ああ。でも、そのあとみな、ぐっすり寝られるようになったんだぞ」

モーディカイは、似たような話はいくつもきいてきたといいたげな顔で、ぼくに目くばせをした。

「どこに住んでる?」ぼくはドラノにたずねた。

「この街だよ、DCさ」

「どこで寝泊まりしてるんだ?」モーディカイがぼくの用語を訂正した。

「あっちこっちだな。金持ち女を何人か抑えてあってね、その女たちがおれを呼び寄せちゃ、小づかい銭をくれるんだ」

ドラノの向かいにすわっていたふたりの男が、この発言をおもしろいと思ったようだ。ひとりはにやにやと笑い、もうひとりは声をあげて笑っていた。

「じゃ、郵便はどこでうけとる?」モーディカイがたずねた。

「郵便局だよ」ドラノは答えた。どうやらどんな質問にもすぐに答えを出す男のようだった。そこでぼくたちは、この男のそばから離れた。

ミス・ドリーがレンジ台の火を落とし、そのあとボランティアたちにコーヒーをふるまった。ホームレスたちは夜にそなえ、寝支度をはじめていた。

ぼくは暗くなったキッチンのテーブルにモーディカイとならんで腰かけ、コーヒーをすこしずつ飲みながら、折り重なるようにして横たわっている集団を大きな配膳《はいぜん》用窓口ごしにながめた。

「ここには何時までいるんです？」ぼくはたずねた。

モーディカイは肩をすくめた。「何時になることやら。きょうみたいに、二百人を越える連中がひとつの部屋につめかけているとなると、なにがあっても不思議じゃない。わたしがここにいたほうが、牧師さんも安心するしね」

「じゃ、朝までここに？」

「何回も経験ずみだよ」

ここでホームレスたちといっしょに寝ることは、ぼくの計画にははいっていなかった。モーディカイという護衛役なしに教会から外に出ていくことも、おなじく予定にははいってはいない。

「帰りたくなったら、遠慮しないで帰ってくれ」モーディカイはいったが、いまから帰るというのは、かぎられた選択肢のなかでも最悪のシナリオだった。真夜中、金曜の夜、ワシントンDCの道路。白人男、高級車。雪が降っていようといまいと、こんな条件ではぜったいに外に出る気にはなれない。

「ご家族はいるんですか?」ぼくはたずねた。

「ああ。妻は労働省で秘書をしているよ。息子は三人だ。ひとりは大学生で、もうひとりは陸軍にいる」

三人めの息子のことを話さないうちに、モーディカイの声は尻《しり》つぼみになって消えた。ぼくは、あえて質問しなかった。

「もうひとりの息子はね、十年前に路上で死んだんだ。ギャングどもにやられて」

「気の毒に……」

「きみはどうなんだ?」

「結婚してますが、子どもはいません」

ぼくは数時間ぶりに、クレアのことを思い出した。ぼくがいまどこにいるかを知ったら、クレアはどんな反応を見せるだろう? これまでぼくたちはどちらも忙しさを理由に、わずかでも慈善事業に関係があることに時間を割いたことはなかった。

クレアなら、「やっぱりあの人は頭がおかしくなっていたのね」とか、そんな意味の言葉をつぶやくにちがいない。

かまうものか。

「奥さんの仕事は？」モーディカイは世間話の調子でたずねてきた。

「ジョージタウンの病院で、外科のレジデントをしてます」

「きみたち夫婦は成功まちがいなしだな。きみは大法律事務所のパートナーになり、奥さんは外科医になる。アメリカン・ドリームがまたひとつ実現するわけだ」

「ええ、まあ」

牧師がどこからともなく姿をあらわし、モーディカイをキッチンの奥に引っぱっていくと、声をひそめて会話をはじめた。ぼくはボウルからクッキーを四枚とりあげると、地下室の隅に進んでいった。先ほどの母親は床にすわりこんだまま頭を枕《まくら》に載せ、赤ん坊を片腕で抱きかかえた姿勢で眠っていた。ふたりの幼児は毛布の下で静かに寝入っていた。しかしいちばん年上の長男は目を覚ましていた。

ぼくはその子の近くにしゃがみこむと、クッキーをさしだした。男の子は目を輝かせて、クッキーをひったくった。見る間に男の子はクッキーを食べつくし、もう一枚欲しがった。骨と皮ばかりに痩《や》せこけた小柄な男の子だった――せいぜい四歳というところだろう。

母親が頭をがっくりと前に垂らし、その拍子に目を覚ました。それから母親は疲れもあらわな悲しげな瞳《ひとみ》でぼくを見つめ、ぼくがクッキー・マンを演じていることに気づいたらしい、淡い笑みを顔に浮かべてから、また枕の位置をなおした。

「きみの名前は？」ぼくは男の子にたずねた。二枚のクッキーをあげたことで、この子はぼくの終生の友となっていた。

「オンタリオ」男の子はゆっくりと、平板な調子で答えた。

「いくつになった？」

男の子は四本の指を立ててみせ、いったんその一本を折り曲げてから、また立てた。

「四歳？」

男の子はうなずき、また手をさしだしてクッキーをせがんできた。ぼくは喜んでクッキーを手わたした。クッキーどころか、この子の望みをなんでもかなえてやりたい気持ちだった。

「ふだんはどこで寝るんだ？」ぼくは小声でたずねた。

「車のなか」オンタリオはそうささやきかえしてきた。

答えの意味がわかるまでには、一拍の間《ま》が必要だった。つぎになにを質問すればいいのかもわからなかった。オンタリオのほうは食べるのに夢中で、会話に気をつかっている余裕はなさそうだ。これまでぼくは三つの質問をした——オンタリオはその質問すべてに正直な答えを返してくれた。それでは……この一家は車を家として暮らしているのだ。

いますぐ走ってモーディカイのところに行き、車のなかで暮らしている人を見つけたらどうすればいいかと質問したかった。しかしぼくは、オンタリオに笑顔をむけつづけた。やがてこの男の子はいった。

「林檎《りんご》のジュースをもっともらえる？」

「いいとも」ぼくはそう答えてキッチンに行き、ふたつの紙コップにジュースをそそいだ。

オンタリオは一杯のジュースをたちまち飲み干した。ぼくは二杯めの紙コップを手わたした。

「お礼は？」ぼくはいった。

「ありがと」オンタリオはそういうなり手を突きだし、つぎのクッキーをせがんだ。

ぼくは折りたたみ椅子《いす》を見つけだすと、オンタリオのすぐ横に場所をつくり、背中を壁にむける姿勢で腰をおろした。地下室はしばらく静まっていたが、完全に静かになることはなかった。ベッドのない生活を送っている人々の眠りは浅い。ときおりモーディカイが人々の体をかきわけて、いさかいを鎮《しず》めることもあった。あれだけの巨体と威圧的な雰囲気を前にしては、だれもモーディカイの権威に楯《たて》つく気など起こさなかった。

空腹が癒《いや》されたせいだろう、オンタリオは小さな頭を母親の足に載せてうとうと眠りはじめた。ぼくはそっとキッチンに引き返すと、コーヒーのお代わりをカップにそそぎ、また部屋の隅においた椅子にもどった。

そのとき、赤ん坊が大噴火を起こした。哀れな泣き声が驚くほどの大きさで響きわたり、地下室じゅうがその声で小刻みに揺れているかのようにさえ思えた。疲れているうえに朦朧《もうろう》としている母親は、眠りを中断されたことで不機嫌な顔を見せている。静かにしろと赤ん坊を一喝し、そのまま肩のあたりで抱きとめて前後に体を揺らしてやりはじめた。赤ん坊の泣き声がさらに高まり、ほかの宿泊者から苦情の声があがりはじめた。

理性も思考もまったく働かないまま、ぼくは手を突きだして赤ん坊をうけとりながら、信頼できる人物であることを伝えようとして、母親に笑顔を見せていた。母親はなにも気にしていなかった。赤ん坊を厄介ばらいできてほっとした顔になった。

赤ん坊は、ほとんど体重がないように思えた。おまけに、服がぐっしょり濡《ぬ》れていた。赤ん坊の頭をそっと自分の肩にもたせかけて、お尻のあたりをやさしく叩《たた》いたときにわかったのだ。ぼくはモーディカイかボランティアのだれかに助けてほしい一心で、あわててキッチンに行った。ミス・ドリーは、もう一時間前に帰宅していた。

ほっと安心すると同時に意外でもあったが、ぼくがタオルのようなものを目でさがしながらガスレンジ台のまわりを歩き、やさしく背中を叩いたり小声であやしたりするうちに、赤ん坊は泣きやんだ。そのころには、ぼくの手はぐっしょりと濡れていた。

ぼくはどこにいる？　なにをしている？　薄暗いキッチンをうろうろしながら、小さな赤ん坊をあやして寝かしつけつつ、おむつがただ濡れているだけであってほしいと願っているいまのぼくの姿を見たら、いったい友人たちはどう思うだろうか？

不潔な悪臭は嗅《か》ぎとれなかったものの、赤ん坊の頭からぼくの頭に蚤《のみ》が飛びうつってくる感触ははっきりと感じられた。わが親友中の親友であるモーディカイが姿をあらわし、キッチンの明かりのスイッチを入れた。

「おや、かわいい赤ちゃんだ」モーディカイはいった。

「おむつはあるんですか？」ぼくは噛みつかんばかりの剣幕でたずねた。

「うんちをしちゃったのかな？　それともおもらしだけかい？」モーディカイは愉快そうな口調でぼくにいいながら、キャビネットに近づいていった。

「わかりません。とにかく急いでください」

モーディカイは〈パンパース〉の袋をとりだした。ぼくは赤ん坊をモーディカイのほうに突きだした。デニムジャケットの左肩に、大きな染《し》みができていた。モーディカイは信じられないほどの手ぎわのよさで赤ん坊を俎《まないた》の上に横たえると、濡れたおむつをはずし――女の子だということがわかった――ふきんのようなもので体をきれいにぬぐった。そのあと新しい〈パンパース〉をつけなおすと、モーディカイはまた赤ん坊をぼくによこした。

「さあ、どうだ」モーディカイは誇らしげにいった。「新品同様の別嬪《べっぴん》さんだぞ」

「ロースクールでは、こんなことは教えてくれませんね」ぼくは赤ん坊をうけとりながら答えた。

それから一時間ばかりキッチンを歩きまわるうちに、赤ん坊はぐっすりと寝ついた。ぼくは赤ん坊を自分のジャケットでくるむと、母親とオンタリオのあいだの隙間《すきま》にそっと横たえてやった。

まもなく、土曜日の午前三時になろうとしていた。そろそろ帰らなくては。ぼくの良心は新たな痛みを感じはじめたばかりであり、一日にうけとめられる量には限界がある。モーディカイは外の道路までぼくを見おくりに出ると、来てくれて感謝しているという言葉を口にし、コートも着ない姿のまま、夜の闇《やみ》のなかにぼくを送りだした。わが愛車は、最初にとめた場所で新雪におおわれていた。

ぼくが車でその場を離れるあいだも、モーディカイはずっと教会の前にたたずんで見おくってくれていた。

9

火曜日にミスターとの一件があって以来、ぼくは親愛なる〈ドレイク＆スウィーニー法律事務所〉のために一時間たりとも報酬請求にまわしていなかった。この五年間の平均でいえば、ひと月に二百時間は報酬請求をしていた――つまり、週に六日で一日あたり八時間でも、まだ若干足りないということだ。だから一日もおろそかにはできなかったし、貴重な数時間をぜったい無駄にできなかった。めったにないことだが報酬請求時間がすくなくなった場合には、土曜日に十二時間働き、さらに日曜日にもおなじことをした。もし時間数が予定どおりなら土曜日は七、八時間で切りあげて、日曜日は二、三時間にとどめた。クレアがメディカルスクールに行きたがったのも無理はない。

土曜日の朝、ベッドに横たわって天井を見あげていたときには、ほとんど体が動かないような状態だった。オフィスに行きたくなかった。考えるだけでもうんざりだった。ポリーがデスクに几帳面《きちようめん》にならべるピンク色の電話伝言メモの列もいやなら、ぼくの健康状態を見きわめるための会合を設定したという上層部からのメモもいやだった。ゴシップ好きな連中のやかましいおしゃべりも、友人たちや心から心配している人たち、さらにはこれっぽっちも心配していない人たちが投げかける、あの逃げようにも逃げられない「元気かい?」という言葉もいやだった。なかでも、いちばんの嫌悪《けんお》の対象は仕事だった。反トラスト法関連の案件は長たらしいうえに難解で、ファイルはあまりにも厚くなりすぎ、収納のための箱が必要になるほど。それなのに、つきつめればどういうことか? 十億ドル企業が、おなじ十億ドル企業と喧嘩《けんか》をしているというだけ。そこに百人もの弁護士が参戦して、せっせと書類の生産にいそしんでいるわけだ。

これまで仕事が好きだったためしなどない——ぼくははっきり自分に認めた。仕事は目的達成のための手段だった。猛然と法律実務をこなしていけば、いずれ専門分野をきわめつくした達人になり、やがては引く手あまたの有名弁護士になれる日も来る。税法でも、労働法でも、はたまた訴訟の分野でもよかった。反トラスト法を愛せるような人間がいるだろうか?

ぼくは超絶的な意志の力をふりしぼってベッドから起きあがると、シャワーを浴びた。

朝食はMストリートのパン屋で買ったクロワッサン一個と濃いコーヒー。そのすべてを、片手でハンドルを握りながら食べた。オンタリオは朝食になにを食べているだろう? そう思いかけて、すぐに自分をあえて苦しめる真似《まね》はよせと自分に命じた。ぼくには罪悪感にさいなまれずに食事をする権利がある——しかし、食べ物はぼくにとって重要ではなくなっていた。

ラジオの天気予報では、きょうの最高気温は氷点下六度、最低気温は氷点下十八度にもなるといっていた。あと一週間は雪はもう降らないだろう、とも。

建物のロビーにたどりつくやいなや、同期のひとりにつかまった。ブルース・なんとかというコミュニケーション部門に所属する男が、おなじエレベーターに乗りこんできたのだ。ブルースは重々しい声でいった。

「調子はどうだい？」

「なんともない。そっちは？」ぼくは切りかえした。

「上々さ。みんな、きみに声援を送ってる。だから、せいぜいがんばるんだな」

ぼくは、ブルースの支援がなによりも大事だという顔でうなずいた。ありがたいことに、この男は二階で降りていった。しかしその前に、いかにも体育会系の男がロッカールームで仲間にするように、派手な音をたててぼくの肩をひと叩きしていくことを忘れなかった。おまえなど地獄に墜《お》ちろ、ブルース。

ぼくは、いってみれば壊れかけの商品だった。そろそろと足を進めながら、マダム・デヴィエのデスクと会議室の前を通りすぎて大理石の廊下を歩いていき、自分のオフィスにはいると、疲れた体を革ばりのエグゼクティブチェアにぐったり沈めた。

電話メモのようなごみをあとに残していくにあたって、ポリーはいくつかの方法を採用していた。もしぼくがまめに返事の電話をかけており、たまたまポリーがそんなぼくの反応に好感をもてば、電話の近くに一、二枚の電話メモしかなかったはずだった。しかしぼくが返事の電話をかけず、それがたまたまポリーの反感を招いたとすると、ポリーはデスクの中央にメモをきっちりと時系列順にならべ、ピンクの大海原をつくりだすのだ。

数えてみたところ、メモはぜんぶで三十九枚。緊急の用件がいくつかあり、事務所のお偉がたからの電話も数本あった。ポリーの残した足跡を見るかぎり、ルドルフはことのほか不機嫌になっていたようだ。メモを一枚ずつ読んでは束ね、さいごにはわきにおいた。とりあえずゆっくりと落ち着き、急《せ》き立てられることのないうちにコーヒーを飲みおえよう。そんなわけでデスクの前に腰をおろして両手でカップをつつみこむようにもち、なにとも知れないものに視線をこらしているぼくは、きっと崖《がけ》っぷちをよろめき歩いている人のように見えたことだろう。そのとき、ルドルフがオフィスにやってきた。スパイどもが電話でルドルフにご注進したにちがいない。弁護士補助職員が見張り役をつとめていたのか、エレベーターでいっしょになったブルースか。もしかすると、事務所全体が警戒の目を光らせているのかもしれない。いや、そんなひまはないはずだ。

「やあ、マイク」ルドルフは歯切れよくいうと椅子に腰かけて足を組み、真剣な話しあいの準備をととのえた。

「どうも、ルーディ」ぼくはいった。これまで、面と向かって〝ルーディ〟と呼びかけたことはない。いつもちゃんとルドルフと呼んでいた。ルーディという愛称で呼ぶのは本人の奥さんとパートナーたちだけで、それ以外にこの呼び名をつかう人間はいない。

「これまでどこにいた？」ルドルフの質問の声には、同情の響きのかけらもなかった。

「メンフィスです」

「メンフィス？」

「ええ。どうしても両親に会いたくなって。それに、家族でかかりつけにしている精神分析医があっちにいるものですから」

「精神分析医？」

「ええ。その医者が、ぼくを二日間じっくりと観察してくれたんです」

「観察？」

「そうです。ペルシア絨緞《じゅうたん》が敷かれた豪華な個室に入れられて、夕食にはサーモンが出されました。一日あたり千ドルかかりましたよ」

「二日間も？　二日もそんなところにいたと？」

「ええ」嘘《うそ》をついても気がとがめはしなかったし、気がとがめないことで自己嫌悪を感じることもなかった。事務所は――もし必要と判断すれば――無情な態度をとりもするし、冷酷にさえなる。ぼくはルドルフから、やかましい叱責《しっせき》の言葉をききたい心境ではなかった。ルドルフは重役会議で出された命令にしたがっているにすぎないし、このオフィスを出たら、その足で報告を入れるはず。だから、ここでルドルフを懐柔しておけば、報告の内容にも手心がくわえられ、お歴々の面々は肩の力を抜くだろう。それでことは丸くおさまる。当面だけとはいえ。

「それならそれで、電話連絡くらいするべきだったな」ルドルフはあいかわらずけわしい声だったが、氷にひび割れができはじめていた。

「勘弁してください。ぼくは閉じこめられてたんですよ。電話もない部屋にね」ぼくの声は、ルドルフの怒りをなだめるに足るだけの悲痛な響きを帯びていた。

長い間があって、ルドルフがいった。「で、もう大丈夫なのか？」

「ええ、もう元気です」

「元気なんだな？」

「精神分析医からも太鼓判を捺《お》されました」

「百パーセント大丈夫だと？」

「百十パーセント大丈夫ですよ。なんの問題もありません。ちょっと休養が必要だっただけです。いまはもうもとどおり、エンジン全開ですとも」

これこそ、ルドルフのもとめていた返事だった。破顔一笑して肩の力を抜くと、ルドドルフはいった。「ともに山ほどの仕事をかかえた身だからな」

「そうですね。早くとりかかりたいものです」

ルドルフは駆け足同然の足どりで、オフィスから出ていった。きっとまっすぐ電話に飛びつき、事務所の数多い生産者のひとりが仕事を再開する気になった、と上に報告するのだろう。

ぼくはドアに鍵《かぎ》をかけると明かりを消し、それからデスク一面に書類を広げ、意味のないいたずら書きで苦痛の一時間をやりすごした。なにひとつまともなことはできなかったが、すくなくとも時計にしたがって行動してはいた。

もうこれ以上耐えられなくなると、電話メモをまとめてポケットに押しこみ、ぼくは外に出た。出るときには、だれにもつかまらなかった。

ぼくはマサチューセッツ・アヴェニューにある大きなディスカウント・ドラッグストアに立ち寄り、買い物の喜びを謳歌《おうか》するひとときを過ごした。子どもたちのためのお菓子やおもちゃ、全員のための石鹼《せっけん》や洗顔道具一式、それに大小とりまぜた子ども用の靴下やスエットパンツ。〈パンパース〉の徳用袋。二百ドルの買い物で、これほど楽しい思いをしたことはなかった。

そればかりか、ぼくは一家を暖かな場所に連れていくために必要な出費を惜しむつもりはなかった。モーテルにひと月滞在するというのなら、それもかまわない。どのみち彼らはもうすぐぼくの依頼人となり、ぼくは一家が適当な住居を手にいれられるまでは断固として脅しつけ、法廷で争うつもりだからだ。だれかを訴える瞬間が、いまから待ちきれなかった。

教会の向かい側の駐車場に車をとめたときには、ゆうべにくらべて恐怖心が格段に薄らいではいたものの、それなりに怖くもあった。馬鹿《ばか》ではないので、救援物資の袋は車に積んだままにしておいた。サンタクロースもどきの姿で足を踏みいれれば、たちまち暴動が起こるだろう。ぼくの目論見《もくろみ》はこうだった――とにかくあの一家を教会から連れだしてモーテルに連れていき、客室に身を落ち着けてやって、一家全員を風呂《ふろ》に入れて体をきれいさっぱり消毒してから、満腹するまで食べさせ、医者の手当てが必要な状態かどうかを見きわめる。そのあと、靴や防寒衣料を買いにいって、あらためて食事をさせてもいいだろう。そのためなら金に糸目はつけないし、どれだけ時間がかかろうともかまうものか。

たとえ人からは、どこにでもいる白人男が多少なりとも罪悪感の埋めあわせをしているだけだと見られようと、それもまたかまうものか。

ミス・ドリーはぼくの訪問を喜んでくれ、挨拶《あいさつ》をするなり、皮剝《かわむ》きが必要な野菜の山を指さした。しかし、ぼくはまずオンタリオとその一家をさがした。見つからなかった。

ゆうべ一家が肩を寄せあっていた部屋の隅に姿が見あたらなかったので、ぼくは何十人もの路上生活者をまたぎこえ、彼らのあいだをすり抜けながら地下室を歩きまわった。礼拝堂にも、バルコニーにも一家はいなかった。

そのあとじゃがいもの皮剝きをしながら、ぼくはミス・ドリーと話をした。ゆうべここに来ていた一家をミス・ドリーは忘れていなかったが、午前九時ごろに教会にきたときには、もう一家の姿はなかったという。

「いったいどこに行くというんです?」ぼくは首をひねりながらたずねた。

「ホームレスはつねに移動しているのよ。給食所から給食所へ、救護所から救護所へ。もしかしたらブライトウッドのほうの給食所でチーズがもらえるとかいう話をききこんだのかもしれないし、どこかで毛布がもらえるという話を耳にしたのかもしれない。母親が〈マクドナルド〉で働くことになって、それで子どもたちを妹に預けたことも考えられるわ。はっきりしたことは、だれにもわからない。でも、ホームレスたちがひとつの場所に身を落ち着けることだけはぜったいにないのよ」

オンタリオの母親が仕事についたなどという話は逆立ちしても信じられなかったが、ミス・ドリーのキッチンで、このキッチンを統《す》べる女性を相手に異議をとなえるつもりはなかった。

昼食をもとめる行列ができはじめたころ、モーディカイが姿をあらわした。モーディカイよりも、ぼくのほうが早く相手に気づいた。目があうと、モーディカイは満面の笑みを浮かべた。

今回サンドイッチ係をつとめたのは、新顔のボランティアだった。ぼくはモーディカイといっしょに配膳《はいぜん》の仕事をした。おたまを鍋《なべ》に突き入れて、スープをプラスティックのボウルによそう仕事である。これにはこつが必要だった。スープばかりで具がなくては、相手からにらまれる。具の野菜を入れすぎれば、鍋に残るのはスープばかりになる。モーディカイはもう何年も前に、この難事を会得《えとく》していた。ぼくは、かなりの人数のホームレスからにらみつけられたのちに、やっと調子をつかんだ。モーディカイは、どんな相手にも愛想よく声をかけていた——やあ、おはよう、調子はどうだ、また会えてうれしいよ。笑顔を返す者もいれば、決して目をあげようとしない者もいた。

昼時が近づくと、ドアはせわしなく開閉をくりかえし、行列は長く延びた。さらに多くのボランティアたちがどこからともなくあらわれ、忙しく立ち働く幸せな人々のたてる楽しげな喧噪《けんそう》がキッチンに満ちあふれた。そのあいだも、ぼくはずっとオンタリオの姿を目でさがしていた。サンタクロースが待っているというのに、あの男の子はそのことをまったく知らないのだ。

ぼくたちは行列がなくなるまで待ってから、それぞれのボウルにスープをよそった。

テーブル席が満員だったので、キッチンのシンクによりかかったままの食事になった。

「ゆうべ、ここでおむつを換えたことを覚えてますか？」食事のあいだ、ぼくはたずねた。

「おやおや、わたしが忘れるとでも？」

「あの一家の姿が、きょうは見あたらないんですが」

モーディカイは口のなかの食べ物を嚙《か》み、しばし考えをめぐらせていた。「けさがた、わたしがここを出たときには、まだいたぞ」

「何時ごろです？」

「六時だ。あの一家はあそこの隅で、全員ぐっすりと眠っていたよ」

「どこに行ったんでしょう？」

「さあね、わかりっこないさ」

「あの小さな男の子は、自分たちは車のなかで暮らしていると話してたんです」

「あの子に話しかけたのか？」

「ええ」

「で、あの子をまた見つけたくなったんだな？」

「そうです」

「期待しないほうが無難だぞ」

昼食時間がおわるころになると太陽が顔を見せ、また人が動きはじめた。ホームレスたちはひとり、またひとりと椅子《いす》から立って配膳テーブルにやってきては、林檎《りんご》かオレンジをうけとって地下室から出ていった。

「ホームレスたちは家がないだけじゃない、落ち着きもないんだ」そのようすをふたりで見まもっているとき、モーディカイがそう説明してくれた。「みんな、動きまわるのが好きなんだよ。彼らには彼らなりの儀式や生活習慣があり、お気にいりの場所があり、おなじ路上生活者の友人がいて、それぞれやることもある。連中はこれから公園なり路地なりに引き返して、雪かきをするんだろうな」

「でも、外は氷点下七度ですよ。夜には氷点下二十度近くなるといってました」

「もどってくるとも。暗くなるまで待ってみるんだな。きっと、また大にぎわいになるから。ちょっとドライブに行かないか？」

ふたりで外出したい旨《むね》を話すと、ミス・ドリーはこころよく了承してくれた。ぼくのレクサスのとなりに、長年酷使されているとおぼしきモーディカイのフォード・トーラスがとまっていた。

「この近辺じゃ、こんな車はすぐに盗まれるぞ」モーディカイは、ぼくの車を指さしていった。「これからもワシントンのこの地域に通う気があるのなら、もっと大衆的な車に乗り換えたほうがいい」

最愛のすばらしい車を手ばなすことなど夢にも思ったことのないぼくには、この発言が個人攻撃にさえ思えて、ちょっと不愉快になった。

ふたりが乗りこむと、トーラスは駐車場から外に走りだした。数分のうちに、モーディカイが無鉄砲きわまる運転をすることが明らかになり、ぼくはあわててシートベルトを締めようとした。ところが、ベルトは壊れていた。モーディカイは気づいた顔も見せなかった。

ぼくたちを乗せた車は、ワシントン北東部のなんども掘りかえされた道路を進んでいった。何ブロックも何地区にもわたって、板ばりされた棟割長屋ばかりの街なみがつづいた。百戦錬磨の救急車の運転手でさえ進入をこばむ公営住宅の前を通りすぎ、棘《とげ》つきの鉄条網をいただく金網フェンスにかこまれた学校の前を通りすぎ、暴動の爪跡《つめあと》が決して消えることのない家なみの前を通りすぎる。モーディカイは、驚くべきツアー・ガイドだった。街の隅々までを知りつくしていた。この男にかかると、どんな交差点にもエピソードがあり、どんな道路にも歴史があった。ほかの救護所や給食所の前も通ったが、そういった場所の調理人や牧師とも知りあいだった。モーディカイは、教会を善と悪のふたつにきっぱり分類していた——その判断に、曖昧《あいまい》な境界線はなかった。ホームレスに門戸をひらいているか締めだしているか、である。またモーディカイは、大いなる誇りの源であるハワード大学ロースクールの建物を指さして教えてくれた。法学教育をおわるまでには五年かかったという――フルタイムの仕事とパートタイムの仕事をかけもちでつづけるかたわら、夜学に通いながらの勉学だったからだ。それからモーディカイは、以前クラックの密売人が根城にしていた棟割長屋の火事の焼け跡を見せてくれた。いちばん下の息子のキャシアスが死んだ場所が、その建物の前の歩道だったという。

自分の事務所のそばまでやってくると、モーディカイはちょっと立ち寄ってもかまわないかとたずねてきた。郵便物をチェックしたいのだという。ぼくはいっこうにかまわなかった。ドライブにつきあっているだけなのだから。

事務所は薄暗く、冷え冷えとしていて、だれもいなかった。明かりのスイッチを入れると、モーディカイは話しはじめた。「ここのスタッフは三人だ。わたしとソフィア・メンドーサ、それにエイブラム・リーボウだよ。ソフィアはソーシャルワーカーだが、路上生活者に関係する法律にかけては、わたしとエイブラムが束になっても太刀打ちできないほど知識がある」

ぼくはモーディカイのあとを追うようにして、乱雑にちらかったオフィスのなかを歩きまわった。

「前はこの狭い部屋に、総勢で七人もの弁護士がつめこまれてたんだぞ。信じられるか？　法的扶助サービスに連邦が予算を出していた当時の昔話だけどな。いまは共和党のおかげで、一セントの金もおりなくなった。部屋の向こう側には小さなオフィスが三つならんでる。わたしの側にも三部屋あるんだ」そういいながら、モーディカイはあらゆる方向をつぎつぎ指さしていった。「空《あ》きスペースはいくらでもあるぞ」

人員不足による空きスペースはたくさんあるだろうが、古いファイルのつまった箱や埃《ほこり》をかぶった古い法律書につまずかずに歩くことは不可能だった。

「この建物の所有者は？」ぼくはたずねた。

「コーエン基金だよ。ニューヨークで大きな法律事務所を創設したレナード・コーエンという男がいてね。八十六歳で死んだが、まあ百歳にはなっていたにちがいないな。生きているあいだに山ほどの金を貯《た》めこんだものの、死が近づいてくると、その金を冥土《めいど》にもっていけないことに気がついて、あちこちに金をばらまいた。ばらまいた先のひとつが、ホームレスを助ける貧乏な弁護士集団だったわけだ。ここができた背景には、そういった事情がある。基金が運営している法律相談所はぜんぶで三カ所——ここととニューヨークとニューアークにある。わたしが雇い入れられたのは、一九八三年。ここの所長になったのは八四年だ」

「資金はすべて、その基金だけでまかなわれているんですか？」

「ほとんどね。去年、基金がここによこした予算は十一万ドルだ。その前の年には十五万ドルだったから、弁護士をひとり減らす必要に迫られたんだよ。毎年、規模を縮小する一方だ。基金の資金運営がうまくいってなくてね。いまじゃ元金を食いつぶしてるありさまだ。五年後にここがまだ残ってるか、それさえ怪しいものだな。早ければ三年ももたんだろう」

「寄付金あつめをしないんですか？」

「もちろん、やっているとも。去年は総額で九千ドルの金があつまった。しかし、寄付金あつめには時間がかかる。法律仕事をしているか、そうでなければ寄付金あつめに奔走するかだ。とはいえソフィアは人づきあいが苦手なタイプだし、エイブラムはニューヨーク出身のせいか、やたらに攻撃的な性格でね。となると、残るは人を引きつける磁石のようなカリスマをもつこのわたしだけだ」

「諸経費は？」ぼくは穿鑿《せんさく》するようにたずねたが、本心から答えを知りたがっているわけではなかった。こういった非営利組織の大半は、あらゆる数字が網羅された年次報告書を作成しているからだ。

「ひと月あたり二千ドルだ。必要経費と準備金をさしひいたあとで、八万九千ドルを三人で分配する。公平にね。ソフィアは自分のことを、フル・パートナーだと思いこんでる。正直にいうと、わたしたちはあの女性に異をとなえるのが怖いんだな。家にもちかえる金が、だいたい三万ドル——小耳にはさんだ話だが、これが貧窮層を相手にしている弁護士の平均収入らしい。さあ、ストリートにようこそ——だ」

ぼくたちは、ようやくモーディカイのオフィスにたどりついた。ぼくは、モーディカイの向かいに腰をおろした。

「光熱費を払い忘れたんですか?」ぼくはたずねた——寒さで歯の根もあわなくなりそうだった。

「そうかもしれない。週末に仕事をすることはほとんどないしね。金の節約でもある。そもそもこの建物は、いくら温めたり冷やしたりしても無駄なんだ」〈ドレイク&スウィーニー法律事務所〉の弁護士には、こんなふうに考える弁護士はひとりもいまい。週末に事務所を閉めれば金の節約になる。ついでに結婚生活の救済にも役立つわけだ。

「それにね、ここをあまり居ごこちよくすると、依頼人たちが出ていかなくなるんだ。冬は寒く、夏は暑くしておけば、街をうろついて暮らしている連中を締めだしておける。コーヒーでも飲むか?」

「いえ、けっこうです」

「もちろん、冗談だよ。ここに来たいというホームレスの気持ちをくじくような真似《まね》は、ひとつもしていない。部屋の温度なんか問題じゃないんだ。依頼人が寒さと飢えに苦しんでいるのなら、わたしたちがそんなことを思いわずらってどうする、ということだ。どうだ、けさ朝食を食べたときに、うしろめたい気分になっただろう?」

「図星です」

モーディカイの顔に、すべてを見とおす老賢人のような笑みが浮かんだ。

「みんなそうなるんだよ。前はよく、大きな法律事務所の新人弁護士といっしょに仕事をしたものだ。あの手あいのことを、わたしは〝公益活動《プロ・ボノ》ルーキー〟と呼んでいてね。で、そのだれもかれもが口をそろえて、最初は食べ物に興味がなくなったという話をしてくるんだ」そういってモーディカイは、でっぷりと突きだした太鼓腹をぱんと叩《たた》いた。「ま、そんな気持ちはすぐに克服できるとも」

「その〝公益活動ルーキー〟ですが、どんな仕事を？」ぼくはたずねた。自分が相手の撒《ま》き餌《え》に近づきつつあることはわかっていたし、ぼくがわかっていることくらい、モーディカイも見とおしていた。

「救護所に送りだして、依頼人と会わせる。で、わたしたちが監督役をつとめるわけだ。ほとんどが簡単な仕事でね。弁護士が必要といっても、せいぜいが腰の重い役人を電話で怒鳴りつけるだけだ。食糧スタンプ、退役軍人の恩給、住宅補助金、貧困者向けのメディケイド健康保険、児童扶養手当——まあ、ここの仕事の二十五パーセントまでが、この手の補助金がらみの仕事だな」

ぼくは熱心に話をきいていたし、モーディカイにはぼくの心の動きが読みとれていた。モーディカイは、いよいよぼくを釣りあげにかかった。

「いいかね、マイクル。ホームレスたちには声がないんだ。だれもホームレスの声には耳をかたむけない。かたむけようという気持ちもない。ホームレスのほうも、だれかに助けてもらえるとははなから思ってない。だから電話をかけて本来もらえるはずの金をもらおうと思っても、立ち往生させられるばかりなんだ。いつまでたっても電話は保留のまま。返事の電話なんかぜったいにもらえない。そもそも住所不定なんだからね。役人どもは気にもとめない——あの連中は、自分たちが助けるべき当の相手を踏みつけにしているんだな。経験の豊富なソーシャルワーカーなら、役人に話をきかせてファイルを見させたり、返事の電話をかけさせたりするくらいはできる。ところが弁護士が電話をかけて大声で怒鳴りつけ、大騒ぎを演じるとなると？　物事が動きはじめるんだ。役人どもの尻《しり》に火がつくわけさ。かくして書類が動きはじめる。住所不定？　問題なしだ、小切手はここに送ってもらおう、わたしから依頼人にわたすよ——という具合だ」

モーディカイの声は高まり、両手はせわしなく空《くう》を切っていた。何よりもまず、この男は練達の語り手だった。陪審の前に出れば、かなりの説得力をもつにちがいない。

「おもしろい話があるんだ」モーディカイはつづけた。「一カ月ばかり前、うちの依頼人のひとりが社会保障局に出向いて、助成金の申込用紙をもらおうとした。どうということのない、ありきたりの手続のはずだな。この男は六十歳、背骨が曲がっているために痛みが絶えない。岩の上だの公園のベンチだので寝る暮らしを十年もつづけると、背骨や腰骨に障害が出てくるんだよ。で、外の列に二時間ならんで、ようやくドアのなかにはいれた。そこでまた一時間待たされて、ようやく最初のデスクの前にたどりつき、自分の用向きを説明しようとしたところ……たまたまその日、虫の居どころのわるかった性悪な女事務員からひどい罵詈《ばり》雑言を浴びせられたんだ。なんとこの職員は、男の体臭についても言及したんだよ。男は当然のことながら怒りに燃えて、申込用紙ももらわずに引きかえし、わたしのところに電話をかけてきた。わたしはあちこちに電話をかけた。その甲斐《かい》あって、先週の水曜日の社会保障局のオフィスで、ちょっとした式典がとりおこなわれたよ。わたしは、依頼人の男を連れてその場に出向いた。例の女職員も出席していたが、それだけじゃない。その職員の直属上司、さらにその上司、DC支部の支部長、おまけに社会保障局本部の大物までもがずらりと顔をそろえていたんだ。女性職員はわたしの依頼人の前に立ち、一ページの謝罪文を読みあげた。なかなかよく書けた、感動的な謝罪文だったよ。そのあとこの職員が、わたしに助成金の申込用紙をわたしてきた。わたしはその場にいた全員から、申込をただちに処理するという言質《げんち》をとった。これが正義なんだよ、マイクル。これこそ、ストリートの法律の目ざすものなんだ。威厳だよ」

そのあとも、つぎつぎにエピソードが披露されていった。どれもストリートの法律を専門にあつかう〝路上の弁護士《ストリート・ロイヤー》〟たちが善玉で、ホームレスたちが勝利者となっておわる物語だった。もちろんモーディカイの頭のなかには、胸のつぶれる悲しい物語もおなじくらい——いや、もっと多くかもしれない——しまいこまれているのだろう。けれどもいまモーディカイは、ぼくのために絵の大まかな輪郭部分を描いてくれているのだ。ぼくは時間のたつのも忘れた。郵便物のことは、話にも出なかった。そのあとようやく事務所を出て、また車で教会の救護所に引きかえした。

日暮れの一時間前だった——この時間なら、まだ悪党どもが街路を徘徊《はいかい》しはじめていない。だから、こぢんまりした居ごこちのいい地下室に体を落ち着けるのに、いちばんいい時間に思えた。モーディカイが横を歩いていれば、ぼくもゆっくりと落ち着いて自信ありげに街を歩くことができた。モーディカイがいなくてひとりだったら、不安で地面を踏みしめる感触さえろくにわからないまま、腰を深く折った姿勢で吹きつける雪のなかをよろよろと進んでいたことだろう。

ミス・ドリーはどこからか一羽丸ごとの鶏を何羽も調達しており、ぼくに仕事の説明をした。まずミス・ドリーが鶏を茹《ゆ》でる。そのあとぼくが、肉を骨から削《そ》ぎ落とすのだ。ラッシュアワーになると、モーディカイの妻のジョアンがやってきた。夫のモーディカイとおなじく気さくな人物で、背丈も夫に負けなかった。ふたりの息子はともに身長が百九十五センチあり、バスケットボールのプロチームから勧誘の引く手あまただったキャシアスは、十七歳という若さで凶弾に斃《たお》れたとき、すでに二メートルを越える身長だったという。

　ぼくが教会をあとにしたのは、もう真夜中になってからだった。オンタリオとその一家の姿を、目にすることはなかった。

10

日曜日は、昼近くのクレアからの電話で幕をあけた。今回も会話はぎこちなく、ただクレアが何時ごろ帰宅するかを告げるだけの内容だった。ぼくは、ふたりがいちばん贔屓《ひいき》にしているレストランで夕食をとろうと話をもちかけたが、そんな気分ではないという返事だった。ぼくも、どうかしたのかとは質問しなかった。ぼくたち夫婦は、もうそんな段階さえ通り越していた。

ぼくたちのアパートメントは建物の三階にあるせいで、ワシントン・ポスト紙の日曜版が玄関先まで満足に宅配されたためしはない。いろいろな方法をためしはしたのだが、まともに配達されたことは半分もなかった。

ぼくはシャワーを浴びて、厚着をした。天気予報が、最高気温は氷点下四度になるだろうと話していた。アパートメントをあとにしかけたとき、ニュースのアナウンサーがきょうのトップニュースをしゃべりはじめた。それを耳にするなり、全身が凍りついた。

単語は耳にはいってくるのだが、すぐには意味が理解できなかった。ぼくは頭が凍りついたまま、ショックと信じられぬ思いに口を半びらきにして重い足を引きずり、キッチンカウンターのテレビに近づいていった。

昨夜午後十一時ごろ、治安のわるさでは戦場の最前線なみといわれるワシントン北東部のフォート・トッテン公園付近で、DC警察の警察官が一台の車を発見した。路上駐車したままパンクしたタイヤが、凍りついた雪にはまりこんでいた。車内にいた若い母親とその四人の子どもたちは、一酸化炭素中毒で全員死亡していた。警察は、この一家が車を住居として暮らしており、車内を暖めておこうとしていたと見ている。道路の左右には除雪作業でとりのぞかれた雪が積みあげられており、車の排気パイプがその雪に埋もれていた。そのあとこまかい事実がいくつか報じられたが、被害者の名前は言及されなかった。

ぼくは歩道に走って出ていった。足をすべらせて転びかけたところをからくも逃れると、そのままPストリートを走ってウィスコンシン・アヴェニューに出て、三十四番ストリートとの交差点にあるニューススタンドに駆けよった。息を切らし、恐怖に駆られるがまま、新聞をひったくるように手にとる。問題の記事は一面のいちばん下に掲載されていた——締切まぎわに押しこめられたらしいことが、ひと目でわかる。ここにも具体的な名前は載っていなかった。

ぼくは新聞の主要ニュースのページをひらいた。ほかの分冊が濡《ぬ》れた歩道に落ちていった。記事のつづきは、十四面に掲載されていた——警察からのお決まりのコメントがいくつかあり、排気パイプを詰まらせることへの読む前から予想がつくような警告が書かれ……詳細で痛ましい情報が掲載されていた。母親は二十二歳で、名前はロンテイ・バートン。赤ん坊はティミーコという名前だった。ふたりの幼児はアロンゾとダンテという双子で、ともに二歳。そして四歳の長男はオンタリオ。

どうやらぼくは、奇妙な声を洩《も》らしていたようだ。通りかかったジョガーが、危険人物を見るような奇妙な目つきで、ぼくを見て走りすぎていったからだ。ぼくは新聞をひろげたまま、ほかの二十にもおよぶ分冊を踏みつけて歩きはじめた。

「ちょっと、お客さん！」背後から意地のわるそうな声がきこえた。「新聞のお代をちゃんと払っておくれ！」

ぼくはかまわず歩きつづけた。

売り場の男がうしろから近づいてきて、大声をあげた。「金を払えったら！」

ぼくは足をとめてポケットから五ドル札を抜きだし、売り子の男のほうはろくに見ないまま、その紙幣を足もとに投げつけた。

Pストリートに出てアパートメントに近づくと、ぼくはだれかが住むすばらしいテラスハウスの正面の外壁に寄りかかった。歩道は丹念に雪かきをされていた。ぼくは、もしかしたらちがう結末が待っているかもしれない、と祈るような気持ちをいだきながら、もういちどゆっくりと記事を読みなおした。いろいろな思いや疑問が奔流となって押し寄せ、耐えがたくなってきた。しかし、そのうちふたつの疑問だけがくりかえし頭に浮かんできた。なぜあの一家は教会の地下の救護所にもどってこなかったのか？ そしてもうひとつ——あの赤ん坊は、ぼくのデニムジャケットにくるまったまま死んだのだろうか？

考えをめぐらせるだけでも重荷だった。ショックが過ぎ去ると、罪悪感が猛然と襲いかかってきた。最初に一家と会った金曜日の夜、どうしてなにかしてやらなかったのか？ あの場ですぐ一家を暖かなモーテルに連れていき、食事をさせてやることもできたはずなのに……。

アパートメントに足を踏みいれると、電話の呼出音が鳴っていた。モーディカイ・グリーンだった。モーディカイはニュースをきいたか、とたずねてきた。ぼくはぼくで、濡れたおむつを覚えているかと質問した。あの一家です——ぼくはいった。モーディカイは、一家の名前をこれまできいたことがなかった、と話した。そこでぼくは、オンタリオとかわした会話の一部始終を物語った。

「とても胸が痛むよ」モーディカイは、それまで以上の悲しみがこもった声を出した。「おなじ気持ちです」

ろくに口がきけなかった。思いが言葉にならない。そこでぼくたちは、またあとで顔をあわせることにした。電話をおえると、ぼくはソファにへたりこみ、一時間ものあいだ体をまったく動かさなかった。

それからぼくは自分の車のところに行き、一家のために買った食べ物やおもちゃや衣類の袋を運びだした。

モーディカイが正午に〈ドレイク＆スウィーニー法律事務所〉までやってきたのは、たんなる好奇心のなせるわざだった。大規模法律事務所には仕事でなんどとなく足を運んでいるが、モーディカイはミスターが命を落とした現場を目にしたかった、といった。ぼくは人質事件のことを手短に物語りながら、すこしだけ事務所内を案内した。

そのあとぼくたちは、モーディカイの車で出発した。日曜日で道路がすいていることを、ぼくは心底ありがたく思った。モーディカイが、ほかの車の動きにまったく注意を払っていなかったからだ。

「ロンテイ・バートンの母親はいま三十八歳でね、クラックを売った罪で懲役十年の服役中だよ」モーディカイはぼくに教えてくれた。どうやら問いあわせの電話を何本もかけたようだ。「ふたりの兄がいるが、ふたりとも刑務所にいる。ロンテイ自身も、売春とドラッグで前科があった。子どもたちの父親——父親たち、かもしれんが——については、なにひとつわかっていない」

「情報源は？」

「ロンテイの祖母が公営住宅に住んでいることがわかったんだ。祖母がさいごにロンテイに会ったときには、子どもはまだ三人で、母親といっしょになってクラックを売っていたという話だった。この祖母は、自分の娘と孫娘がいっしょになってドラッグ商売をしていることを理由に、親子の縁を自分から断ち切ったと話していたよ」

「だれが一家を埋葬するんです？」

「デヴォン・ハーディを埋葬したのとおなじ連中だよ」

「まともな葬儀には、どのくらいの費用がかかりますか？」

「それは交渉次第だな。興味があるのか？」

「あの一家がきちんと埋葬されるのを見とどけたいんです」

　車はペンシルヴェニア・アヴェニューを走っており、上院関係の巨大な建物の前をつぎつぎに通りすぎていった。そのうしろには、連邦議会議事堂がそびえている。人々が家をうしなってホームレスになる一方で、毎月十億ドルもの金を浪費している愚かな政治家どもに、口に出さないまでも胸の奥で悪罵をひとつ、ふたつ投げつけたい気持ちを抑えられなかった。議事堂の目と鼻の先でありながら、住む家がないという理由だけで、なんの罪もない四人の幼い子どもたちが死ぬようなことが許されていいのか？

そもそも子どもたちは、最初から生まれてくるべきではなかった——街のぼくとおなじ側に住む人々から、そんな声もきこえてきそうだった。

五人の死体は、死体公示所をかねている主検屍《けんし》官局に運ばれていた。DC総合病院の敷地内にある、二階建ての茶色い雑居ビルが、ぼくたちの目的の建物だった。死体はまずここに運ばれて、引きとり手を待つ。四十八時間以内にだれも名乗りをあげなければ、死体はごくふつうの防腐処理をなされて木製の棺《ひつぎ》におさめられ、RFKスタジアムそばの墓地に手早く埋葬されることになっていた。

モーディカイは身障者用の駐車スペースに車を入れると、その場にとどまったままたずねてきた。「ほんとうに行ってみたいと思ってるんだね？」

「ええ」

モーディカイは前にもここに来たことがあり、きょうは前もって電話をかけてくれていた。体にあわないサイズの制服を着た警備員がぼくたちを押しとどめようとしたが、モーディカイは思わずぼくが怖くなったほどの大声で警備員を一喝した。いや、それでなくても、ぼくの胃は硬いしこりと化していたのだが。

「わたしはモーディカイ・グリーン、バートン一家の弁護士だ」モーディカイは、カウンターについていた若い男の職員にむかって凄味《すごみ》のある声を張りあげた。訪問者が名乗りをあげているというより、挑戦の文句のように響いた。

若い男はクリップボード上の書類に目を走らせ、その書類になにやら書きこんでいた。

「いったいなにをしてるんだ?」モーディカイはまたしても一喝した。

若い男は気色ばんで顔をあげたものの、そこで相手がどれほどの巨体のもちぬしかに気がついたらしい。「ちょっとお待ちを」といって、自分のコンピュータにむきなおった。

モーディカイはぼくに顔をむけ、わざわざ大声でいった。「まったく、ここに千人分もの死体がおさまってるような仕事ぶりだな」

これでぼくも、モーディカイが役人や政府関係機関の職員を相手にする場合、忍耐心のかけらもなくしてしまう男だということを察し、さらに社会保障局の女性職員に正式な謝罪をさせた武勇伝を思い出した。モーディカイの法律実務の半分は、こうやって相手を脅しつけ、怒鳴りつけることなのだ。

ぶざまに黒く髪を染めた青白い顔の男が出てきて、じっとりと湿った手でぼくたちと握手しながら、ビルと名乗った。青い研究室用の上着を羽織り、足にはゴム底のスニーカーを履いている。そもそも、政府は死体公示所で働く人間たちをどこからさがしてくるのだろう?

ぼくたちは、ビルのあとからドアを通りぬけた。清潔な廊下を通っていくうちに、あたりの気温がどんどん下がっていった。その先が主保管室だった。

「きょうは何人いるんだ？」モーディカイがたずねた。三日にあげず立ち寄っては、死体の数を毎回確認しているようないいぐさだった。

ビルはドアの把手《とって》をつかんだままふりかえった。「十二人だよ」

「大丈夫かね？」モーディカイがぼくにたずねた。

「いや、よくわからないんです」

ビルが金属製の扉を押しあけて、ぼくたちは室内に足を踏みいれた。空気は凍えるようで、消毒薬の臭気をはらんでいた。床は白いタイル、蛍光灯は稲妻のような青白い光をはなっている。モーディカイのあとを歩きながら、周囲を見ないように顔を伏せていたものの、まったく見ないのは不可能だった。死体はテレビで見るように、頭から踝《くるぶし》のあたりまで白いシーツでおおわれていた。ぼくたちは、ひと組の白い足の前を通りすぎた——爪先《つまさき》に認識票がくくりつけてあった。そのあと茶色っぽい足が何組かつづいた。

つぎの角を曲がったところで、ぼくたちは足をとめた。左にはストレッチャーが、右側にはテーブルがあった。

ビルが芝居がかった口調で「ロンテイ・バートンだ」と宣言しながら、シートを死体の腰まで一気に引きさげた。まちがいなく、オンタリオの母親だった——いまは白い無地のガウンをまとっていた。死はその顔に、なんの爪跡も残していなかった。眠っているだけといわれても信じてしまったことだろう。どうしても、その死顔から視線を引き剝《は》がせなかった。

「まちがいない、あの女性だな」モーディカイは、何年も前からの知りあいであるかのような口調でいうと、ぼくに確認を求める視線をむけてきた。ぼくはなんとかうなずいた。ビルがくるりと体の向きを変え、ぼくは思わず息をとめた。子どもたちは、全員が一枚のシーツでおおわれていた。

子どもたちはきれいに一列にならび、まるで体を寄せあうようにして横たわっていた。それぞれが、そろいのガウンの上で両手を組みあわせている。その姿は眠れる天使たちであり、ようやく安息に恵まれた小さなストリート・ソルジャーたちでもあった。オンタリオの体に手をふれたかった。その腕をそっと叩《たた》き、心の底からあやまりたかった。目を覚まさせて家に連れ帰り、食事をさせたかった。欲しがるものは、なんでもあたえてやりたかった。

ぼくは子どもたちをもっとよく見ようと、一歩前に足を踏みだした。

「さわらないように」ビルがいった。

ぼくがうなずくと、モーディカイが口をひらいた。「あの子どもたちだな」

ビルがふたたび一家をシーツでおおっているあいだ、ぼくは短い祈りの文句を――慈悲と赦《ゆる》しを乞《こ》う祈りの文句をとなえた。神の声がきこえた――おなじ悲劇を二度と起こしてはならない。

廊下を行った先の部屋にはいると、ビルがふたつの大きな金網バスケットをとりだしてきた。一家の私物がおさめてあった。ビルが中身をテーブルにぶちまけ、ぼくたちはビルが中身の一覧表を作成するのを手伝った。ビルが中身をテーブルにぶちまけ、ぼくたちは布地がすりきれていた。いちばんまともな服が、ぼくのデニムジャケットだった。それ以外には、三枚の毛布とハンドバッグ、安物のおもちゃがいくつか、赤ん坊の粉ミルク、タオル、ほかの汚い衣類、バニラ・ウエハースがひと箱、未開缶の缶ビールがひとつ、タバコが数本、コンドームが二個、それに紙幣と小銭で約二十ドルの現金があった。

「車は市の駐車場に保管されてる」ビルがいった。「警官の話だと、がらくたが山ほど詰まってるそうだ」

「そっちも、わたしたちが処分するよ」モーディカイはいった。

そのあとぼくたちは所持品一覧表にサインをすませ、ロンテイ・バートン一家の個人的資産を手にして建物から外に出た。

「この所持品をどうするんです?」ぼくはたずねた。

「お祖母《ばあ》さんのところにもっていこうじゃないか。ジャケットは返してほしいか?」

「いいえ」

モーディカイの知りあいの牧師が、葬祭場を経営しているという話だった。ただしモーディカイは、この牧師のことが好きではないという。この牧師の教会がホームレスにあまり友好的ではないというのがその理由だったが、それでも交渉はできる、といった。

ぼくたちは、ハワード大学に近いジョージア・アヴェニューにある教会の前に車をとめた。このあたりはワシントンでも、わりに清潔な地域だった——窓が板ばりされている家がそれほど多くないという意味だが。

「きみは車のなかにいたほうがいい」モーディカイはいった。「牧師とわたしだけのほうが、ずっと簡単に話がすむからね」

ひとりで車のなかにすわっていたくはなかったが、いまはとにかくモーディカイを全面的に信頼して命を預けている状態だ。

「ええ、わかりました」ぼくはそういって体を数センチばかり沈め、四方八方に視線を飛ばした。

「心配はいらないとも」

そういってモーディカイが立ち去ると、ぼくはドアをぜんぶロックした。そのまま数分すると当初の緊張もほぐれてきて、頭が働くようになってきた。モーディカイが牧師とふたりだけで話がしたいといった裏には、ビジネス上の理由があるのだ。ぼくが同席すれば、ことがややこしくなるばかりだろう。この男はだれだ？ 死んだ一家とはどんな関係にある？ そうなれば、向こうの言い値はいっきょに吊《つ》りあがることになる。

　歩道にはたくさんの人が歩いていた。ぼくは、寒風に身を鋭く切られながら早足で行きすぎる人々をながめた。ふたりの子どもを連れた母親が通っていった。三人とも高級な服に身をつつみ、しっかり手を握りあっている。ゆうべ、オンタリオとその一家が凍えるように寒い車内で身を寄せあって無臭の一酸化炭素を吸いこみ、いつしか意識が薄れていって、眠るように世を去っていったそのとき、あの一家はどこにいたのか？　いや、あの家族以外のぼくたちは、いったいどこにいた？

　世界が崩れていった。なにひとつ意味をもたなくなっていた。一週間にも満たない日々のあいだに、ぼくは六人の路上生活者の死体を目撃した。これだけのショックをうけとめるには、いまのぼくでは力不足だった。ぼくは高い教育をうけた白人弁護士だ。食べるものにも金にも不自由はなく、すばらしい富やその富で買えるすばらしい品が待っている場所に通じる出世街道を猛スピードで走っている。なるほど、結婚生活はおわりかけているが、これについては立ちなおれることだろう。

　ぼくは、わが人生計画を狂わせたミスターを呪《のろ》った。ぼくにこんな罪悪感を背負わせたモーディカイを呪った。そして、こんな胸の痛みを味わわせてくれたオンタリオを呪った。

　窓にノックの音がして、ぼくは驚きに飛びあがった。神経がいっきょにショートして目茶苦茶になったようなものだった。モーディカイが、歩道の道路ぎわの雪のなかにたたずんでいた。ぼくは窓を細くあけた。

「牧師は総額二千ドルで、五人全員の葬儀を出してもいいといってる」

「かまいません」ぼくが答えると、モーディカイはまた姿を消した。

ややあってもどってきたモーディカイは、運転席にすわって車を発進させた。「葬儀は火曜日にここの教会でおこなわれる。棺は木製だが、ちゃんとした品だ。見栄《みば》えをよくするために、牧師が花を手配してくれることになった。やつは最初三千ドルで葬儀を出すといったんだが、マスコミの取材陣もいくらか来るだろうから、あんたもテレビに映るかもしれないといって、値引きに応じさせたんだよ。うれしがってたな。二千ドルというのはわるくない値段だ」

「感謝します」

「気分は大丈夫か？」

「まさか」

そのあと〈ドレイク&スウィーニー法律事務所〉まで車で引きかえしていくあいだ、ぼくたちはほとんど口をひらかなかった。

クレアの弟のジェイムズが悪性リンパ腫《しゅ》であるホジキン病だと診断されたので、家族会議がひらかれることになった、という話だった。つまりクレアが実家に帰ったのは、ぼくとは関係のない事情らしい。週末のことや診断を耳にしたときの一家のショックの話、おたがいに肩を貸しあったり、ジェイムズとその妻をなぐさめたりしながら流した涙や祈りのことを物語るクレアの話に、ぼくはじっと耳をかたむけた。抱きしめあい、泣きあう家族がここにいた――クレアから電話で呼びだされなかったことに、ぼくは内心ほっとしていた。ジェイムズの治療はただちにはじめられる予定で、良好な経過をたどると予測されていた。

クレアは家に帰れたのがうれしく、話の重荷をわかちあえる相手がいたことで安堵《あんど》していたようだった。ぼくたちは居間の煖炉《だんろ》のそばにすわり、キルトの膝《ひざ》かけをしてワインをちびちびと飲んだ。ロマンティックといっても過言ではない雰囲気だったが、心の傷はあまりにも大きく、センチメンタルな気分にさえなれなかった。クレアの話に耳を貸し、かわいそうなジェイムズをちゃんと気の毒に思い、要所要所でその場にふさわしい短い文句をさしはさむ――それだけのことにも、莫大《ばくだい》な努力が必要だった。

こんなことになるとは予測していなかったし、自分が望んだことかどうかもさだかでなかった。たがいの出方をうかがうような会話になるだろうし、ひょっとしたら前哨戦《ぜんしょうせん》のひとつも展開することになる、とばかり思っていたのだ。すぐに会話は醜い泥仕合になり、そのつぎにはふたりの別離を真の大人らしい態度で処理しようとするあまり、望みのかけらもないほど鄭重《ていちょう》な話しあいになる、と。しかしオンタリオのことを経験したいま、ぼくは感情のからむ問題に対処できない状態だった。頭も心も空っぽだった。クレアはなんども、ぼくが疲れた顔をしていると口にした。そんなクレアに、うっかり感謝さえしそうになった。

ぼくは、クレアがすっかり話しおえるまで耳をかたむけていた。ついで話題は、ぼくとぼくが過ごした週末へとうつっていった。ぼくは一切合財を打ち明けた――救護所のボランティアとしての新しい生活、そしてオンタリオとその一家のこと。それから、新聞に載っていた事件の記事をクレアに見せた。

クレアは心を揺り動かされてはいたが、同時に困惑してもいるようだった。ぼくは一週間前のぼくとまったくの別人だった。だからクレアは、最新バージョンのぼくを昔のぼくよりも好きになったものかどうか、それさえ決めかねていたのだろう。決めかねているという点では、ぼく自身もおなじだった。

11

クレアもぼくも若き仕事中毒患者だったので、目覚まし時計は必要でなかった。やりがいのある仕事に満ちた一週間の幕開けである月曜日となれば、なおのこと必要ではなかった。ぼくたちは五時に起きて、五時半にはシリアルの朝食をとり、そのあとべつべつの方向にむかって家を出た——どちらが先に家を出られるかを競っているかのように。ワインを飲んだせいで、週末の悪夢に悩まされることなくぐっすりと眠ることができた。オフィスへと車でむかうあいだ、ぼくは路上生活者たちと多少の距離をおこうと決心していた。あの一家の葬儀なら出席しよう。時間を見つけて、ホームレスたちのための公益活動を多少はしてもいい。モーディカイ・グリーンとの友情を深めるのもいいし、思いきってあの事務所の常連になるのもわるくない。ミス・ドリーのところに定期的に顔を出して、飢えた人々に食事をさせる手助けをしてもいい。金を寄付して、さらに貧しい人々への寄付金あつめの手伝いをしてもいい。いまのぼくは貧しい人々のために働く弁護士より、資金源として動いたほうがはるかに役立つはずだ。闇のなかを事務所にむかって車を走らせながら、ぼくは自分の優先順位を調整しなおすためにも、これからは一日十八時間のペースで休まず何日も仕事に打ちこむことが必要だと考えた。ぼくのキャリアという列車は、ちょっとした脱線事故を経験した——しかし、とことん仕事に熱をあげれば、車輛《しゃりょう》はまた本来のコースを走りはじめるはず。ぼくが乗っている列車、うなるほどの金が積まれたこの列車から飛びおりるのは馬鹿者《ばかもの》だけだ。

ぼくは、ミスターが乗ったのではないエレベーターをえらんだ。あの男はもう過去の存在だ。ミスターが死んだ会議室にも目をむけなかった。ブリーフケースとコートを自分のオフィスの椅子《いす》に投げだすと、そのままコーヒーを淹《い》れにいく。朝の六時前の廊下をはずむような足どりで歩き、同僚の弁護士や秘書にそこここで話しかけながら、上着を脱いでワイシャツを腕まくりする——日常に復帰するのは最高の気分だった。

最初に目を通したのは、ウォールストリート・ジャーナル紙だった。この経済紙なら、ワシントンDCの路上で死んでいくホームレスの話が記事として掲載されているはずがないとわかっていたことが、その理由のひとつだった。つづいてワシントン・ポスト紙。都市圏版の第一面に、ロンテイ・バートンの一家についての短い記事が掲載され、一軒のアパートメントの外で泣きじゃくるロンテイの祖母の写真が添えられていた。ぼくは記事に目を通すと、新聞をわきにどけた。記者よりもぼくのほうが事情にくわしい。それにぼくは、二度とこうした問題によそ見をするまいという決意を固めていた。

ポスト紙の下に、法律用箋《ようせん》サイズの無地のファイルが一冊おかれていた。事務所が数百万冊単位でつかっているファイルとおなじ種類のものだった。標題が書かれていないのを見て、いぶかしい気持ちがこみあげた。ファイルはむきだしのまま、ぼくのデスクのまんなかにおいてあった。どんな人物がおいていったのかもわからない。ぼくは、ゆっくりとファイルをひらいた。

ファイルにはさまれていたのは、わずか二枚の書類だった。最初の一枚はポスト紙の記事――ぼくが十回もくりかえし読んだあとで、クレアに見せたのとおなじ記事だ。その下にあったのは、〈ドレイク＆スウィーニー法律事務所〉の公式ファイルから抜きだしてきた書類だった。《強制立ち退《の》き対象者――リバーオークス社／TAG社》という標題がつけられていた。

用紙の左側に、一からはじまって十七までの数字が書かれていた。四人めがデヴォン・ハーディ。そして十五番めに記載されていたのが、ロンテイ・バートンとその四人の子どもたちの名前だった。

ぼくはファイルをゆっくりデスクにもどすと立ちあがり、ドアに歩みよって鍵《かぎ》をかけ、そのままドアに寄りかかった。最初の二分は、まったくの静寂のうちに過ぎていった。

デスクの中央においてあるファイルを見つめる。真実を正確に記載した書類だと考えるほかはなかった。だれかが、あんなものを苦労してでっちあげる理由がどこにある?

そのあと、ぼくはもういちど慎重な手つきでファイルをとりあげた。二枚めの書類の下、ファイルそのものの裏側に、この匿名《とくめい》の情報提供者が鉛筆でこんな文章を書きこんでいた——《この強制立ち退きは法律的にも倫理的にも不当なものだった》。

大文字だけで書いてあるのは、筆跡鑑定をした場合でも身元が割れないようにするためだろう。筆圧はごく軽く、鉛筆の先端がファイルにふれていないも同然だった。

それから一時間は、ドアに鍵をかけたままにしておいた。そのあいだぼくは窓べに立って夜明けの空を見つめては、またデスクにもどってファイルを見つめることをくりかえしていた。廊下の人の行き来がしだいに増えてきて、秘書のポリーの声もきこえた。ぼくは鍵をあけると、なにもかも絶好調のような顔でポリーを迎えいれ、申立書の作成を開始した。

午前中は、会議や打ちあわせの予定がぎっしりと詰まっていた。そのうちふたつは、ルドルフと依頼人をまじえての会議だった。これは無難に乗り切った——とはいえ、だれがなにをして、どんな発言をしたのか、まったく覚えていなかった。ルドルフは、子飼いの花形弁護士が現場に復帰したことで鼻高々だった。

人質事件やその後遺症について話しかけてくる人たちには、つっけんどんとさえいえる応対をした。いつものように仕事に邁進《まいしん》する姿勢を見せていたせいだろう、ぼくの心の安定にまつわる人々の不安は影をひそめていた。昼近くなってから、父がオフィスに電話をかけてきた。この前、父から事務所あてに電話をもらったのがいつのことだったか、まったく記憶になかった。メンフィスは雨が降っており、家のなかをうろうろしていたが、退屈したので電話をしてみた——父はそういった——ところで、わたしも母さんもおまえのことを心配していてね。ぼくは、クレアは元気だと話してから、もうひとつ予防線を張った。クレアの弟のジェイムズ——父もぼくたちの結婚式でいちど顔をあわせている——の病気について話しておいたのだ。ぼくがクレアの家族のことを心から心配している調子で話したので、父は安心していた。

父は、ぼくがオフィスの電話に出たことをすなおに喜んでいた。ぼくがちゃんと仕事場で大金を稼ぎ、いま以上の財産を目ざしているとわかったからだろう。父はぼくに、これからもちょくちょく連絡をとるようにいってきた。

その三十分後、こんどは兄のワーナーがアトランタのダウンタウンにそびえる高層ビル内の自分のオフィスから電話をかけてきた。ぼくよりも六歳年上のワーナーは、おなじような大規模法律事務所のパートナーで、およそ手加減を知らない苛烈《かれつ》な訴訟担当者だ。年齢の差もあって、子どものころはあまり親しくなかったが、いまは親しくつきあうようになっている。三年前の離婚騒動のさなかには、兄は週にいちどぼくに電話をかけてきて秘密を打ち明けたりもした。

ワーナーもぼく同様、時計に縛られた暮らしをしている。だから、きょうの会話も手短なものになることがわかっていた。

「父さんと話したんだ」ワーナーはいった。「話はすっかりきいたよ」

「だろうね」

「おまえの気持ちはよくわかる。だれもがいちどは通る道だからな。わき目もふらずに仕事をして大金を稼ぎはしたものの、いちども足をとめて恵まれない人を助けてはこなかった。ところがなにかがきっかけになって、ロースクールの一年生だったころの思いが頭によみがえってくるんだな。理想で頭がはちきれかけてて、法律の学位を取得したら人類救済に力をつくそう、と思っていたあのころだよ。覚えてるか?」

「うん。ずいぶん昔のことだな」

「そうだ。あれはロースクールの一年のときだったな。クラスでアンケートをとったんだ。クラスの半数以上が、将来は公益法を手がけたがっているという結果が出たよ。それが三年後の卒業時には、全員が金を目的とするようになってた。なにがあったのかはわからないがね」

「ロースクールは、人を欲深にするんだよ」

「かもしれないな。うちの事務所には、だれでも一年ばかり休暇をとって——大学教授のサバティカルみたいなものだが——そのあいだ公益法の分野を手がけられるという制度があるんだ。十二カ月たつと、前とおなじように事務所に復帰できるわけだよ。おまえの事務所には、そういった制度はないのか？」

老賢者ワーナーの面目躍如。ぼくがどんな問題をかかえていようと、すべてに前もって解答を準備している。なんとまあ簡単でお手軽なことか——十二カ月の休暇があければ、真新しい人間になって復帰できるとは。ちょっとまわり道をしても、将来はそのまま保証されるというわけか。

「あるにはあるけど、アソシエイトには適用されないんだ」ぼくは答えた。「これまでひとりかふたりのパートナーがどこかの組織に二、三年のあいだ出向して、また事務所にもどってきたという話はあるけど、アソシエイトがそんなことをした例はないな」

「しかし、おまえの場合は事情が事情だぞ。事務所の一員だったというだけで、あやうく殺されそうな目にあい、心に深い傷を負ったんだ。もし必要なら、おれからそっちの事務所に話をして、おまえに休暇が必要だと説得してもいい。とにかく、一年の休暇をとって、そのあとまた仕事に復帰すればいいんだ」

「それなら、うまくいくかもしれないな」ぼくはワーナーをなだめようとしていった。

なにせ兄は押しが強い典型的なA型性格の男で、どんなときでも喧嘩腰《けんかごし》一歩手前の口調で畳みかけるようにしゃべる。相手が家族となれば、なおさら遠慮がなかった。「そろそろ電話を切らないといけないんだ」

それはワーナーもおなじだった。ぼくたちは、また機会をあらためて話をすることを約束した。

昼食は、ルドルフとある依頼人のふたりといっしょに高級レストランでとった。業務のうちあわせをかねたワーキングランチ。つまり、ひとつにはアルコールはご法度《はっと》という意味であり、もうひとつは昼食の時間を依頼人への報酬請求にまわすという意味でもある。ルドルフは一時間あたり四百ドル、ぼくが三百ドル。仕事の話をしながらの昼食には二時間かかった。つまりこの食事の席だけで、依頼人には千四百ドルの出費となった。事務所のつけがきくレストランだったので、食事代の請求書は〈ドレイク&スウィーニー法律事務所〉にまわされてくる。つまり地下にある経理課の連中が、いずれこの食事代を依頼人に請求する方法を編みだすというわけだ。

午後はいっときも休みなく、電話と打ちあわせで忙殺された。ぼくは意志の力をふりしぼって弁護士としての顔を守りぬきながら仕事をこなし、大量の時間を報酬請求にまわすことができた。反トラスト法がここまでどうしようもなく難解で退屈に思えたことは、かつてなかった。

五時すこし前になってようやく、ひとりだけの時間が数分できた。ぼくは帰宅するポリーに別れの挨拶《あいさつ》をすると、またドアに鍵をかけた。それから例の謎《なぞ》めいたファイルをひらき、法律用箋にあてどなくメモをとりはじめた。殴り書きやフローチャートから引き出された矢印のすべてが、リバーオークス社と〈ドレイク&スウィーニー法律事務所〉をさし示していた。この仕事で事務所側の代表となっていたのは、不動産部門のパートナーであり、ぼくがファイルの一件を問いつめたあのブレイドン・チャンスである公算が高い。

この段階でぼくがいちばん怪しいとにらんでいたのは、そのチャンスのもとで働く弁護士補助職員だった。ぼくたちの辛辣《しんらつ》な応酬の一部始終を耳にしていたあの若い男は、その数秒後、ぼくがつづき部屋になったオフィスを出ていくときに、チャンスのことを〝最低の下司《げす》野郎〟と形容していた。あの若い男なら、強制立ち退きの詳細も知っているだろうし、問題のファイルを見られる立場にもあるはずだ。

事務所に記録が残らないようにするために、ぼくは携帯電話をつかって反トラスト法部門の補助職員に電話をかけた。この職員のオフィスは、ぼくのオフィスから廊下の角を曲がったところにある。この補助職員からまたべつの補助職員の名前をききだし、そのあとほとんど苦労もなく目あての男の名前が判明した――ヘクター・パーマ。三年前からこの事務所に所属しており、そのあいだずっと不動産部門で働いている。よし、ヘクターをつかまえて問いつめてみよう――ただし事務所の外で。

そのあと、モーディカイから電話があった。モーディカイは、今夜の夕食の予定はどうなっているかと質問してきた。「わたしがおごるよ」

「スープですか？」

モーディカイは笑った。「まさか。ちょっといい店を知ってるんだ」

そこでぼくたちは、七時に待ちあわせをする約束をした。クレアは外科医モードに復帰していて、時間にも食事にも、いわんや亭主にもまったく無頓着《むとんちゃく》になっていた。午後のなかばごろにいちど電話があったのだが、そのときもせわしなく言葉をかわしただけ。いつ家に帰れるか見当もつかないが、遅くなることだけは確実だ、といっていた。男なら自分の夕食は自分でとれ、というわけだろう。だからといって、クレアを恨む気持ちはなかった。出世街道をひた走りに走るライフスタイルを、クレアはこのぼくから学んだのだから。

待ちあわせの場所は、デュポン・サークルに近い一軒のレストランだった。はいってすぐの場所にあるバーは、都心を離れる前に一杯飲もうという高給とりの政府関係者らしき人々で満員だった。ぼくとモーディカイは、店の奥にある狭苦しいボックス席で酒を飲んだ。

「バートン事件の反響は、ますます広がって大きなものになってるぞ」モーディカイはドラフトビールをちびちび飲みながらいった。

「すいません、過去十二時間ばかり洞窟《どうくつ》にこもりきりだったもので。どんなことになってるんです？」

「マスコミの取材が押し寄せてる。母親と四人の幼い子どもたちが車のなかで暮らしてた。一家が発見されたのは、議事堂から一キロ半も離れていないところだ。その議事堂では、いま以上に多くの母親たちを路上に追いたてるような福祉関連法の改正案が審議中だからな」

「だとすると、葬儀はかなりの大騒ぎになりますね」

「まちがいない。きょうはこれまで、十人ばかりのホームレス救済運動家たちと話をしたよ。その人たちも、それぞれ仲間を連れて葬儀に参列するといってた。葬祭場が路上生活者であふれかえるわけだ。もちろん、こちらにもマスコミの取材が殺到する。母親の棺《ひつぎ》の横に四つの小さな棺がならぶ光景が撮影されて、六時のニュースで大々的に流されるんだ。わたしたちも葬儀の前に集会をひらき、葬儀がすんだらデモ行進をする予定だよ」

「一家の死は悲劇ながら、そこからいい結果が生まれるかもしれませんね」

「ああ、そうなるかもしれない」

大都市で仕事を進める弁護士として年季を積んでいるぼくには、どんな昼食や夕食の誘いの裏にもそれなりの目的があることを知っていた。モーディカイはなにか企《たくら》んでいる。ぼくの目を追うモーディカイの目の動きからも、それは明らかだった。

「あの一家がホームレスになった事情について、なにかご存じですか？」

「いや。まあ、ほかの連中と大同小異だろうな。ちゃんと質問する時間がなくてね」

ここまで車を走らせてくるあいだに、ぼくは例の謎のファイルとその中身のことをモーディカイに話すのはまずい、という結論に達していた。そもそもが機密文書だ――ぼくがその内容を知りえたのは、〈ドレイク＆スウィーニー法律事務所〉の一員だからである。また、依頼人の行動について得た知識を第三者に明かすことは、重大な背任行為だ。内容を洩《も》らすことを思っただけで、恐怖に体がすくんだ。だいたい、まだ内容の真偽の確認さえしていないのだ。

ウェイターがサラダを運んできて、ぼくたちは食事にとりかかった。

「きょうの午後、事務所で会議をひらいたよ」モーディカイはいった。「わたしとエイブラムとソフィアの三人でね。で、人手が必要だという話になった」

それをきかされても、ぼくに驚きはなかった。「どんな人手ですか？」

「弁護士がもうひとり必要なんだよ」

「おや、資金が行きづまっているものとばかり思ってましたが」

「多少の準備金はあるよ。それにわたしたちも、新たなマーケティング戦略を打ちだすことになってね」

〈十四番ストリート法律相談所〉がマーケティング戦略に腐心しているというのは、ユーモアにほかならず、モーディカイの意図もそこにあった。ぼくたちは笑顔を見かわした。

「新しい弁護士を雇い入れて、その弁護士が週に十時間を寄付金あつめに割いてくれれば、その弁護士の給料は出せるな」

　またしても一連の笑顔。

　モーディカイは話をつづけた。「こんなことを認めるのは本意ではないんだが、うちの相談所の命脈は寄付金をあつめられるかどうかにかかっている。コーエン基金は衰退の一途だ。これまではさいわいにも金の無心をする必要がなかったが、そうもいっていられない情況なんだよ」

「それ以外にはどんな仕事を？」

「路上生活者関係の法律実務――ストリートの法律だな。もうずいぶん知っているはずだぞ。わたしたちの事務所も見たな。ごみため同然の場所だ。ソフィアは口やかましい女だし、エイブラムは棘々《とげとげ》しい男でね。くわえて依頼人たちは悪臭ふんぷんで、報酬ときたら思わず笑いたくなるような金額だよ」

「具体的には？」

「きみには年間で三万ドル出そう。しかし今、約束できるのは、最初の半年分にあたる報酬だけだ」

「その理由は？」

「基金の会計年度の締めが六月三十日でね、その日までに事務所は七月一日からの次年度の予算を申請するんだ。これから半年ぶんのきみの給与は、いまある準備金でなんとかなる。そのあとは、報酬から諸経費をさしひいた残額をわたしたちで四等分することになるな」

「エイブラムとソフィアも合意したんですか？」

「ああ。わたしがすこし演説をぶったらね。わたしたちは、きみなら法曹界の中枢《ちゆうすう》に数多くの知りあいがいるだろうと踏んだわけだ。おまけに学歴は立派、才気煥発《かんぱつ》で眉目《びもく》秀麗、そのほかあれこれの条件をすべてそなえてるから、寄付金あつめの仕事もお手のものだろう、とね」

「もしぼくが寄付金をあつめられなかったら？」

「だったら、わたしたち四人の年俸をいまよりもさらに切り下げるだけのことだ。そうだな、年間二万ドルあたりにね。そのつぎは一万五千だ。基金が底をついたらどうなるかって？　そのときは、依頼人とおなじく路上生活者になるという道がある。文字どおりのホームレス弁護士だな」

「つまり、〈十四番ストリート法律相談所〉の将来は、このぼくにかかっていると？」

「そう決定したんだ。わたしたちはきみを、フル・パートナーとして迎えいれたい。どうだ、〈ドレイク&スウィーニー法律事務所〉よりもこちらのほうがいいと思えるか？」

「痛みいります」ぼくはいった。わずかに怖い気持ちもあった。再就職の勧誘は意外ではなかったものの、いざ扉がひらいたいま、そこに足を踏みこむのにためらいを感じている部分もあったのだ。

ブラックビーンズのスープが運ばれてきた。ぼくたちはビールを追加注文した。

「エイブラムというのは、どういう人なんです？」ぼくはたずねた。

「ブルックリン出身のユダヤ人だよ。モイニハン上院議員のスタッフとして働くためにワシントンに来たんだ。そのあと数年は連邦議会で働いていたものの、やがてストリートの法律という分野にたどりついた。とんでもなく優秀な頭脳のもちぬしだよ。大規模法律事務所で公益活動にたずさわる弁護士たちと協力しあって、訴訟関係の仕事をすすめることに大半の時間をついやしていてね。いまは統計局を相手どって訴訟を起こしている——人口調査にホームレスをふくめるよう求めてね。それから、ホームレスの子どもたちがちゃんと教育をうけられるよう、ワシントンDCの学校制度そのものを訴えてもいる。人づきあいの面では、まあ改善してほしい点が多々ある男だが、舞台裏での訴訟沙汰《ざた》の画策にかけてはかなりの腕っこきだな」

「ソフィアは？」

「筋金いりのソーシャルワーカーで、ロースクールの夜学に十一年も通っていた女性だよ。だから、立ち居振舞いもしゃべりかたも弁護士そのものだ。とくに、政府の役人どもをいたぶるときには本領発揮だな。きみもこれからは、『弁護士のソフィア・メンドーサです』という科白《せりふ》を一日に十回はきかされるぞ」

「秘書役もこなしてるんですか？」

「それはない。うちには秘書はいないんだ。だからタイプ仕事や書類の提出はおろか、コーヒーを淹《い》れることまで、ぜんぶ自分でやらなくちゃならない」モーディカイはわずかにテーブルの上に身を乗りだして、声を低めた。「わたしたちは、三人だけでずいぶん長いこと仕事をしてきた。だから、それぞれが自分だけの穴を掘って閉じこもっている状態だ。正直にいうとね、ここらで新鮮な考え方をする新人が欲しくてたまらないんだよ」

「なんといっても、報酬の額がとびきりの魅力ですね」ぼくは笑いを誘おうとしたが、ユーモアというには力不足の言葉だった。

それでもモーディカイは、にやりとしてくれた。「これはね、金のためにやる仕事じゃない。自分たちの魂のためにやる仕事なんだよ」

わが魂はぼくを眠らせず、ほとんど徹夜をする羽目におちいらせた。事務所をきっぱり辞める度胸が自分にあるのか？　これほど収入のすくない仕事の勧誘を、本気で前向きに検討しているのか？　そう、ぼくは文字どおり数百万ドルという金に別れの手をふろうとしているのだから。

これまでぼくが手にいれたいと渇望《かつぼう》していた品物や財産……そのすべてが、これからは薄れゆく思い出になる。

タイミングとしては、わるくない。結婚生活がおわりを迎えているいま、このあたりですべてを根底から変えて心機一転やりなおすというのが、なぜか自分にふさわしく思えた。

12

火曜日は病欠をとった。

「インフルエンザにかかったようなんだ」ぼくがいうと、ポリーは訓練されているとおり、ぼくに症状をくわしく教えてくれといってきた。発熱、のどの痛み、それに頭痛といったところか？　とにかく、そのすべてだ——と答えた。症状がどうとか、そんなことはどうだっていい。事務所の仕事を休むとなったら、完全無欠の病人になっていたほうが身のためだ。ポリーはぼくからきいた話を決まった書式に書きこんで、ルドルフに提出することになっている。そのルドルフから電話が来ることを予想して、ぼくはすぐに家を出ると、早朝のジョージタウンをあちこち歩きまわった。雪は急速に溶けかかっていた。予報では、きょうは最高気温が十度ほどにまであがるらしい。それからワシントン港ぞいをぶらついて一時間ほどつぶし、あちこちの売店のカプチーノの飲みくらべをしたり、ポトマック川で寒さに凍えながらボートを漕《こ》いでいる人々をながめたりした。

十時になると、ぼくは葬儀に出かけた。

教会の前の歩道にはバリケードが設置されていた。あたりには警官たちが警備に立っており、彼らのオートバイが道路にとめられていた。道をさらに行ったあたりには、テレビ局の中継車が何台も見えた。

車で通りかかったときには、かなりの人数の聴衆が演説に耳をかたむけているところだった。急いで作成されたとおぼしきプラカードが、何本か人々の頭の上に突きだしていたが、これはカメラを意識したものだろう。ぼくはそこから三ブロック離れた横道に車をとめると、早足で教会にむかった。正面玄関を避けて、横手のドアにむかう。ドアの前に初老の案内人が立っていた。バルコニー席の有無をたずねると、案内人はぼくに新聞記者かと質問してきた。

そのあと案内人はぼくを教会内部に通して、ひとつのドアを指さした。ぼくは案内人に感謝を述べてドアをくぐり、がたつく階段をあがってバルコニー席に出た。すばらしく美しい礼拝堂が見おろせる席だった。臙脂《えんじ》色《いろ》の絨緞《じゅうたん》、黒っぽい材木製の信徒席、窓のステンドグラスには汚れひとつない。このとびきり美しい教会を目のあたりにして、牧師がここをホームレスに開放したがらない理由が一瞬にして理解できた。

バルコニー席は無人で、どこにすわろうとも思いのままだった。ぼくは奥の出入口の上にあたる席まで静かに歩いていった――ここからなら、祭壇に通じる中央の通路が真下に見おろせる。外の正面階段で、聖歌隊が歌いはじめた。その歌声が流れこむ無人の教会の静けさのなかで、ぼくはじっとすわっていた。

音楽がやんでドアがあいたとたん、どっと人が走りこんできた。牧師が人の流れをさばいていた――テレビ関係者を片側の隅に通し、少人数の遺族を最前列にすわらせ、活動家たちとその仲間のホームレスを信徒席の中央にまとめていく。モーディカイは、ぼくが知らないふたりの人物を同伴していた。片側のドアがあいて、受刑者たちが入場してきた――ロンテイの母親とふたりの兄たちだ。青い囚人服姿の三人は手錠と足枷《あしかせ》をかけられて鎖でつながれ、四人の看守が付き添っていた。三人の受刑者たちは中央通路に近い側の前から二列め、ロンテイの祖母をはじめとする少数の親戚《しんせき》のうしろにすわらされた。

あたりが静まると、もの悲しく低い音でオルガンの演奏がはじまった。ぼくの真下のあたりでちょっとした騒ぎが起こり、みんながきょろきょろと頭を動かしていた。牧師が祭壇に立って、全員に起立をもとめた。

つぎに白手袋をはめた案内役たちが中央通路を通って棺《ひつぎ》を運びこみ、礼拝堂のいちばん奥に横一列にならべた。ロンテイの棺がまんなかだった。赤ん坊の棺は長さ九十センチにも満たない小さなもの。オンタリオとアロンゾとダンテをおさめた棺は、そのあいだくらいの大きさだった。胸のつぶれるような光景だった。すすり泣きの声が高まった。聖歌隊が体を揺らしてハミングをしはじめた。

案内役たちが棺のまわりを花で飾りはじめ、一瞬彼らが棺のふたをあけるのではないかという恐ろしい思いに駆られた。これまで黒人の葬儀に参列したことがなかったので、この先どうなるのかは見当もつかなかった。しかしテレビでほかの葬儀が報道されたときには、葬儀の途中で棺のふたがあけられ、遺族が遺体に口づけをしていたのだ。カメラをもった禿鷹《はげたか》たちは、すでに準備万端をととのえていた。

しかし棺のふたは閉まったままで、ぼくがすでに知っている事実が世界じゅうに報道されることはなくなった——そう、オンタリオとその一家が安らかな表情で永遠の眠りについている、という事実が。

一同が腰をおろすと、牧師が長たらしい祈りの文句をとなえた。ついで、ひとりのシスターによる独唱があって、しばし静寂の時間があった。ついで牧師が聖書を朗読し、短い説教をおこなった。そのあと祭壇に立ったホームレス保護運動家の女性は、今回の痛ましい事件が起こる背景となった社会とその指導者たちを痛烈に批判する演説をおこなった。すべての責任は上院に、なかんずく共和党議員たちにあると非難し、指導力を欠いている市当局や裁判所を非難し、役所の官僚主義を非難した。しかしこの運動家がもっとも痛烈な非難の矢をむけたのは、金も権力もあわせもっているくせに、恵まれない人々のことは歯牙《しが》にもかけない上流階級人種だった。運動家は、整然としたわかりやすい話しぶりで怒りを表現しており、説得力にあふれてはいたが、葬儀の場になじんでいたかどうかは疑問だった。

演説がおわると、人々から拍手が起こった。つづいて牧師が長い時間をかけて、肌になんの色もなく金をもった人々を激しく非難した。

そのあとまた独唱があり、聖書の朗読があってから、聖歌隊が魂のこもった賛美歌を歌いはじめると、ぼくは泣きそうになってきた。参列者たちが列をつくって、死者たちの棺に手をかけていく——しかし、すぐに弔問客たちが泣き叫びながら棺を撫《な》でまわしはじめ、列はたちまち乱れた。

「棺をあけろ！」だれかの声がしたが、牧師はかぶりをふった。参列者たちは祭壇前に殺到して棺のまわりで押しあいへしあいを演じて、すすり泣きの声をあげた。聖歌隊が歌声の音量を二段階アップした。なかでもいちばん盛大な声で泣いていたのはロンテイの祖母で、まわりの人々が肩を撫でては慰めの言葉をかけていた。

信じられなかった。ロンテイの生涯さいごの数カ月間、この人たちはどこにいたのだ？あそこで木の箱にはいっている小さな体のもちぬしは、自分たちがこれほど愛されていることを知らぬままに世を去ったのだ。

弔問客がひとり、またひとりと泣きくずれるにつれて、マスコミのカメラがじわじわと前進していた。もはやこの場は、ショー以外のなにものでもなかった。

しばらくして牧師が騒ぎの場に踏みこみ、秩序を回復させた。それから牧師は、オルガン演奏をバックにもういちど祈りを捧《ささ》げた。祈りがおわると、時間のかかる退出の儀式がはじまった——参列者たちが棺のまわりをまわって、さいごのお別れをしていくのだ。

葬儀の所要時間は、一時間半だった。二千ドルの代金を考えれば、結果はそう捨てたものではなかった。ぼくは自分が誇らしくなった。

参列者たちは教会の外で集会をひらき、そのあと議事堂方面を目ざすデモ行進がはじまった。デモ隊が交差点の角を曲がるとき、行列の中央あたりにモーディカイの姿があるのが目にとまった。モーディカイはこうしたデモ行進や示威行動に何回くらい参加しているのだろう？　たずねたところで、何回参加しても充分とはいえないよ、という答えが返ってきそうだった。

ルドルフ・メイズは、三十一歳で〈ドレイク＆スウィーニー法律事務所〉のパートナーとなった。いまにいたるも、これは最年少記録だ。そしてもし本人の計画どおりの人生を歩むことができれば、ルドルフはこの事務所で実務をつづけている最高齢のパートナーにもなれるはずだ。法律こそルドルフの人生にほかならない——それについては、別れた三人の妻たちが証言してくれるはずだ。法律以外のことでは手にふれたものすべてを壊滅させていくような男だが、ルドルフは大規模法律事務所のチームプレーヤーとして熱心に仕事に打ちこむのだ。

そのルドルフが、仕事の書類が山積みになった自分のデスクでぼくを午後六時に待っていた。ポリーをはじめとする秘書たちや弁護士補助職員や助手はもう帰宅していた。五時半をまわっているため、廊下の人の行き来もかなりすくなくなっていた。

ぼくはドアを閉めると、椅子《いす》に腰をおろした。

「おや、きみは病気だと思っていたがね」ルドルフは開口一番、そういった。

「事務所を辞めることにしました」ぼくは精いっぱい胸を張って堂々といったが、胃はいくつもの結び目と化していた。

ルドルフは何冊もの本を押しやってどけると、高価なペンにキャップをはめた。「話をきこうじゃないか」

「この事務所を辞めることにしました。公益法を専門にしている事務所から勧誘されましたので」

「馬鹿《ばか》な真似《まね》はやめるんだ、マイクル」

「馬鹿な真似をしているつもりはありません。もう決めました。辞めるにあたっては、できるかぎりトラブルのないようにしたいと思います」

「あと三年もすれば、パートナーになれるんだぞ」

「それ以上に条件のいい話をもらったんですよ」

ルドルフは応答の文句を思いつかなかったらしく、もどかしい気持ちに目玉をぎょろぎょろとまわしていた。「しっかりしたまえ。たった一回あんな事件を経験したからって、それだけで頭がおかしくなるわけはないじゃないか」

「べつに頭はおかしくなってません。ぼくはただ、べつの分野に活動範囲を変えるだけです」

「しかし、人質になったほかの八人は、だれひとりそんなことを考えてないぞ」

「よかったですね。もしあの八人が幸せだというのなら、ぼくもその幸せを喜びますよ。それにあの八人は訴訟部の人間でしょう？　そもそも、ぼくとは人間の種類がちがうんです」

「で、きみはどこに行くというんだ？」

「ローガン・サークルの近くにある法律相談所です。ホームレス関連の法律が専門なんですよ」

「ホームレス関連の法律？」

「ええ」

「年俸はどのくらいになるんだ？」

「口にするのも恐ろしいほどの額です。そうだ、その相談所にいくらか寄付をしてもらえませんか？」

「きみは頭がどうかしたとしか思えないな」

「ちょっとした危機というやつですね。ぼくはまだ三十二歳です――〝中年の危機〟で、本格的に正気をなくす年齢じゃありません。というか、〝中年の危機〟は早めに克服できそうな見とおしです」

「なにもいわないで、ひと月休め。そのあいだホームレスの仕事をして、気の迷いを完全にふっ切ったら、また事務所にもどってくればいい。いま辞められると、ほんとうに困るんだ。仕事がどれくらい遅れているか、きみだって知っているだろうが」

「それでは駄目なんです。安全ネットがあって、いつでもいまの立場に復帰できるとなったら、仕事の楽しみがなくなりますから」

「楽しみ？　きみは楽しみのためにこの事務所を辞めるというのか？」

「そのとおりです。しじゅう時計を確認することなく仕事ができれば、さぞや楽しいとは思いませんか？」

「奥さんのクレアはどうするんだ？」ルドルフはそうたずねてきた。藁《わら》にもすがってぼくを引きとめたい気持ちを露呈する質問だった。そもそもルドルフは、クレアのことをほとんど知らない。さらに結婚生活にかんするアドバイスをする人材という点で見れば、ルドルフはその資格のないことでは事務所屈指の男だろう。

「クレアなら大丈夫です」ぼくは答えた。「金曜日に辞めたいと思っています」

ルドルフは敗北を認めるうなり声を洩《も》らして、目を閉じ、ゆっくりかぶりをふった。

「いやはや、信じられんな」

「申しわけありません」

ぼくたちは握手をかわし、翌朝早めの朝食の席で顔をあわせて、未処理のぼくの仕事の件で話しあいをすることを約束した。

ポリーには、他人の口からこの話をきかされるより先に、直接ぼくから話しておきたかった。そこでオフィスにもどるとすぐ電話をかけた。ポリーはアーリントンの自宅で料理中だった。この一本の電話で、ポリーの一週間は目茶苦茶になった。

そのあとタイ料理のテイクアウトを買って、家にもち帰った。ワインを何本か冷やして食卓をととのえると、ぼくは自分の科白を練習しはじめた。

クレアが藪《やぶ》から棒の話を予期していたかどうか、その顔からはわからなかった。何年ものあいだに、ぼくたち夫婦は正面からむきあって戦うのではなく、ただおたがいを無視するという習慣をつくりあげていたからだ。そのため、どちらも戦術を磨きあげることがなかった。

しかしぼくは、自分の側はショックにそなえて完全に防備を固め、すかさず口にできる辛辣《しんらつ》な切りかえしの文句もあらかじめ練りあげたうえで、不意討ちをくらわせるのがいいと考えていた。この不公平な作戦こそ成功まちがいなしであり、崩壊しかけた結婚生活という枠組みのなかでは許容されるべきものだと思っていたのだ。

時刻はまもなく十時。クレアは、もう何時間も前に仕事をしながらちょっとつまんだだけで、なにも口にしていないといった。そこでぼくたちはワインのグラスをもってまっすぐ居間に行き、そのままお気にいりの椅子に腰を落ち着けた。数分後、ぼくは切りだした。

「話しておきたいことがあるんだ」

「なに？」クレアは、心配のかけらもない声でたずねた。

「〈ドレイク＆スウィーニー法律事務所〉を辞めようと思ってる」

「あら、そう」クレアはワインをひと口飲んだ。賞賛に値する落ち着きぶりだった。おそらくこの話を予期していたか、そうでなければ意地でも心配顔を見せまいと固く心に誓っていたのだろう。

「そうだ。もうあの事務所にはもどれない」

「どうして？」

「生活を変えないではいられなくなったんだ。企業がらみの仕事は退屈だし、なんの意味もない。人々の助けになるような仕事がしたくなったんだ」

「すてきな話ね」クレアは早くも金のことを考えているにちがいない。金の話を妻がいつまで我慢できるのか、ぼくはそれを見きわめたい一心だった。「ほんとよ、すごく立派なことだと思うわ」

「前にモーディカイ・グリーンという男の話をしただろう？　あの男の事務所から、就職の勧誘をうけたんだよ。月曜日からそっちで働きはじめることにする」

「月曜？」

「そうだ」

「じゃ、もう話を決めてきたわけね？」

「もちろん」

「わたしにひとことの相談もなく？　わたしにはこの件について、なんの発言権もないということ？」

「もう事務所にはもどれないんだ。ルドルフには、きょう話をしてきた」

ワインをもうひと口。かすかな歯ぎしりの音。その顔に一瞬だけ怒りが閃《ひらめ》いたが、クレアはすぐにその怒りをおしやった。見あげた克己心だ。

ぼくたちは煖炉《だんろ》を見つめ、オレンジ色の炎に見いっていた。先に口をひらいたのは、クレアのほうだった。

「あなたの転職で、わたしたちがどんな経済的影響をこうむるかを教えてもらえる？」

「いろいろ影響があるだろうね」

「新しい就職先の給与の額は？」

「年俸で三万ドルだ」

「三万ドル……」クレアは鸚鵡《おうむ》がえしにつぶやき、もう一回重ねてくりかえした。クレアの口から出ると、おなじ数字がなぜかさらに低いものに思われた。「わたしの年俸よりも、まだ低い額ね」

クレアの年俸は三万一千ドルだったが、この数字は近い将来、劇的に上昇するはずだった——大金が目と鼻の先に迫っているのだ。議論を有利に運ぶため、金の問題でクレアがいくら泣きごとをつらねても、ぼくはいっさい同情すまいと決意していた。

「金のために公益法を手がける人間はいないよ」偽善者めいた口ぶりにならないように気をつけながら、ぼくはいった。「ぼくの記憶では、きみがメディカルスクールに通いはじめた動機も金じゃなかったと思うけど」

この国のあらゆる医学生とおなじく、クレアもまた勉強をはじめるにあたっては金に心を魅《ひ》かれたのではないと誓いを立てていた。人類を助けたいからこそ勉強するのだ、と。ロースクールの学生とおなじだ。ぼくたちはみんな嘘《うそ》つきなのである。

クレアは煖炉の火を見つめながら、頭のなかで電卓を叩《たた》いていた。たぶん、家賃のことを考えていたのだろう。たしかにここは、かなりの高級アパートメントだ。ひと月の家賃が二千四百ドルともなれば、これ以上にいい部屋であってもいいくらいだった。家具や調度類も、それにふさわしいものばかり。ぼくたち夫婦は、この家に誇りをもっていた——見栄《みば》えのする住所、美しいテラスハウス、まわりは高級感あふれる地域——しかし、ここで過ごす時間はほとんどなかった。客を迎えたこともめったにない。引っ越しは結婚生活の清算になるだろうが、それは耐えられる。

ぼくたち夫婦は、金の出入りについてはなにひとつ隠しだてをせず、おたがいつねにオープンにしてきた。だからクレアは、オープンエンド型投資信託口座に約五万一千ドルの金があることも、小切手支払用の当座預金に二万ドルあることも知っている。六年間の結婚生活でこれほどわずかな貯金しかできなかったことが、ぼくには驚きだった。大規模法律事務所で追越車線の人生を送っているときには、金は無限に流れこむように思えるのだ。

「じゃ、いろいろ調整をする必要があるということね?」クレアは冷ややかな目でぼくをにらみながらいった。〝調整《アジャストメント》〟という単語からは、〝清算〟というもうひとつの意味がしたたり落ちていた。

「そういうことだな」

「疲れたわ」クレアはそういってグラスの中身を飲み干すと、そのまま寝室にさがっていった。

なんとみじめなことだろう。ぼくたち夫婦はまともな論争をするだけの怒りの念さえ、もはや呼び覚ませなくなっているのだ。

もちろんぼくは、自分の人生の新しい局面についても充分に理解していた。ぼく自身が、すばらしい物語だ——野心に燃える若き弁護士が恵まれない人々の代弁者に転身する、それも権威と歴史をそなえた大規模法律事務所に背をむけて、無償の道を歩くというのだから。いくらクレアがぼくを正気でなくなったと思っていても、これほどの聖人を批判することはむずかしいはずだ。

ぼくは煖炉に薪《まき》をくべると、もう一杯グラスにお代わりをつぎ、そのあとはソファで眠った。

13

八階にはパートナー専用の食堂があり、アソシエイトが招かれて食事をするのは名誉だとみなされていた。なにを血迷ったか、ルドルフは朝の七時にこの特別な部屋でアイリッシュ・オートミールを食べることこそ、ぼくの正気をとりもどす最上の方法だと思いこんだらしい。事務所内有力者との朝食の機会が無数にあるとなれば、栄光の未来に背をむけることなどできはしない――とでもいうつもりか？

すばらしい吉報がある――ルドルフはそう話を切りだした。ゆうべ遅くにアーサーと話しあった結果、ぼくに十二カ月間のサバティカル休暇を認める動きが出てきた、というのだ。法律相談所の給与の額にかかわらず、不足分は当事務所が補塡《ほてん》する。それだけの価値のある大義だ――なんといっても相談所は、いま以上に恵まれない人々のための仕事をするべきだ。つまりぼくは事務所から正式に一年間の公益活動を命じられた弁護士としての処遇をうけ、事務所は善行をした気分になれるわけだ。一年が過ぎてぼくの再充電がすみ、べつの方面にむいた関心がすっかり消えたとなったら、ふたたび才能を〈ドレイク＆スウィーニー法律事務所〉の栄光にふりむけることになる。

正直いってこの提案には深く心を揺り動かされたし、その場ですぐ却下することはできなかった。そこでぼくはルドルフに、なるべく早く検討して結論を出すと約束した。ルドルフは、ぼくがパートナーでない以上、この案の実現には重役会議による承認が必要だ、という予防線を口にした。これまで事務所が、このような休暇制度をアソシエイトに適用しようとした前例がないからだ。

ルドルフはなんとしてもぼくを慰留したがっていたが、これは友情とはまったく関係のない行動だった。ぼくたちが所属する反トラスト法部門は慢性的に仕事が遅れており、ぼくクラスの経験をもつシニア・アソシエイトが最低あとふたりは必要な状態だからだ。つまり辞職するタイミングとしては最悪なのだが、そんなことはどうでもよかった。事務所には八百人の弁護士がいる。必要な人員は、すぐ調達できるはずだ。

昨年度のぼくの報酬請求額は、七十五万ドルをわずかに下まわる額だった。いまぼくがこぢんまりした豪華な食堂で朝食をふるまわれ、ぼくを引きとめるために泥縄ででっちあげた提案をきかされている理由はそこにある。いっそぼくの年俸分の金をホームレスでもなんでも、ぼくが望むような慈善事業にすっかり寄付したところで、一年後にぼくをふたたび事務所に迎えることさえできれば問題はないのだ。

サバティカルの提案の話がすむと、ぼくたちはわがオフィス内のもっと切迫した問題に話題をうつした。ふたりでやるべき仕事のリストをつくっているさなか、ブレイドン・チャンスがほど遠からぬテーブルに腰をおろした。最初チャンスは、ぼくのほうを見向きもしなかった。食堂には十人ほどのパートナーたちが――おおむねひとりで――食事をとりながら、新聞の朝刊に読みふけっていた。はじめのうちは無視しようとしたが、しばらくして視線をむけると、ぼくをにらみつけているチャンスと視線があった。

「おはようございます」ぼくが大きな声で挨拶《あいさつ》をすると、チャンスは驚いた顔を見せた。ルドルフは急いで体をねじり、ぼくがだれに声をかけたのかを確かめた。

チャンスは無言でうなずくと、いきなりトースト以外は眼中にない顔をしはじめた。

「あの男を知っているのか？」ルドルフが声を殺してたずねてきた。

「いちど会ったことがあるんです」ぼくは答えた。ぼくがオフィスをたずねてチャンスと角を突きあわせたとき、あの男はぼくを監督しているパートナーの名前をたずねてきた。ぼくはルドルフの名前を口にしたが、いまのようすからすると、チャンスは正式な苦情を申し入れはしなかったようだ。

「下司《げす》野郎だよ」ルドルフが、ほとんどきこえないような小声で吐き捨てた。これが衆目の一致する人物評価らしい。ルドルフはすぐにチャンスのことを頭からふり払って、ページをめくった。ぼくのオフィスには、未処理の仕事が山積しているのだ。

気がつくとぼくは、チャンスとあの男が所有する強制立ち退《の》きについてのファイルのことを考えていた。チャンスはやわな雰囲気の風貌《ふうぼう》のもちぬしだった。肌は青白く、顔だちは弱々しく、あまり覇気が感じられない。あの男が街に出ていって不法占拠者がいっぱいいる倉庫の廃屋にはいっていき、自分の仕事が完了したことを確かめるために手を汚している姿など想像できなかった。もちろん、チャンス本人がそんなことをしたはずがない。弁護士補助職員がいるのだから。事務所のヘクター・パーマの同類たちが汚れ仕事に汗を流しているあいだ、あの男はデスクに陣どって、一時間あたり数百ドルの報酬を請求していたはずである。リバーオークス社の重役連と昼食のテーブルをかこみ、いっしょにゴルフにも興じていただろう――それがパートナーとしての役目だからだ。

おそらくチャンス本人は、リバーオークス社／TAG社の取引にまつわる強制立ち退きで追いたてを食らった人々の名前など知るまい。そもそも知る義理などないのだ。どうせただの不法占拠者――名前もなく、顔もなく、家もないホームレスたちだ。無力な住人たちが建物から引きだされて路上に投げだされた場に、チャンスが警官といっしょに立ちあったはずもない。しかし……ヘクター・パーマならその現場を見ていたかもしれない。

そしてもしチャンスがロンテイ・バートンとその一家の名前を知らなければ、強制立ち退きと一家全員の死を結びつけて考えるはずもない。ただし、その関連をすでに知っている可能性もある。だれかが耳打ちしたかもしれないからだ。

こういったあれこれの疑問に答えを出せるのは、ヘクター・パーマだけだ。早急に答えを出してもらわなくては。きょうは水曜日。金曜日には、ぼくはこの事務所を出ていくのだから。

ルドルフはぼくとの朝食を八時に切りあげた――そのあとすぐ、自分のオフィスですこぶる重要な人物と会う予定があったからだ。ぼくは自分のデスクに腰をおろすと、ワシントン・ポスト紙に目を通した。見るだけで悲しみに胸がつぶれるような写真が掲載されていた――礼拝堂に安置されている、ふたを閉めたままの五つの棺《ひつぎ》の写真だ。葬儀とそのあとのデモ行進の模様を述べた記事も添えられていた。

ポスト紙には、すばらしい社説が掲載されていた――食べるものも雨露をしのぐ屋根もある人々に、ちょっとでいいからこの街に住むロンティ・バートンの仲間たちのことを考えてみろ、と課題を突きつける社説だった。ホームレスたちが、そのまま消えることはない。彼らを路上から一掃して、ぼくたちの目にとまらぬよう、どこか隠れた場所にまとめて捨てることなどできるわけがない。彼らは車のなかで暮らし、廃屋を不法占拠し、仮設テント小屋で凍え、公園のベンチで寝ながら、つねに人員超過に悩まされているうえに、まま危険でさえある救護所のベッドが空《あ》くのをひたすら待っている。われわれは、おなじ街に住んでいる――彼らホームレスも、われわれの社会の一部だ。もしここで助けの手をさしのべなくては、いずれその数は二倍に増え、今後も彼らは路上で息絶えていくだろう……。

ぼくはこの社説を切り抜くと、折りたたんで自分の財布にしっかりとしまいこんだ。

補助職員のネットワークをつかって、ぼくはヘクター・パーマに連絡をとった。じかに連絡をとるのは賢明ではあるまい。チャンスがこっそり、近くをうろついているかもしれないからだ。

ぼくたちは三階にある図書室の書架スペースの奥深く、防犯カメラやほかの人たちから遠く離れた場所で落ちあった。ヘクターは不安で生きた心地もない顔つきだった。

「ぼくのデスクにファイルをおいたのはきみだろう?」ぼくは単刀直入にたずねた。駆引きをしている時間の余裕はない。

「なんのファイルです?」ヘクターは、銃をもったガンマンがぼくたちを追っていると思いこんでいるのか、あちこちに視線を泳がせながらいった。

「リバーオークス社とTAG社がおこなった強制立ち退きについてのファイルだよ。あの案件をあつかったのはきみだね?」

この男は、ぼくが事実をどこまで把握しているかを知らない——いや、それをいうなら、ぼくの知識がどれほどすくないかも知らないのだ。

「ええ」ヘクターはいった。

「ファイルはどこにある？」

ヘクターは書棚から本を一冊抜きだすと、さもふたりで調査に没頭している顔をよそおった。「ファイルはすべて、チャンスが保管してます」

「あのオフィスのなかに？」

「ええ。鍵《かぎ》をかけたファイルキャビネットに」

ぼくたちは、ふたりともささやき声で話していた。これまではヘクターと会って話をすることに不安を感じていなかったものの、気がつくとぼく自身も周囲をこそこそ見まわしていた。もしこの現場を見ている人間がいれば、ぼくたちがなにかよからぬことを企《たくら》んでいることをひと目で見ぬいただろう。

「ファイルの内容は？」ぼくはたずねた。

「他聞をはばかる内容です」

「教えてくれ」

「ぼくには妻と四人の子どもがいます。馘《くび》にされるような危険はおかせません」

「ぼくがそうならないように保証するとも」

「あなたは事務所を辞めるんでしょう？　あとは野となれ山となれ、じゃないですか」

事務所では噂《うわさ》はあっという間に広がる。だから、ぼくは驚かなかった。よく、弁護士たちと秘書たちのどちらがゴシップ好きだろうかと考えることがあった。その点では、補助職員たちが筆頭格かもしれない。

「ファイルをぼくのデスクにおいていった理由は?」ぼくはたずねた。

ヘクターはべつの本に手を伸ばした——右手が、それとわかるほどふるえていた。

「なんの話か、ぼくにはさっぱりわかりません」

ヘクターは本を数ページめくると、そのまま書架の端まで歩いていった。ぼくは、近くにだれもいないのを確かめながら、そのあとを追った。ヘクターは足をとめて、またちがう本を手にとった——この男は話をつづけたがっている。

「そのファイルが必要なんだ」ぼくはいった。

「ぼくの手もとにはありません」

「どうすれば手にいれられる?」

「あなたが盗みだすほかありませんね」

「わかった。鍵はどうすれば手にはいる?」

ヘクターは一瞬、まじまじとぼくの顔を見つめた——たぶん、ぼくが本気かどうかを見さだめたかったのだろう。「ぼくは鍵をもってません」

「だったら、強制立ち退きの対象者名簿をどうやって入手した?」

「なんの話か、さっぱりわかりません」

「いや、わかっているはずだ。ファイルをぼくのデスクにおいた当人なんだから」

「頭がおかしいんじゃないですか？」ヘクターはそういうと、その場を歩き去っていった。ぼくはヘクターが足をとめるのを待っていたが、ヘクターはそのまま歩きつづけ、何列にもならんだ書棚のあいだを通り、ぎっしりと本が詰めこまれた書架の前を通り、受付デスクの前も素通りして、図書室から出ていった。

ぼくの言葉をルドルフがどう信じたかはともかく、事務所で過ごすさいごの三日のあいだ、ずっと椅子《いす》に尻《しり》をへばりつけての仕事三昧《ざんまい》で過ごすつもりはなかった。ぼくはデスクに反トラスト法関係の屑《くず》をまきちらすと、そのまま壁を見つめた。自分があとに残していくものすべてを思うと、いつしか顔がほころんできた。息をするたびに、肩にのしかかっている重みが軽くなっていく。これからは、のどを締めつける時計に縛られて仕事をすることもなくなる。野心満々の同僚たちが週に八十五時間働いているかもしれないなどと気を揉《も》みながら、週に八十時間も働くことはもうない。自分より上の人間に媚《こ》びへつらう必要もない。パートナーの椅子への扉が目の前でいきなり閉ざされる悪夢ともおさらばだ。

それからぼくはモーディカイに電話をかけて、就職の誘いを正式に受諾すると返事をした。モーディカイは声をあげて笑い、ぼくに給料を払う方法をさがさないといけないとかなんとか、その手のジョークを飛ばした。正式な勤務は月曜日からだったが、モーディカイからは簡単なオリエンテーションをしたいから、その前にいちど相談所に立ち寄ってくれといわれた。ぼくは、〈十四番ストリート法律相談所〉の内装を思いうかべながら、無人のままちらかった小部屋のどれをオフィスとして割りふられるのだろうかと考えた——まるで、それが大問題みたいに。

夕方が近づくと、ぼくは友人や同僚からの陰気な別れの挨拶に大半の時間をとられるようになっていた。みんな、ぼくがほんとうに正気をうしなったものと信じこんでいた。それでも、わるい気はしなかった。なんといっても、ぼくは着実に聖人の域に近づいているからだ。

そのころわが妻は、離婚専門の弁護士をたずねていた——男を情け容赦なく搾《しぼ》りあげて金をむしりとることで評判の女性弁護士だ。

その日、いつもより早めの六時に帰宅したとき、クレアはすでにぼくを待っていた。キッチンテーブルは、メモやコンピュータの表計算ソフトで作成したプリントアウトなどでおおいつくされていた。ぬかりなく電卓も用意してある。クレアは氷のように冷ややかな態度で、準備万端すっかりととのえていた。今回は、ぼくが待ち伏せ襲撃の現場にうかうか足を踏みこんだわけだ。

「離婚にあたっては、克服しがたい性格の不一致を理由にするのがいいと思うの」クレアは楽しげな声で話しはじめた。「争いはなし。たがいに責任をなすりつけあうこともしない。これまで口に出す勇気のなかった事実を認めるだけ――結婚生活はもうおわりだ、という事実をね」

クレアは口をつぐみ、ぼくの言葉を待ちうけた。驚いたふりはできなかった。クレアは心を決めている――ここで異をとなえて、なにか利益があるだろうか？　ゆうべのぼくも、いまのクレアに負けず劣らず冷酷な態度だったはずだ。

「わかった」ぼくは精いっぱいさりげない顔をとりつくろっていった。

とうとう自分の気持ちに正直になれるという点では、ようやく肩の荷をおろせた安心感があった。けれどもその一方で、クレアがぼく以上に離婚を望んでいたという事実に、穏やかならぬものを感じてもいた。

先手をとって優位をたもつためだろう、クレアは新しく代理を依頼した離婚専門弁護士、ジャクリーン・ヒュームの名前を口にした。迫撃砲の砲弾を落とすような口調でぼくにその名前を投げ落とすやいなや、クレアは――ぼくへのあてつけか――この代理人から入れ知恵されたとおぼしき、とことん利己的な意見を述べたてた。

「なんで弁護士を雇ったりした？」ぼくはクレアの言葉をさえぎった。

「自分の権利がきちんと守られるようにしたかったから」

「じゃ、ぼくが法律の知識を武器にして、きみにつけこむとでも思ってるわけか?」

「あなたは弁護士よ。わたしは弁護士をたてたかった。それだけの単純な話よ」

「弁護士なんか雇わなければ、ずいぶん金が節約できたのにな」ぼくの声音は、いささか喧嘩腰《けんかごし》になっていた。しかたない、これは離婚なのだから。

「でも、弁護士をたてたほうがずっと安心できるわ」

そういってクレアは、証拠物件Aを手わたしてきた。ぼくたち夫婦の資産と負債の明細一覧だった。証拠物件Bは、離婚にあたってのその分割案。意外には思わなかったが、この案によればクレアが大部分を手中にすることになっていた。現在の預金残高は一万二千ドル。クレアはその半分を、車を買うために銀行から借りたローンの返済にあてる、としていた。残額の六千ドルのうち、ぼくの取り分は二千五百ドル。ぼくのレクサスのローン残高は一万六千ドルだが、これについてはどこにも言及がなかった。さらにクレアは、オープンエンド型投資信託口座にある五万一千ドルから四万ドルを要求していた。ぼくの給与から天引きされていた積立貯金については、ぼくのものになる。

「公平な財産分割とはいえないな」ぼくはいった。

「公平な分割にする必要はないもの」クレアは、獰猛《どうもう》な闘犬を雇いいれたばかりの人間ならではの自信に満ちた口調でいった。

「なぜ?」

「〝中年の危機〟を迎えたのはわたしではないから」

「じゃ、ぼくに一方的に責任があると？」

「責任のなすりつけあいをしてるわけじゃない。資産分割の話をしてるの。理由はあなたにしかわからないけど、とにかくあなたは年間九万ドルの仕事を辞める決心をした。その決断がもたらす影響を、なんでわたしがかぶる義理があるの？　弁護士は太鼓判を捺《お》してくれたわ――あなたの行動がわたしたちを財政的に破綻《はたん》させたと、判事を納得させる自信があるって。あなたが正気をうしなうのは、あなたの勝手。でも、わたしがそれにつきあって飢え死にすると思ったら大まちがいよ」

「飢え死にの可能性は薄いと思うけどね」

「くだらない口論はしたくはないわ」

「ぼくもそう思うだろうな――すべてを自分のものにできるとなればね」ぼくは、なにか面倒を起こしてやりたい衝動に駆られていた。ぼくたちは金切り声をあげて、ものを投げあうような真似《まね》はできない。おいおい泣くのはもってのほか。おたがいの浮気や薬物中毒について、口汚く罵倒《ばとう》しあうことは不可能。おいおい、こんな離婚をどう形容すればいい？

強いていうなら……滅菌消毒ずみのご清潔な離婚か。クレアはぼくを無視したまま、リストを追って話しはじめた。

「アパートメントの賃貸契約は、六月三十日までよ。わたしは契約満了まで、ここに住むわ。その賃貸料が一万ドルね」

「ぼくは、いつまでに出ていけばいい？」

「できるだけ早く出ていって」

「わかった」出ていってほしいというのなら、ぼくもクレアに頭をさげて住みつづける気はない。これは、相手よりも一枚うわ手をとる技術の実践の場だ。はたしてテーブルのどちら側にすわっている人間が、より軽蔑《けいべつ》の色濃い表情を見せられるか？　ぼくはもうすこしで馬鹿《ばか》な科白《せりふ》――たとえば「ここに引っ越してくる同居相手のあてでもあるのか？」とか――を口にしかけた。クレアを揺さぶって、たとえ一瞬でも冷静さの仮面が溶けるところを見たかったからだ。

けれども、ぼくは冷静さをたもった。「じゃ、週末までには出ていくことにしよう」

クレアはなんとも返事をしなかったが、ぼくの答えに眉《まゆ》をひそめもしなかった。

「ひとつきくけど、なんの根拠があって、オープンエンド型投資信託の残高の八十パーセントをわがものにする資格があると考えたんだ？」

「八十パーセントすべてを自分のお金にするわけじゃないわ。一万ドルはここの家賃で、三千ドルがここの水道光熱費、共同名義のクレジットカードの利用額返済に二千ドル、それに未納分の税金がふたり合計で約六千ドル。これで合計は二万一千ドルよ」

証拠物件Cは、居間からつかっていない寝室までのそれぞれの部屋にある、ぼくたちの所有物の一覧表だった。どちらも鍋《なべ》やフライパンの件で口論をしたくなかったため、所持品分割はきわめて友好的な雰囲気のうちに進められた。

「好きなものをとればいい」ぼくは何回も——とりわけタオル類やベッドのリネン類に話がおよんだときには——そういった。あっさり交渉の片づいた品もあった。所有者としてのプライドよりアパートメントから運びだすのが物理的に億劫《おっくう》だという点を重視して、態度を決めた品もあった。

ぼくが要求したのは、テレビと数枚の皿だった。いきなり独身生活が間近に迫っていた——自分の新しい部屋の飾りつけのことなど、ろくに考えられなかった。一方クレアのほうは、これまで数時間をついやして将来の生活について考えをめぐらせていた。

しかし、クレアの態度はあくまでも公平だった。ぼくたちは証拠物件Cという苦役をすべてはたしおえ、財産の公平な分割が完了したことをともに宣言した。あとは財産分割合意書に署名する。それから半年後にふたりで裁判所に出頭したら、その場で法にのっとって正式に離婚することになる。

夫婦のどちらも終戦後の世間話をしたいとは思わなかったので、ぼくはコートを着こむと長い散歩に出た。ジョージタウンの街を歩きまわりながら、ぼくは人生がかくも劇的に変わりつつあることに驚きの念を感じていた。

結婚生活の腐食は、あくまでもゆっくりと、しかし確実に進行していた。職業上の変化は、弾丸のようにいきなり襲いかかってきた。事態の変化があまりにも急激すぎる——しかしいまのぼくには、それをおしとどめることはもう不可能だった。

14

ぼくにサバティカルを認めるという案は、重役会議で息の根をとめられた。重役会議は秘密裡《ひみつり》におこなわれるため、そのようすを知る者はいないという話だが、ルドルフがまじめくさった顔で教えてくれたところでは、悪《あ》しき先例をつくることになるという理由だったらしい。これだけ大人数の事務所ともなれば、ひとりのアソシエイトに一年間の休暇を認めたことが引金になって、ほかの不満分子からあらゆる種類の要求が出されかねないのだ。

これで、万一の場合の安全ネットはなくなった。事務所から一歩出たとたん、扉はぼくの背後で音を立てて閉まることになる。

「自分がなにをしようとしているのか、ちゃんとわかっているんだろうな？」ルドルフはぼくのデスクの前に立っていった。そのすぐ横の床には、大きな段ボール箱がふたつおいてある。ポリーは早くも、ぼくのがらくたの箱づめにとりかかっていた。

「ええ、わかってます」ぼくは笑顔で答えた。「ご心配なく」

「わたしも力は尽くしたんだが」

「感謝してます」

ルドルフはかぶりをふりながら、部屋から出ていった。

前夜、クレアから不意討ちを食らったこともあって、このときのぼくはサバティカル休暇のことを考えられる状態ではなかった。もっと切迫した思いが頭のなかに散らばっていたのだ。なにせもうすぐ離婚されて独身になるうえ、住むところもないホームレスになるのだから。

新しい仕事と新しいオフィス、これからの自分の道にまつわる心配はいうまでもなく、ここに来て新しいアパートメントの問題も浮上してきた。そこでぼくはドアを閉め、新聞の不動産広告に目を通しはじめた。

まず車を売って、月々四百八十ドルの支払義務を厄介払いしよう。そのあと安物の中古車を買ってたっぷり保険をかけ、その車が引っ越した先の界隈《かいわい》で闇《やみ》に飲まれて消えるのを待つ。ワシントンDCでまともなアパートメントに住もうと思ったら、つぎの事務所からもらえる給料のほとんどは家賃に消えることになるだろう。

昼食時間が近づくと、ぼくはすこし早めに事務所を出て、それから二時間ばかりワシントンの中心部のロフト部屋をあちこち見てまわった。もっとも安いしけた部屋でも、ひと月の家賃は千百ドル――貧しい人々のために仕事をする〝ストリート弁護士〟には、とうてい手がとどかなかった。

昼食からもどると、デスクの上でまたしても一冊のファイルが待っていた。今回も法律用箋《ようせん》サイズの無地のファイル。表紙にはなんの文字も書かれていない。おいてあったのも、デスクの上のおなじ場所。表紙をひらくと、左側に二本の鍵がテープでとめてあり、右側にはタイプで打たれたメモがホチキスでとめられていた。メモにはこうあった。

上はチャンスのオフィスのドアの鍵。下は窓の下のファイルキャビネットの鍵。ファイルはコピーをとって返却のこと。油断禁物――チャンスは疑いぶかくなっている。鍵をなくしたせいで。

いつものことながら、ポリーが突然オフィスのなかに姿をあらわした――ノックもなく、物音ひとつたてないまま、幽霊のようにいきなり部屋のなかにあらわれたのだ。ポリーは仏頂面《ぶっちょうづら》で、ぼくのことを完全に無視していた。いっしょにチームを組むようになって四年――ポリーは、ぼくの辞職話で胸のつぶれるような悲しみを味わっている、と話していた。そこまで親しかったわけではない。数日もすれば、ポリーはまたべつの部署に行かされるはずだ。すばらしく気だてのいい女性だが、ポリーにかんする心配はまったくない。

ぼくは急いでファイルを閉じた。ポリーに見られたかどうかはわからない。ポリーが段ボール箱にぼくの荷物をせわしなく詰めているあいだ、ぼくはしばし待っていた。しかし、ポリーはファイルのことを口にしなかった。ファイルには気づいていないという有力な証拠ではある。しかしポリーは、ぼくのオフィス周辺の廊下にはつねに目をくばっている。だから、ヘクター・パーマであれだれであれ、ポリーに見られずにオフィスに出入りできるとは思えなかった。

ついで、人質仲間で同期の友人でもあるバリー・ナッツォが、まじめな話をしたいといってオフィスに顔を出した。バリーはドアを閉めると、段ボール箱をよけて近づいてきた。辞職の話はしたくなかったので、ぼくは自分からクレアのことを話した。バリーの妻もクレアもともにプロヴィデンス出身で、これはなぜかワシントンでは大きな意味をもつとされていた。以前は何回か夫婦ぐるみでつきあう機会もあったのだが、このグループの友情も結婚生活とおなじ道をたどっていた。

バリーは最初驚き、つぎに悲しんでいたが――すぐにその気持ちをうまくふり払ったようだった。「つまり、さんざんな目にあいつづけた一カ月だったわけだ。災難だったな」

「まあ、ずっと前から下り坂だったけどね」

それからぼくたちは昔のことや、姿を見せては去っていった連中のことを話題にした。そういえば、バリーとビールを飲みながらミスターの事件のことをあらためて話しあうこともなかった。これが、ぼくには奇妙なことに思えた。ふたりの友人がともに生命の危機に直面して、からくも逃れて助かった——その余波がまだ残っていたというのに、どちらも忙しすぎて助けあうこともできなかったとは。

やがて会話は、事件のことに行きついた——当然だろう、床の上に鎮座している段ボール箱を無視できないのとおなじ道理だ。そしてぼくは、あの事件こそバリーがぼくと話をしたがっていた理由だったと察した。

「きみを失望させたんじゃないかと思って、あやまりたかったんだ」

「なにをいってるんだ、やめてくれ」

「いや、本気ですまないと思ってる。もっと早くきみに会うべきだった」

「なぜ?」

「なぜって……どう考えても、きみが正気をうしなっているからだよ」バリーはそういうと、声をあげて笑った。

できることなら、この冗談に調子をあわせたかった。「ああ、いまは頭の調子がちょっとおかしいんだろうね。でも、すぐに直ると思うよ」

「まじめな話、きみのようすが変だという話は耳にしてたんだ。先週会おうと思ってここにきたけど、きみはいなかった。ずっと心配してたんだよ。でも、こっちはいま正式事実審理の最中でね——いつものことだけど」

「わかってるって」

「きみに会いにこられなくて、ずっと心苦しかったんだ。すまなかった」

「もういいんだ。やめてくれ」

「あのときはみんなが死ぬほど怖い思いをさせられた——でも、弾丸が命中しても不思議じゃない目にまであったのは、きみだけだった」

「いや、全員が死んでいてもおかしくなかったぞ。あれが本物のダイナマイトで、狙撃《そげき》手《しゅ》が撃ちそんじていたら、たちまち大爆発だったはずだ。いや、蒸し返すのはよそう」

「みんなで扉からいっせいに外に駆けだしていったとき……さいごに見えたのは、きみの姿だった。血まみれになって、悲鳴をあげてたよ。きみが撃たれたのかと思った。そのあと、みんなで折り重なるようにして会議室の外に出ると、たくさんの人が大声で叫びながらぼくたちを抱きかかえていった。すぐにも爆風が襲いかかってくるものと覚悟してたよ。で、そのときも〝まだマイクが部屋のなかにいる、傷ついた姿で〟と思ってた。そのあとエレベーターの前で足止めされて、だれかが手首のロープを切ってくれた。ふりかえると、ちょうど警官がきみを抱きとめているところだった。あの血は忘れられない。ひどい血だった……」

ぼくは黙っていた。バリーには、この話を口にすることが必要だった。口にすることで心が休まるのだろう。ルドルフをはじめとする連中に、すくなくともぼくを説得して辞職を思いとどまらせようと努力はした、と報告することもできる。

「そのあと下におりるあいだずっと、『マイクは撃たれたのか？　撃たれたのか？』とききまわったけど、だれも正確な事実を知らなかった。それから一時間もたったと思えるころになって、やっときみが無事だったという話をきいたよ。うちに帰ってからきみに電話をかけようと思ったんだが、子どもたちにまとわりつかれてね。いや、あのとき電話をするべきだった」

「もういい、忘れてくれ」

「ほんとうにすまなかった」

「お願いだから、二度とその科白はいわないでほしいな。あれはもう過去のことだ。すっかりおわったことだ。その気になれば、事件のことは何時間でも話していられる。でも、話したからといって、過去が変わるわけじゃない」

「で、いつ辞めようという気持ちになった？」

この質問には、しばし考えをめぐらせなくてはならなかった。正直に答えるなら日曜日、ビルがシーツをめくり、わが小さな相棒のオンタリオが永遠の眠りについている姿を目にした時点になるだろう。ぼくがこれまでとちがう人間になると決心したのは、あのとき、あの場所──市の死体公示所にいたあの瞬間のことだ。

「週末のあいだにね」ぼくはそう答えて、それ以上の説明はしなかった。バリーにも説明は必要ではなかった。

バリーは、床の段ボール箱の責任が自分にあると思いこんでいるようにかぶりをふった。ぼくは、その重荷をとりのぞいてやろうと思いたった。

「きみに説得されたところで、辞める決心は変わらなかったと思うよ。いや、だれに説得されてもね」

そういうと、バリーは同意するようにうなずきはじめた──なにか理解できたことがあったのだろう。顔に銃をつきつけられると、その瞬間に時計がとまり、すぐさま新たな優先順位が噴出してくる──神、家族、友人たち。金はリストの最下位に転落だ。恐怖に満ちた時間が一秒、また一秒と過ぎていくあいだ、事務所や自分の出世などはどんどん消えていき、きょうこそ人生さいごの日になるにちがいないと思うようになる。

「きみはどうなんだ?」ぼくはたずねた。「どんな調子だい?」

ただし、事務所と出世がリストの最下位にいるのも、ごく短い数時間だけ。

「木曜日にひとつ、正式事実審理がはじまったばかりだ。というか、あの男が乱入してきたときは、ちょうどその準備の会議をしていたところでね。依頼人はもう四年も審理開始を待っていた関係上、判事に延期続行を願いでるわけにもいかなかった。それにぼくたちも、傷を負ったわけではなかったから。いや、肉体的にという意味だけど。だから、いきなりエンジンを全開にして審理にとりかかり、一刻もスピードをゆるめなかったよ。審理のおかげで救われたんだろうな」

そうに決まっている。仕事はある意味でセラピーになるし、〈ドレイク&スウィーニー法律事務所〉では救済でさえある。ぼくはバリーをそんなふうに怒鳴りつけたくなった――二週間前なら、ぼくもまったくおなじ言葉を口にしていたはずだ。

「よかったな」ぼくはいった。なんという善人ぶり。「じゃ、なんともないんだね?」

「ああ」バリーは訴訟担当者だ。テフロン加工の肌をもつタフなマッチョなのである。おまけに三人の子持ちとあれば、〝三十代の気の迷いによる人生の寄り道〟などは最初から視界にはいってもいないはずだ。

バリーはいきなり、時計に呼びもどされた。ぼくたちは握手し、抱擁をかわしあい、こんごも連絡をとりあおうというお決まりの約束をかわした。

ぼくはドアを閉めきったままにしておいた。ファイルを見つめ、これからの行動を決めるためだった。ほどなく、いくつかの仮定条件ができあがった。一、この鍵《かぎ》が本物であること。二、これが罠《わな》ではないこと――敵として思いあたる人物はいないし、どのみちぼくは事務所を辞める人間だ。三、ファイルがほんとうに窓の下のファイルキャビネットにあること。四、つかまることなしにオフィスに出入りできること。五、ファイルは短時間でコピーできること。六、そのあと、なにごともなかったかのように、もとの場所に返せること。七、これが最大の仮定になるが——そのファイルには、動かぬ証拠がふくまれていること。

この仮定を法律用箋に書きとめた。ファイルの無断持出しは、それだけで即刻解雇処分の理由になるが、その心配はもうない。正規のものでない鍵をつかってチャンスのオフィスに無断侵入することも同様だが、これもやはり心配していなかった。

ファイルのコピーとなると、ちょっとした大仕事だ。厚みが三センチ以下の事務所のファイルはめったにないので、中身のすべてをコピーするとして、百枚はコピーをしなくてはなるまい。その場合はコピーマシンの前に数分間は無防備で姿をさらすことになり、これは危険そのものだ。ふつうコピーは弁護士補助職員か助手の仕事で、弁護士はそんなことをしない。コピーマシンは最先端のハイテクで操作法は複雑怪奇、ぼくがボタンを押したとたんに紙づまりを起こすに決まっている。おまけにコピーをとるには一定のコード番号の入力が必要だ——コピー代を依頼人に請求するためである。コピーマシンそのものは、人目につきやすい場所にある。部屋の隅にあるコピーマシンなど、一台も思いつかない。事務所のほかの部署に行けばあるかもしれないが、そんな場所にぼくがいては、それだけで怪しまれる。

となると、ファイルをもって事務所の外に行かなくてはならない。犯罪すれすれの行為だ。とはいえファイルを盗みだすわけではなく、ただ借りるだけだ。

午後四時に、ぼくはワイシャツの袖《そで》をまくりあげてファイルをひと束かかえ、いかにも重要な仕事があるようなふりをしながら、不動産部にはいっていった。ヘクター・パーマはデスクにいなかった。ブレイドン・チャンスは自分のオフィスにいた——細くひらいたドアの隙間《すきま》から、電話で話しているチャンスの意地のわるそうな声が洩《も》れていたのだ。近くを通りかかると、秘書が笑顔を見せた。保安カメラが天井からにらみおろしていることはなかった。保安カメラのあるフロアもあれば、ないフロアもある。不動産部門の保安措置を突破したいと思う人間がいるだろうか？

ぼくは五時に事務所を出ると、途中のデリカテッセンでサンドイッチを買い、新しい勤務先に行った。

わがパートナー諸氏は全員、まだ法律相談所でぼくを待っていた。意外なことにソフィアはぼくと握手をしたときには、笑顔を見せさえした——しかし、その笑顔は一瞬で消えた。

「ようこそ、われらの船へ」エイブラムは、沈みかけた船に乗船した人間を出迎えているような口ぶりでいった。モーディカイが両腕をふりまわし、自分のオフィスのとなりにある狭い部屋をさし示した。

「ここはどうだ? スイートEだぞ」

「文句なしです」

ぼくはそういいながら、わが新しいオフィスに足を踏みいれた。ついいましがた出てきたオフィスの半分の広さしかなかった。事務所のデスクでは、とうていこの部屋におさまるまい。片側の壁には、ぜんぶ色がちがう四本のファイルキャビネットがならんでいた。照明は天井から吊《つ》りさげられた裸電球ひとつ。電話は見あたらなかった。

「気にいりました」ぼくの言葉に嘘《うそ》はなかった。

「電話はあした取りつけるよ」モーディカイはそういってカーテンをひき、壁のAC電源ユニットを隠した。「前は、ベインブリッジという名前の若い弁護士がつかっていた部屋なんだ」

「その弁護士はどうしたんです?」

「ま、金のあつかえない男でね」

そろそろ外が暗くなってきた。ソフィアはすぐにも帰りたそうな顔をしていた。エイブラムは自分のオフィスに引っこんだ。ぼくはモーディカイといっしょに、デスクで夕食をとった——ぼくが買ってきたサンドイッチと、モーディカイが淹《い》れた世にもまずいコーヒーというメニューだった。

コピーマシンは八〇年代の遺物のような巨大なしろもので、これまで働いていた事務所が大好きなコード入力パネルなどの数々の仕掛けはいっさい付属していない。コピーマシンはメインオフィスの片隅、古いファイルで埋めつくされた、四つの空きデスクのひとつの近くにある。

「今夜は何時に帰るんです？」食べ物を口に入れながら、ぼくはモーディカイにたずねた。

「まだ決めてない。あと一時間くらいで帰るかな。なんでそんなことを？」

「いや、ちょっとした好奇心です。これから〈ドレイク&スウィーニー法律事務所〉に二時間ばかりもどるんですよ。さいごのさいごで、片づけていけと仕事をいいつけられたので。そのあと、オフィスのがらくたを今夜のうちにここに運びこみたいんです。無理ですか？」

モーディカイは口のなかの食べ物を嚙《か》んでいた。それから抽斗《ひきだし》をあけ、三本の鍵がついたキーホルダーをとりだして、ぼくに投げわたしてきた。「好きなようにしたまえ」

「安全ですか？」

「まさか。油断は禁物だぞ。車はすぐ前にとめろ。入口のドアはできるだけすばやく閉めろ。早足で歩け。建物にはいったらドアにはしっかり鍵をかけろ」

モーディカイはぼくの目に恐怖の光を見てとったらしい、すぐにこうつづけた。

「早く慣れることだな。頭をつかうんだ」

六時半になると、ぼくは頭をつかいながら早足で自分の車に引きかえした。歩道には人影はなかった。悪人はいなかったし、銃声もきこえず、レクサスには引っかき傷ひとつなかった。ぼくは誇らしげな気持ちでドアロックを解除し、車を発進させた。これなら、ストリートでも生きのびていけるかもしれない。


〈ドレイク&スウィーニー法律事務所〉までは、車で十一分かかった。チャンスのファイルをすっかりコピーするのに三十分かかるとすれば、ファイルは約一時間ばかり事務所の外に出ることになる。それも、すべて順調に行ったとしての話、チャンスがなにも勘づかなかったとしての話だ。ぼくは八時まで待ってから、さりげない足どりで不動産部に歩いていった。今回も、さも仕事を山ほどかかえている人間らしく、ワイシャツの袖をまくりあげていた。

廊下にはだれもいなかった。チャンスのオフィスのドアをノックする。応答の声はない。ドアには鍵がかかっていた。それから、すべてのオフィスをひととおり調べる――最初は軽いノックをしてから、もうすこし強くノックし、ドアの把手《とって》をひねる。半分ほどのドアには鍵がかかっていた。廊下の角を曲がるときは、保安カメラの有無を確認した。会議室とタイピストの詰所も調べた。人っこひとりいなかった。

　チャンスのオフィスのドアの鍵は、ぼく自身のオフィスのドアの鍵と色も大きさもおなじだった。鍵はなめらかに回転し、つぎの瞬間ぼくは暗いオフィスのなかに立って、照明のスイッチを入れるべきか入れざるべきかという決断を迫られていた。車で外を通りかかった人間から、どこのオフィスに明かりが突然ともったかを見とがめられるはずはないし、ドアの下の隙間《すきま》から光が洩れて、廊下にいる人間に見とがめられるおそれもないだろう。おまけに室内は一寸先も見えない暗闇《くらやみ》で、手もとに懐中電灯はない。ぼくはドアに鍵をかけてから明かりのスイッチを入れ、まっすぐ窓の下のファイルキャビネットに歩みよると、二本めの鍵をつかって錠をあけた。それから床に膝《ひざ》をつき、音をたてないように抽斗を引きあけた。

　なかには十あまりのファイルがおさめられていた。すべてリバーオークス社関連のファイルで、なんらかの規則にしたがい、整然とならんでいた。チャンスとその秘書は、なにごとも整理整頓《せいとん》を欠かさない性質らしい――これは、わが事務所が奨励している態度である。ひときわ厚いファイルが、リバーオークス社とTAG社の取引にかんするものだった。ぼくはそのファイルをそっと引き抜き、中身をめくりはじめた。目ざすファイルかどうかを確かめたかったからだ。

「よお！」廊下でいきなり男の声がして、心臓がとまりそうになった。

廊下ぞいのふたつか三つ先のドアのあたりから、べつの男の声がこの呼びかけに応じ、ふたりはチャンスの部屋のドアに近い場所でおしゃべりをはじめた。話題はバスケットボール。ワシントン・ブレッツとニューヨーク・ニックス。

ゴムのように頼りなくなった膝で、なんとかドアの前に歩みよると、明かりを消して、ふたりの男の会話に耳をそばだてる。そのあと、チャンスの豪華な革ばりのソファに十分ほど腰かけていた。かりにこのオフィスを出ていく姿を見とがめられても、手ぶらなら問題はない。どのみち、あしたをさいごに事務所を辞める身だ。もちろん、その場合にはファイルも手に入れられない。

もしファイルを手にしてオフィスから出ていく姿を見られたら？　そのあと問いつめられたら？　死んだも同然だ。

いまの情況について必死に考えをめぐらしたが、どんな仮説を立ててもさいごには自分がつかまることになった。短気は禁物だぞ——そうなんども自分にいいきかせる。あの男どもは、いずれいなくなる。バスケットボールのつぎは、女の話題だった。口ぶりからすると、どちらも独身者のようだ。おおかた夜間アルバイトで助手をつとめている、ジョージタウン大学ロースクールの学生だろう。それからすぐ、ふたりの声がきこえなくなった。

ぼくは暗いなかでファイルキャビネットに鍵をかけ、ファイルを手にとった。五分、六分、七分、八分。そっとドアをあけ、細い隙間から頭を突きだし、廊下の左右両側に目を走らせる。だれも見えない。ぼくはすばやく飛びだすと、ヘクター・パーマのデスクの横を通りすぎ、さりげない態度を心がけながら、きびきびした足どりで受付エリアを目ざした。

「おい！」

背後からだれかが呼びかけてきた。廊下の角を曲がりながら、すばやくふりかえって視線を飛ばすと、ひとりの男がうしろから追いかけてきていた。いちばん近くにあったのは図書室のドアだった。すかさず図書室に逃げこむ。さいわい、図書室の照明は落とされていた。書棚のあいだを進んでいくうちに、部屋の反対側にあるドアが見つかった。ドアをあけて外に出ると、短い廊下のつきあたりにまたドアがあり、その上に出口を示す標識があった。走ってそのドアを通りぬける。ぼく自身のオフィスはわずか二フロア上だが、階段を駆けあがるよりも駆けおりるほうが時間がかからないだろう――とっさにそう判断して、飛ぶように下にむかった。万一さっきの男がぼくの顔を見ていて、ぼくをさがすとすれば、まっさきにオフィスに行くはずだからだ。

ぼくは上着を着ていない姿で息を切らしながら、一階にたどりついた。だれにも姿を見られたくない――とくに、二度と路上生活者の侵入を許すまいとしてエレベーター・ホールで監視の目を光らせている警備員たちには見られたくなかった。そこでぼくは、建物横手のドアから外に出た。ミスターが射殺された日の夜、記者たちを避けるためにポリーとふたりでつかった出口だった。外は凍りつくような寒さのうえ、小雨が降りはじめていた。ぼくは走って自分の車に近づいていった。

どじを踏んだ泥棒初体験者ならではの思いが、頭のなかで渦を巻いていた。愚行としかいいようがない。愚かしさのきわみだ。ぼくは現場をとりおさえられたか？　いや、チャンスのオフィスを出てくる姿はだれにも見られていない。ぼくが自分のものではないファイルをもっていたことは、だれにも知られていないはずだ。

だったら、あんなふうに走って逃げるべきではなかった。あの男が大声で呼びかけてきたとき、ぼくは足をとめ、なにひとつ不都合はないような顔で男と立ち話でもすればよかった。かりに男がファイルを見せろといってきたら、逆に不作法を叱《しか》って、うまくかわせばよかったのだ。どうせあの男は、その前に声を耳にした身分の低い助手のひとりだったはずなのだから。

しかし、それならなぜあの男はあんなふうに大声を出したのか？　もしぼくを知らない人物だったのなら、なんで廊下の反対側から大声でぼくの足をとめさせようとしたのか？　ぼくは車をマサチューセッツ・アヴェニューに進ませた。とにかく、急いで書類をコピーし、方法はどうあれ、ファイルを所定の位置にもどしておきたい一心だった。

徹夜仕事なら経験ずみである。もし午前三時まで待ってからチャンスのオフィスにふたたび忍びこめば、うまくファイルを返せるはずだ。

ぼくは、わずかに肩の力を抜いた。車のヒーターはフルスピードで温風を吹きだしていた。

当然のことながら、ドラッグがらみの強制捜査のひとつが失敗して警官がひとり撃たれていたことや、ドラッグ密売人が運転するジャガーが十八番ストリートを疾駆していたことなど、ぼくが知るよしもなかった。ニューハンプシャー・アヴェニューとの交差点の信号は青だったが、あいにく警官を撃った連中ははなから交通法規を守る気がなかった。目にもとまらぬスピードでジャガーが左側に迫ってきたかと思うと、つぎの瞬間エアバッグがぼくの顔めがけて炸裂《さくれつ》した。

意識が回復したときには、運転席側のドアに肩をはさまれている状態だった。ガラスの割れた窓から、いくつもの黒人の顔がこちらを見おろしていた。サイレンの音がきこえた……と思ったつぎの瞬間、また意識がふっと遠のいていった。

救急隊員のひとりがシートベルトをはずし、ぼくの体をダッシュボードの上にあげて助手席のドアから外に引きだした。

「出血はないようだ」そういっている声がきこえた。

「歩けますか？」救急隊員がたずねてきた。肩とあばらのあたりが激しく痛む。立ちあがろうとしたものの、足がいうことをきかなかった。「大丈夫だ」ぼくはそういって、ストレッチャーに腰かけた。背後から騒がしい物音がきこえていたが、首をうしろにまわせなかった。救急隊員たちはぼくをストレッチャーに寝かせて、体をベルトで固定した。そのまま救急車に運びこまれるときになって、ジャガーが見えた――完全に転覆しており、周囲を警官や救急隊員がとりかこんでいた。

血圧を測定されているあいだも、ぼくはずっと、「大丈夫だ、なんともない」といいつづけていた。救急車は動いていた。サイレンの音が遠くなっていく。

運びこまれた先は、ジョージ・ワシントン大学医学センターの救急救命センターだった。レントゲン検査の結果、骨折はしていないことがわかった。全身に傷があって、激しく痛んだ。医者たちはぼくに鎮痛剤をたっぷりと注射し、個室に転がして押しこめた。

何時かはわからないが、夜中にふっと目が覚めた。ベッドの横におかれた椅子《いす》に腰かけて、クレアが眠っていた。

15

クレアは夜明け前に部屋を出ていった。テーブルの上のやさしい置き手紙によれば、回診をしなくてはならず、午前中にもういちど病室に顔を出す、とのことだった。さらにクレアは、ぼくを診断した医師たちから話をきいていた――それによれば、死ぬようなことはなさそうだった。

まるで、なんの問題もない幸せな夫婦、おたがい身も心も捧《ささ》げあっている夫婦のようではないか。どうしてぼくたちが離婚手続を踏むにいたったのか、その正確な理由を考えているうちに、いつしかまた眠りこんでいた。

七時に看護婦がぼくを起こし、クレアの手紙を手わたしてきた。手紙にあらためて目を通しているあいだ、看護婦のほうは天気――霙《みぞれ》まじりの氷雨《ひさめ》――についてひとしきりしゃべりながら、血圧を測定した。ぼくは看護婦に、新聞を頼んだ。看護婦は三十分後になって、朝食のシリアルといっしょに新聞を運んできた。事故の記事は、都市圏版の一面に掲載されていた。銃撃戦のさなかに麻薬捜査官が数発の弾丸を被弾し、現在も危《き》篤《とく》状態にあるという。この警官は、密売人をひとり殺していた。もうひとりの密売人——ジャガーを運転していた張本人——は衝突事故現場で即死し、死因その他の面での捜査がいまなお進行中だという。記事はぼくのことに言及しておらず、これには安心した。

もし自分が関係していなかったら、毎日のように起こっている警官と麻薬密売人のあいだの銃撃戦のひとつとして、ぼくは目もくれず、記事に目を通しもしなかったはずだ。ようこそ、ストリートという名前のアスファルト・ジャングルへ——といわれた気分だった。ぼくは、ワシントンDCで仕事をしている専門職の人間なら、こんな事件はだれの身に起きても不思議ではないと自分にいいきかせ、納得させようとした。しかし、われながらそんなことは信じられなかった。日が落ちてからこの街の一部となるのは、自分からトラブルを手招きするようなものなのだ。

左の上腕部は腫《は》れあがって、早くも青痣《あおあざ》ができはじめていた——左肩と鎖骨周辺はこわばっており、指でふれただけでも痛んだ。肋骨《ろっこつ》のあたりは、身じろぎひとつできず横たわっているしかない痛さ。といっても、痛むのは呼吸をしているときだけだった。そのあとなんとか洗面所まで行って用を足し、鏡で顔を点検した。エアバッグは小型爆弾のようなものだ。その衝撃が、顔と胸に突き刺さっていた。しかし、被害は最小限に食いとめられていた。鼻と両目のまわりがわずかに腫れ、上唇が新しい形になっていただけだった。週末のあいだに消えないような傷はひとつもない。

例の看護婦が、こんどはいろいろな錠剤をもって姿をあらわした。看護婦はひとつずつ薬剤を説明してくれたが、ぼくは片はしから断わった。どれも痛みをやわらげて筋肉の硬直をほぐす薬だったが、ぼくとしては頭をすっきりさせておきたかった。七時半に医者が顔を見せ、手早く診察していった。骨折もなく裂傷もない以上、患者として入院させられているのもそう長いことではない。医師は、念のためにもういちど全身のレントゲン写真をとったらいい、といってきた。ぼくは断わろうとしたのだが、医師はすでにその件はクレアと話しあって決定ずみだ、といった。

そこでぼくは、不自由な体で永遠にも思えるほど長く病室を歩きまわることで、傷ついた体の部品をテストしながら、朝のニュース番組を見た。いきなり病室にやってきた知りあいに、こんな黄色いペイズリー柄のガウン姿を見られたりすることのないように祈りながら。

ワシントンDCで事故で破損した車の所在をつきとめるのは——とりわけ、事故発生からあまり時間がたっていない時点では——どこから手をつければいいのかもわからない面倒な仕事だった。手もとの唯一《ゆいいつ》の情報源である電話帳をつかって電話をかけてみたが、交通局の電話の半分は呼出音がむなしく鳴るばかり。残りの半分は相手が電話口に出たものの、そろいもそろって無関心きわまる応対だった。まだ朝も早いし、天気はわるい。すすんで面倒な仕事に手を貸す人間がどこにいる?

大半の事故車は、ワシントンDC北東部のロスコー・ロードぞいにある市当局の駐車場に牽引《けんいん》されていくのだという。この情報は、中央分署の秘書に教えてもらった。なんと、動物管理局に勤務している秘書だった——ぼくは警察関係の直通電話番号を片はしから押していたのである。ただし、ほかの駐車場に牽引されていく場合もあるし、ぼくの車がまだ牽引業者のところに保管されていることも充分考えられる、という。牽引作業は民間業者に委託しており、秘書の説明では、これが種々のトラブルの原因にもなっているということだった。秘書は以前交通局に所属していたが、そこでの仕事が大きらいだった、と話していた。

モーディカイ・グリーンのことが頭に浮かんだ。およそストリートに関係するすべての面に通じている、わが新しい情報源だ。ぼくは九時まで待ってから、モーディカイに電話をかけた。それから事故の一件を話し、入院こそしているが体に別状はないといって安心させ、事故車をどうやって見つければいいのかとたずねた。いくつか心あたりがある——という返事だった。

それからポリーに電話をかけて、おなじ話をきかせた。

「じゃ、きょうは出勤しないんですね？」ポリーは、声をわななかせてたずねてきた。

「だって、ぼくは入院してるんだよ。話をきいてなかったのか？」

ポリーが電話口でためらったので、ぼくは内心恐れていたことが現実だったと察した。脳裡《のうり》に、ケーキとその横におかれたパンチボウルの映像がまざまざと浮かんだ。おいてあるのは、たぶん会議室のテーブルの上だろう。そのまわりを五十人ほどがとりかこんで立ち、ぼくがいかにすばらしい働き手だったかを述べる短いスピーチがつづく。これまで二度ほどその手のパーティーに出席した経験があった。気が滅入《めい》るばかりだった。だから、自分の送別会だけはなにをおいても避けようと固く決心していたのだ。

「いつ退院できるんです？」ポリーがたずねてきた。

「わからない。まあ、あしたには出られそうだな」これは嘘《うそ》だった。わが医療チームの許可があろうとなかろうと、とにかく昼前には病院を脱出する気でいたのだから。

ポリーは、またしてもためらった。ケーキ、パンチ、多忙をきわめる人々の意義ぶかいスピーチ、はなむけの贈り物のひとつやふたつはあるかもしれない。ポリーはどうやって、このあと始末をするのだろう？

「残念です」ポリーがいった。

「ぼくもおなじ気持ちだよ。で、だれか、ぼくをさがしていなかったか？」

「いえ。まだどなたも」

「わかった。ルドルフには、きみから事故の話をしてくれ。こっちからも、おりを見てルドルフに電話をする。もう行かないと。ほかにも検査をするといわれてててね」

かくして、輝かしい将来が約束されていた〈ドレイク&スウィーニー法律事務所〉でのわがキャリアは、一瞬にして砕け散っておわった。自分の送別会にも出なかった。三十二歳にして、ぼくは大企業の奴隷《どれい》という身分と金のもたらす足枷《あしかせ》から、おのれを解放した。あとは良心の命じるままに進むだけ。本来なら最高の気分になってしかるべきだが、あいにく体を動かすたびに肋骨のあいだにナイフを突き立てられるような痛みを感じていては、それもままならなかった。

クレアは十一時をまわったころにやってくると、廊下でぼくの主治医となにやら相談をしていた。医者の専門用語をつかっての会話は、ぼくにもききとることができた。それからふたりは肩をならべて病室にはいってくると、いっしょにぼくの退院を宣言した。ぼくは、クレアが家から運んできた清潔な衣類に着替えた。家まではクレアに車で送ってもらったが、そのあいだ会話はほとんどなかった。よりがもどる可能性はまったくなかった。単純な交通事故で、なにが変わるというのか？　いまクレアがここにいるのは友人や医者としてであり、妻としてではないのだ。

クレアはトマトスープをつくり、ぼくをソファに寝かせた。それからキッチンカウンターにぼくが飲むべき薬をならべて服用法を指示すると、家から出ていった。

そのあと十分ほどはじっとすわっていたが——スープを飲み、塩味のクラッカーを数枚食べるには充分な時間だ——おもむろに電話をかけはじめた。モーディカイは、なんの情報もつかんでいなかった。

新聞広告であたりをつけてから、ぼくは全米不動産協会所属の不動産屋やアパートメント仲介サービスの会社に電話をかけた。そのあとハイヤー会社に電話をかけて、セダンを一台まわしてもらうように依頼してから、傷ついた体をリラックスさせるために熱いシャワーをゆっくりと浴びた。

やってきた運転手はレオンという名前だった。ぼくは助手席にすわり、レオンの運転する車が道路の陥没箇所に落ちこむたびに、痛みに顔をしかめ、洩《も》れそうになるうめき声を必死でこらえた。

高級アパートメントに入居するような財布の余裕はないが、せめて安全なアパートメントに住みたかった。レオンが、それなら心あたりがあるといってくれた。一軒のニュースタンドの前で車をとめてもらうと、ぼくはワシントンＤＣの不動産関係をあつかっている二種類の無料情報誌を手にとった。

レオンの意見では、いま住むのに最高の地域はデュポン・サークルの北側にあるアダムズ‐モーガン地域だとのことだった。ただし、もちろん半年後には事情が一変していても不思議はない――レオンはぬかりなくそう注意してくれた。アダムズ-モーガン地域は有名な土地だったし、ぼくもこれまで数えきれないほど通りぬけてはいたものの、足をとめてのんびり散歩しようと思ったことはない。道路の両側には世紀の変わり目に建てられたタウンハウスがならんでおり、そのどれにもいまなお人が住んでいる。つまりDCでは活発な地域だという意味だ。レオンによれば、この界隈《かいわい》のバーやレストランはいま注目をあつめているし、最上の新しいレストランもあるという。だが角をひとつ曲がれば治安の極端にわるい地域になることもあり、すこぶる用心する必要がある。上院議員のような重要人物が連邦議会議事堂のすぐ近くで強盗にあうご時世では、だれも安全とはいえないのだ。

アダムズ-モーガン地域にむかっている途中で、レオンはいきなり車よりも大きな陥没箇所に行きあたった。穴に突っこんだ車は、たっぷり十秒にも思えるほど空中に浮かんだあげく、激しい衝撃とともに着地した。胴体の左側全体が叩《たた》き潰《つぶ》されるような激痛にこらえきれず、ぼくは悲鳴をあげた。

レオンは恐怖に駆られた顔になった。やむなくぼくは、ゆうべどこに寝たかをふくめて真実を打ち明けた。そのあとレオンはかなり車のスピードを落としてくれたうえに、ぼくの専属不動産業者にもなった。最初の候補地では、階段をあがる手助けもしてくれた。ここはうらぶれた雰囲気のフラットで、床の絨緞《じゅうたん》からはまぎれもない猫の小便の悪臭がただよいのぼっていた。レオンは大家にむかって、こんな状態の物件を客に見せるとは不届き千万だ、ときっぱりした口調でいいはなった。

つぎにたずねたロフトは五階の高さにあった。下手をすると、そこまで行きつけないほどだった。エレベーターもなく、階段をあがるしかなかったからだ。おまけに暖房もあまり効いていない。レオンは管理人に鄭重《ていちょう》に礼を述べた。

つぎに見にいったロフトは四階にあったが、こちらの建物には清潔で立派なエレベーターがあった。コネティカット・アヴェニューからちょっと離れた、ワイオミング・アヴェニューという街路樹のあるきれいな通りに面していた。家賃はひと月あたり五百五十ドル。現物の部屋を見る前から、ぼくはここにしようと決めていた。体調がわるくなっていたせいで、自宅のカウンターにおいてきた鎮痛剤の錠剤のこと以外はだんだん考えられなくなり、どんな物件でも借りたい心境になっていたのだ。

傾斜した屋根の下に三つの狭い部屋がならび、水まわりにも問題がなさそうに見えるバスルームが付属していた。床はきれいで、道路を上から見わたす景色はちょっとしたものだった。

「ここを借りるよ」レオンは大家にいった。ぼくはといえば、いまにもくずおれそうな状態でドアの枠材によりかかっているしまつだった。地下の小さな事務室に行って契約書に急いで目を通し、サインを書きこみ、保証金と最初の一カ月分の家賃の小切手を切った。

上品なジョージタウンのアパートメントから、アダムズ－モーガン地域の三部屋しかない鳩《はと》小屋のような部屋に引っ越す事情について、レオンもそれなりに興味があったのかもしれないが、ひとことも穿鑿《せんさく》しなかった。プロの鑑《かがみ》だ。レオンはぼくをアパートメントまで送ると、ぼくが薬を飲んで仮眠をとるあいだ、車のなかで待っていてくれた。

化学薬品が誘発した霧の奥深くで、電話の呼出音が鳴っていた。ぼくはよろめきながら前に進み、なんとか電話を見つけると、やっとのことで声を出した。「はい？」ルドルフの声がきこえた。「おや、きみは病院にいるものと思っていたが」声ははっきりときこえたし、だれの声かもわかっていたが、霧はまだ晴れかかる途中だった。

「さっきまでは」呂律《ろれつ》のまわらぬ口で答える。「いまはもう出てきたんです。で、なんのご用です？」

「きょうの午後は、みんなきみに会えずにがっかりしていたんだぞ」

ああ、そうだった。パンチとケーキのショーが予定されていたのだ。

「ぼくだって、交通事故に遭う予定じゃなかったんです。許してください」

「きみにさよならをいいたいという人が、大勢いてね」

「手紙を送ってくれてもいいです。ファックスで流してくれてもかまいません」

「ひょっとして気分がわるいのか？」

「ええ。なんというか、ついさっき車にはねられたような気分です」

「薬を飲んでいるのかね？」

「なぜそんなことを？」

「わるかった。いえね、一時間前にブレイドン・チャンスがわたしのオフィスに来て、どうしてもきみに会いたいというんだよ。妙だとは思わないか？」

霧が晴れ、頭のなかがすっきりと澄みわたった。「会いたいというのは、なんの用件で？」

「なにもいってなかったな。しかし、きみをさがしていたことは事実だ」

「事務所を辞めたと話しておいてください」

「話したとも。時間があるときには、事務所にも顔を出してくれ。こうなったとはいえ、いまでも友人同士なんだから」

「ありがとうございます」

ぼくは鎮痛剤をポケットに詰めこんで外に出た。レオンは車のなかで、うたた寝をしていた。車が走りだすと同時に、ぼくはモーディカイに電話をかけた。モーディカイは事故報告書を入手していた――それによれば、牽引を委託された業者はハドリー牽引社という会社だった。ハドリー社は、電話のほとんどの応答を留守番電話にまかせていた。道がすべりやすくなって事故が多発しているいまは、牽引車をもっている人々のかきいれ時なのだろう。しばらくしてひとりの整備工が電話に出たが、この男ではなんの役にも立たないことがわかっただけだった。

レオンが、七番ストリートとの交差点にほど近いロードアイランド・アヴェニューぞいにあるハドリー社を見つけてくれた。往時にはここも、ちゃんとしたガソリンスタンドだったのだろう。しかしいまは整備工場と牽引サービスの本拠、それに〈ユーホール〉のトレーラーのレンタル窓口だけの場所になっていた。どの窓にも鉄格子《てつごうし》がはめられていた。レオンは車をそろそろと走らせ、精いっぱい正面玄関まで近づいた。

「援護をたのむ」ぼくはそういって車から飛びだすと、いきなり室内に踏みこんだ。押しあけたドアが跳ねかえってきて、通りぬけようとしたぼくの左腕に激突した。ぼくは痛みに体をふたつに折り曲げた。オーバーオールを着てグリースまみれになった整備工が角を曲がって姿をあらわし、ぼくをにらみつけた。

ぼくは、自分がここに来た理由を説明した。整備工はクリップボードを手にとると、そこにはさまれている書類を調べていった。奥のほうから男たちの話し声や罵声《ばせい》がきこえてきた——まちがいない、あの連中は奥でサイコロ賭博《とばく》をやり、ウイスキーを飲み、たぶんクラックでも売っているにちがいない。

「その車は警察のところみたいだな」男はあいかわらず書類から目をあげずにいった。

「理由について、なにか心あたりは？」

「なんにも。なにか事件でもあったのか？」

「ああ。でも、ぼくの車は犯罪そのものとは関係がないんだ」

整備工は、うつろな目でぼくを見つめた。どうやら男には男なりの問題があるようだった。

「じゃ、いまぼくの車がどこにあるかはわかるかな？」ぼくは、すこしでも愛想よくしようと努めた。

「警察が押収《おうしゅう》した車は、ふつうはジョージア・アヴェニューをずっと行った先、ハワード・ストリートの北にある事故車置場に運ばれることになってる」

「市が管理する事故車置場は何カ所あるんだ？」

整備工は肩をすくめ、その場を離れはじめた。

「まあ、そこ以外にもあることだけは確かだな」そういって、男は姿を消した。

ぼくは注意してドアを通りぬけると、レオンの車まで駆けもどった。

事故車置場を見つけたとき、あたりはもう暗くなっていた。ブロックの半分が金網フェンスと鉄条網で囲いこまれている。その内側には数百台の事故車が、なんの秩序もないまま放置されていた。なかには、ほかの車の上に積み重ねられている車もあった。

レオンはぼくとならんで歩道に立ち、金網フェンスごしに内側をのぞいていた。

「あそこだね」レオンは指さしながらいった。

小屋の近くに、レクサスがぼくたちのほうに頭をむける形でとめられていた。衝突の衝撃で、左フロント部分が損壊していた。フェンダーは消え失《う》せている。ぐしゃぐしゃに潰れたエンジンが剝《む》きだしになっていた。

「あんたは、じつにツイてる男だな」レオンがいった。

レクサスのとなりには、問題のジャガーがあった。ルーフは完全にぺしゃんこになり、窓ガラスはすべて割れてなくなっていた。

小屋のなかは事務所のような場所らしいが、ドアは閉まっており、明かりもついていなかった。ゲートは太い鎖で錠をおろされている。鉄条網が雨に濡《ぬ》れて光っていた。ほど遠からぬ道の角には、いかつい雰囲気の男たちがうろついていた。男たちの視線が肌に感じとれた。

「ここから退散しよう」ぼくはいった。

そのあとレオンにナショナル空港まで送ってもらった。レンタカーを借りられる場所を、ほかに知らなかったからだ。

食卓の準備がととのっていた。ガスレンジ台の上には、テイクアウトの中華料理がおいてあった。ぼくを待っていたクレアはある程度まで心配そうな顔を見せてはいたが、どれくらい本気で心配していたのかは見さだめられなかった。ぼくは、保険会社からの指示にしたがってレンタカーを借りなくてはならなかった、と説明した。クレアはやさしいお医者先生そのままにぼくを診察し、錠剤を飲ませた。

「家で休んでいるものと思ってたのに」クレアはいった。

「休もうとはしたよ。でも無理だった。腹が減ってね」

この夕食が、夫と妻という立場で食卓をかこむさいごの食事になる。考えてみると、いちばん最初のときとおなじではないか——あのときも、出来あいのものを買ってきてお手軽にすませたのだった。

「そういえば、ヘクター・パーマという人は知りあい?」食事の途中で、クレアがたずねてきた。

ぼくは生唾《なまつば》を飲みこんだ。「ああ」

「一時間前に電話があったわ。大事な用件があるから、ぜひとも話をしたいって。だれなの?」

「事務所の弁護士補助職員だよ。ぼくの担当案件のことで、きょうの午前中に会う約束をしていたんだ。かなりの窮地におちいっていてね」

「でしょうね。だって、今夜の九時にあなたとMストリートの〈ネイサンズ〉で会いたいといってたから」

「なんでバーで会いたいなんていったんだろう？」ぼくは首をかしげた。

「なにもいってなかったわ。なんだか、怪しい口ぶりだったけど」

食欲が一気に失せたが、ぼくは動揺を隠すために食べつづけた。しかし、そんなふりは必要なかった。どのみちクレアは、まったく気にしていなかったからだ。

さっきまでの小雨が氷雨《ひさめ》に変わり、全身もまだ激しく痛んではいたが、Mストリートまでは歩いていった。金曜日の夜とあっては、車をとめる場所を見つけるのは不可能だ。それに筋肉の凝りを多少なりともほぐしたかったし、頭をすっきりさせたくもあった。

ヘクターとの会合は、どう考えてもトラブル以外のなにものでもない。店までの道々、ぼくは今夜の会合への心がまえを固めていた。自分のやったことを隠すための嘘や、その嘘を隠すための嘘をあれこれ考えたのだ。ファイルを盗みだした以上、ここで嘘をつくことはたいした問題ではあるまい。ヘクターは事務所に命じられて動いているのだろう——だとすれば、録音機を体に忍ばせていることは充分に考えられる。だからこちらは相手の話に慎重に耳をかたむけ、なるべく口をひらかぬようにしよう。

〈ネイサンズ〉の席は、半分しか埋まっていなかった。店についたのは九時十分前だったが、ヘクターはすでに来ており、小さなボックス席でぼくを待っていた。ぼくが近づいていくと、ヘクターはいきなり立ちあがって手を突きだしてきた。

「マイクルですね？　ぼくは不動産部門のヘクター・パーマです。はじめまして。今後ともよろしく」

これは一種の攻撃だった。唐突なまでの自己紹介の文句に、ぼくはあっけにとられた。ヘクターと握手をかわしながら必死に考えをめぐらせ、ようやく「こちらこそ」という意味の言葉をつぶやく。

ヘクターはボックス席を指さすと、愛想よくにこやかな笑顔を見せながらいった。

「さあ、おかけください」

ぼくは慎重に体を折り曲げて、なんとかボックス席に身をすべりこませた。

「その顔はどうなさったんですか？」ヘクターはいった。

「エアバッグとキスをする羽目になってね」

「ああ、事故のことはききました」ヘクターは打てば響くように答えた。不自然なほどすばやい応答だった。「大丈夫ですか？　どこか骨折したとか？」

「いいや」ぼくはゆっくり答えながら、ヘクターの表情を読みとろうとした。

「もう一台の車に乗っていた男は死んだそうですね」ヘクターは、ぼくが口を閉じるなりそう話しかけてきた。つまり、会話の主導権はヘクターが握るということだ。ぼくは調子をあわせることにした。

「ああ。ドラッグの密売人がね」

「まったく、とんでもない街だ」ヘクターがそう話しているところに、ウェイターがやってきた。ヘクターがぼくにたずねた。「なんにします？」

「ブラックコーヒーを」ぼくはいった。その瞬間、ヘクターは注文の品を考える顔をしながら、片足でぼくの足をそっと叩いてきた。

「この店にはどんなビールがあるのかな？」ヘクターは、ウェイター族がひとしなみにきらっている質問を口にした。ウェイターはまっすぐ前を見つめながら、ビールの銘柄を述べ立てていった。

足で合図を送られたことで、ぼくはヘクターと視線をあわせた。ヘクターは両手をテーブルにおいていた。ウェイターの体を目隠し代わりにしたまま、ヘクターは右の人さし指をわずかに曲げて、自分の胸もとを指さした。

「モルスン・ビールをもらうよ」ヘクターが唐突にいい、ウェイターはテーブルから離れていった。

つまりヘクターは体に録音機を帯びており、それ以外にこの場を監視している人間がいるのだ。監視者がどこにいるのであれ、ウェイターの体ごしにぼくたちを透視することは不可能である。とっさにうしろをふりかえって、バーにいるほかの客の動向を確かめたい衝動に駆られたが、首の筋肉の大部分が板のように固くこわばっていたおかげで、その誘惑に抵抗することができた。

そう考えると、ヘクターが初対面をよそおった大仰《おおぎょう》な挨拶《あいさつ》をしたことも理解できる。きょうは一日じゅう質問攻めにあい、すべてを否定していたにちがいあるまい。

「ぼくは不動産部門に所属する補助職員です」ヘクターは話しはじめた。「先日、うちの部のパートナーのブレイドン・チャンスとお会いになりましたね」

「ああ」発言がすべて録音されている以上、ぼくは言葉を精いっぱい切りつめて話すつもりだった。

「ぼくは、もっぱらチャンスの下で仕事をしています。先週あなたがチャンスのオフィスにいらっしゃったとき、ぼくともほんの二言三言ですが、話をしましたね」

「そうかもしれないな。ただ、ぼくはきみのことを覚えてないよ」

ぼくは、かすかな笑みがヘクターの顔をかすめたのを見のがさなかった。目のまわりの筋肉がわずかに緊張をといた――だが、監視カメラがとらえるほどの表情の変化ではない。ぼくは足を動かし、テーブルの下でヘクターの足をそっとつついた。願わくば、ふたりがおなじ曲にあわせてダンスを踊れますように。

「それで、きょうこうしてお目にかかりたいと思ったのは、チャンスのオフィスからファイルが紛失したからなんです」

「で、ぼくが告発されていると？」

「いいえ、そうではありませんが、容疑者になる可能性があると見なされています。紛失しているのは、先週あなたが予告もなくチャンスのオフィスをたずねて、閲覧を要求した当のファイルなのですから」

「だったら、まさしく告発されているわけじゃないか」ぼくは激した口調でいった。

「まだその段階ではありません。落ち着いてください。現在事務所ではこの件を徹底調査中でして、現段階では思いつける関係者すべてから話をうかがっているだけです。あなたの場合には、チャンスにファイルを要求している会話を偶然耳にした行きがかり上、ぼくが事務所からの指示で、あなたから話をうかがっているのです」

「そしてぼくには、なんの話だかさっぱりわからない。簡単な話だ」

「では、ファイルのことはなにひとつご存じない？」

「もちろん知らないとも。なぜぼくが、パートナーのオフィスからファイルをもちだしたりする？」

「嘘《うそ》発見機による検査をおうけになる気は？」

「かまわないよ」ぼくはきっぱりと、怒気さえまじえた口調で応じた。もちろん、嘘発見機による検査をうけるつもりは毛頭ない。

「けっこうです。事務所では、ぼくたち全員に検査を要求してるんです。ほんのすこしでも、紛失ファイルに関係ありそうな人間にはね」

ビールとコーヒーが運ばれてきて短時間の間《ま》ができたおかげで、ぼくたちは現状を見なおして、たがいの立場の調整をはかることができた。これまでの話でヘクターは、自分が深刻なトラブルにはまりこんだと告げてきていた。嘘発見機にかかっては、ヘクターはまちがいなく息の根をとめられる。辞職前のマイクル・ブロックと会ったことはあるか？　紛失したファイルの件で話しあったことはあるか？　問題のファイルの中身の一部でもコピーをとって、マイクル・ブロックにわたしたことはあるか？　紛失ファイルをマイクル・ブロックが入手するにあたって便宜をはかったことはあるか？　イエスかノーで答えろ。核心をつく質問に単純な答えを要求される。ヘクターが嘘をついて検査を切り抜けられる見とおしはゼロだ。

「事務所では指紋採取もおこないました」ヘクターはそれまでよりも声を低くした。隠しマイクを避けるために声を低めたのではなく、衝撃をやわらげたい気持ちからだろう。しかし、その効果はなかった。盗みをはたらく前もそのあとも、自分が指紋を残すことになるとは、いちども考えなかった。

「それはよかった」ぼくはいった。

「じっさい、きょうの午後はずっと指紋の採取がおこなわれていたんです。ドア、照明のスイッチ、ファイルキャビネットなどから、かなり多数の指紋が採取されました」

「犯人が見つかることを祈るよ」

「まあ、驚くべき偶然の一致ですね。チャンスのオフィスには係属中の案件のファイルが百冊はある。なのに紛失したファイルは、あなたがあれほど強く閲覧を求めていたファイルなんですから」

「なにかほのめかしているのか？」

「いや、事実を述べたまでです。驚くべき偶然だと」ヘクターの発言は、この会話をきいている連中にむけたものだった。

だとするなら、こちらも演技をする必要があるだろう。

「いまの発言はすこぶる心外だな」ぼくは嚙《か》みつくような口調でヘクターにいった。「もし事務所がぼくを告発したいのなら、警察に駆けこんで令状をとりつけ、ぼくをしょっぴくなりなんなりすればいい。そうでないのなら、愚かしい意見を口にしないほうが身のためだぞ」

「警察はもう動いていますよ」ヘクターは冷ややかな声でいった。それをきいて、ぼくの偽りの怒りがたちまち溶けていった。「窃盗事件ですからね」

「ああ、窃盗事件にはちがいないな。とにかく、その犯人を早くつかまえて、これ以上ぼく相手に時間の無駄をしないことだな」

ヘクターはゆっくりと時間をかけてビールを飲んだ。「だれかから、チャンスのオフィスの鍵《かぎ》をうけとりましたか？」

「まさか。そんなことはないとも」

「いえね、あなたのデスクから中身のないファイルが見つかったんです。そのなかに鍵についてのメモがはさんでありました。ひとつはドアの鍵、もうひとつはファイルキャビネットの鍵だ、と」

「まったく心あたりがないな」ぼくは精いっぱい強い口調でいいながら、そのファイルをさいごにおいた場所を思い出そうとしていた。ぼくの足跡は拡大の一途をたどっている。なんといってもぼくは弁護士流の考え方をするよう訓練されたのであって、犯罪者のように知恵を働かせる訓練はされていない。

ヘクターがまたしても時間をかけてビールを飲み、ぼくもゆっくりとコーヒーを飲んだ。

話はこれで充分だった。ぼくはメッセージをしっかりとうけとっていた——片や事務所からのメッセージ、そしてもうひとつはヘクター本人からのメッセージだ。事務所側は、中身にいっさい手をくわえることなくファイルの返却を要求している。そしてヘクターは、この一件に手を貸したことで馘《くび》になってもおかしくない、とぼくに伝えてきた。ヘクターを救うのはぼくの義務だった。ぼくならファイルを返却し、すべてを告白し、内容をいっさい他言しないという約束をかわすことができる。そうすれば、事務所もぼくを許すはずだ。なんの損害も出ない。さらにファイル返却と引き替えに、ヘクターの職を守ってやることもできる。

「ほかには？」ぼくはそうたずねながら、いきなり帰り支度にかかった。

「以上です。嘘発見機の検査はいつうけてもらえます？」

「あらためて、こっちから電話する」

ぼくはコートをとりあげると、店を出た。

16

理由はまもなくわかったが、モーディカイはワシントンDCの警察官に――自分とおなじ黒人の警官にも――強烈な憎悪《ぞうお》をいだいていた。モーディカイの意見では、警官たちはホームレスに冷酷だというのだ。これは、この男があらゆるものに適用する善悪の判断基準だった。

それでも、何人かの警官の知りあいはいた。そのうちのひとりがピーラー巡査部長であり、この男は――モーディカイの表現を借りるなら――〝ストリートの出身〟とのことだった。ピーラーは法律相談所に近いところにある地域住民センターで問題をかかえた若者たちの相談相手となっており、さらにふたりはおなじ教会に所属してもいた。ピーラーにはあちこちに知りあいがいて、つてを利用すれば、ぼくの車を返却させることもできる、といった。

ピーラーは土曜日の朝九時すぎに、法律相談所にやってきた。モーディカイとぼくはコーヒーを飲んで、体を冷やさないようにしていた。ピーラーは土曜日は非番だといった。これはぼくの印象だが、本音ではベッドのなかにいたかったようだ。

モーディカイが車を運転しながらあれこれ話し、そのあいだぼくは後部座席に腰をおろしていた。車はすべりやすくなった道路を走って、ワシントンDC北東部にむかっていった。雪になるという天気予報ははずれ、冷たい雨が降っていた。車の通行量はすくなかった。変わりばえしない二月の早朝の光景——歩道を歩いているのは、元気あふれる者たちだけだった。

ぼくたちを乗せた車は、ジョージア・アヴェニューからすこし離れたところにある、市の事故車置場の錠前がおりたゲート前の路上でとまった。

ピーラーがいった。「ここで待っててくれ」

車内からも、愛車レクサスの残骸《ざんがい》が見えた。

ピーラーがゲートまで歩いていき、ポールにとりつけられた呼び鈴のボタンを押すと、事務所代わりの小屋のドアがひらいた。そこから小柄で痩《や》せた制服警官が傘をさして出てきてゲートに近づき、ピーラーと言葉をかわした。

それからピーラーは車に引きかえしてきて荒っぽくドアを閉め、肩から雨の水滴をふり払った。「あの男がきみを待ってる」

ぼくは雨のなかに足を踏みだして傘をひらくと、早足でゲートに近づいた。ウィンクルという名前の警官は、ユーモアや善意のかけらもない顔で、ぼくを待っていた。それからウィンクルは何十本という鍵のついたキーリングをとりだし、頑丈な錠前用の三本の鍵をなんなくえらびだすと、「こっちに来い」といいながらゲートをあけた。ぼくはウィンクルのあとを追い、砂利敷きの事故車置場を歩いていった。茶色い水や泥をたたえた水たまりを精いっぱいよけはしたものの、足を一歩踏みだすたびに全身が痛む以上、飛んだり跳ねたりするのにも限界があった。ウィンクルは、まっすぐぼくの車に近づいていった。

まず最初に見たのは、前部座席だった。ファイルはなかった。一瞬のパニックのあと、問題のファイルが無傷のまま、運転席のうしろの床に落ちているのが見えた。ファイルを手につかむなり、一刻も早くここを立ち去りたくなった。自分が現場に置き去りにしてきた車の損傷の度合いを、じっくり検分したい心境ではなかった。とにかく事故にあっても体は無事だったのであり、重要なのはそのことだけだ。どうせ週が明ければ、保険会社の人間と激しくやりあうことになる。

「それが目あてのものか?」ウィンクルがいった。

「ああ」ぼくはそう答え、すぐ走って帰ろうとした。

「こっちに来てくれ」

それからぼくたちは、小屋にはいっていった。部屋の隅ではガスストーブがごうごうと音をたてて燃えさかり、熱風をぼくたちに吹きつけてきた。ウィンクルは壁から十あまりのクリップボードのひとつを手にとると、ぼくが握っているファイルを見つめた。

「茶色のファイルフォルダー」ウィンクルはそういいながら、おなじ文句を書類に書きとめていった。「厚さは約五センチ」

ぼくは黄金を捧《ささ》げもつように両手でファイルをしっかりつかんだまま、その場に立っていた。

「ファイルには標題のようなものが書いてあるか？」ウィンクルがたずねた。

ぼくは異議をとなえる立場ではなかった。ここで変に口をすべらせたがさいご、ぼくは永遠に帰れぬ身になるだろう。「なんで、そんなことが必要なんです？」

「ファイルをテーブルにおくんだ」

テーブルの上にファイルをおくと、儀式はつづいた。

「リバーオークス社、斜線、TAG社……」ウィンクルはそういいながら、書類に書きこみをつづけている。「ファイル番号TBC－九六－三三八一」

ぼくの足跡がますます増えていく。

「これはきみの所有物だね」ウィンクルは、わずかな疑念すらこもっていない声でたずねてきた。

「はい」

「よし。もう行っていい」

ぼくはウィンクルに感謝を述べたが、返事の言葉はもらえなかった。事故車置場を走りぬけたい気持ちはあったのだが、歩いていくだけでも精いっぱいの難事だった。ぼくが通りぬけると、ウィンクルはゲートの錠前をおろした。

ぼくが車内に乗りこむと、モーディカイとピーラーのふたりがふりかえってファイルに目を落とした。どちらも、中身のことはまったく知らない。モーディカイには、これがきわめて重要な書類だと話しただけだ。だから廃棄される前に、なんとしてもとりかえす必要がある、と。

あれだけ八方手を尽くした目的が、たった一冊のなんの変哲もないファイルだった？　法律相談所へと車で引きかえしていく道すがら、車内でファイルに目を通したい誘惑に駆られた。しかし、ぼくはその気持ちをこらえた。

それからぼくはピーラーに礼をいい、モーディカイに別れの挨拶をすると、注意ぶかく車を走らせ、新居であるロフトにむかった。

資金の出所は連邦政府だったが、ワシントンDCではこれは意外なことではない。まず郵政公社が大量同一印刷物の料金割引郵便物のための集配施設を、予算二千万ドルで市内に建造しようとした。そこで数社の商売熱心な不動産業者が、建物の建造とリース、および管理に名乗りをあげた。その一社がリバーオークス社だった。いくつかの建設候補地点が検討の対象になった――いずれもこの街では治安のよくない、さびれるばかりの地域だった。そして昨年の十二月に、三カ所が最終候補地としてえらばれた。リバーオークス社は、この施設のために必要な安価な不動産をかきあつめる作業にとりかかった。

TAG社は正規の登記がなされた企業で、その唯一《ゆいいつ》の株主はティルマン・ガントリーという男だった。ファイルに添えられた覚え書によれば、この男は元ポン引きであり、けちな詐欺《さぎ》師《し》であり、二度にわたる重罪での前科があった。この街にいる無数の同類たちのひとりというわけだ。犯罪者生活から足を洗ったガントリーは、中古車と不動産の商売に手を出した。遺棄されたまま廃屋となった建物を買いつけ、ときには間にあわせの改装工事をおこなったあと、建物を転売したり、その物件を賃貸にまわしたりしていた。ファイルにあった概要書には、TAG社所有物件として十四の不動産がリストアップされていた。そして合衆国郵政公社がさらなる土地を必要としたとき、このガントリーとリバーオークス社の道筋が交差したのである。

一月六日、郵政公社は新集配施設をおさめる建物の建築請負業者／所有者／地主としてリバーオークス社がえらばれたということを、この会社に書留郵便で通知した。合意内容の覚え書によれば、二十年の期間保証つきで年間賃貸料は百五十万ドルになると決まっていた。手紙にはさらに——およそ政府関係組織らしからぬ性急な態度だったが——リバーオークス社と郵政公社間の正式契約は三月一日以前でなければならず、それまでに契約が締結できなかった場合、この取引は無効とする、と記されていた。七年も熟慮をかさねて計画を練ったあとで、連邦政府はこの新しい建物を一夜にして建造させようとしたのだ。

かくして、リバーオークス社の社内弁護士と公認不動産仲介人たちが仕事にとりかかった。この会社は一月だけでも、強制立ち退きが執行された倉庫にほど近いフロリダ・アヴェニューぞいの建物を、ほかに四軒も買いとっている。ファイルにはこの地区の地図が二枚はさみこまれており、購入ずみの土地と未購入の土地がそれぞれちがう色で塗られていた。

三月一日までは、あと七日しかない。チャンスがファイルの紛失にこれほどすばやく気づいたのも当然の話だ。あの男は、毎日このファイルで仕事をしているのだ。

フロリダ・アヴェニューの問題の倉庫は、昨年七月にＴＡＧ社が買収したものだった。買収価格についての記載は、ファイルにはなかった。リバーオークス社は一月三十一日にこの倉庫を二十万ドルで買いとっている。強制立ち退きはその四日後。この強制立ち退きで寒空のもとにほうりだされた人たちのなかに、デヴォン・ハーディとバートン一家がいた。

いずれ居間となるはずの部屋の剝《む》きだしの木の床にすわりこんだまま、ぼくはファイルから書類を一枚ずつはがしていっては、その内容を法律用箋《ようせん》に注意ぶかく書きつけていった。こうしておけば、あとで書類を順番どおり正確にならべなおすことができる。ファイルには、あらゆる不動産関係の取引に共通すると思われる書類がそろっていた――前年の税金関係の記録、不動産所有権の変遷《へんせん》をしるした権原連鎖書、前回の不動産譲渡証書、不動産取引条件の合意書、公認不動産仲介人との往復文書類、権原移転完了書。これは現金取引だったため、銀行はいっさい介入していなかった。

ファイルの表紙裏の紙ばさみには、業務日誌がおさめられていた。一日単位で、その日の業務とその内容を記入するようにできている定型書類である。〈ドレイク＆スウィーニー法律事務所〉では、あるファイルにおさめられた日誌がどれほど詳細に記入されているかによって、秘書の整理能力が判断された。どんな書類や地図や写真、あるいは図表であれ、およそ案件ファイルに綴《と》じこまれるものはすべて、日誌に記録されることになっていた。新人は訓練キャンプ時代に、この手順を頭に叩《たた》きこまれる。そしてぼくたちのほとんどは、苦い経験をして学ぶことになる――なにが腹立たしいといって、必要充分な詳記のなされないまま収納された書類をさがすために、ぶあついファイルを引っくりかえすほど腹立たしいことはない、と。事務所にはこんな格言があった――三十秒以内に見つけだせない書類は、役立たずの書類だ。

その点チャンスのファイルは、几帳面《きちょうめん》に整理されていた。どうやら秘書が、細部まで見のがさない女性だったらしい。しかし、このファイルには手をくわえられた痕跡《こんせき》があった。

一月二十二日、ヘクター・パーマはひとりでくだんの倉庫におもむいている――定例の購入前の査察のためだった。そして指示されたドアから倉庫内にはいろうとしたそのとき、ふたりの暴漢に襲われて棍棒《こんぼう》のようなもので頭を殴られ、ナイフをつきつけられて、財布と所持金をすべて奪われた。翌二十三日、ヘクターは出勤せずに自宅にとどまり、この襲撃事件について詳述したファイル用のメモを作成した。このメモは、「一月二十七日に警備員同伴で、査察のために再訪する予定」という文章でしめくくられていた。このメモは適切な手順で、ファイルに収納された。

しかし、この二回めの訪問についてのメモはなかった。日誌の二十七日の項には、こう記載されている――「HPメモ。物件訪問と屋内査察について」。

ヘクターは二十七日に警備員同伴で倉庫をおとずれて、屋内を査察した。そこでおそらく深刻な不法居住の実態を目のあたりにして、メモを作成したはずだ――ほかのヘクター作成の書類から察するに、徹底して詳細なメモだったにちがいない。

しかし、問題のメモはファイルから抜き去られていた。もちろん、これは犯罪ではない。このぼくにしたところで、日誌にそのむねを書きこむ時間がないままに、案件ファイルからなにかをとりだすのは日常茶飯事だった。しかし、ぼくはかならずもとの場所にもどしていた。いったん記録のうえでファイルに収納された物件は、ファイルにおさめられていなくてはならない。

権原移転完了――つまり不動産取引の手続完了は、一月三十一日の金曜日だった。明けて火曜日、ヘクターは不法占拠者の強制立ち退き執行のため、みたび倉庫におもむいた。ヘクターには、警備会社から派遣された警備員がつきそっていた。二ページにわたるヘクターのメモによれば、強制立ち退きの所要時間は二時間。メモのうえでは感情を隠そうとしているものの、ヘクターは立ち退き手続を平気でこなせる神経のもちぬしではなかった。

つぎの一節が目にはいったとたん、心臓がとまった――「母親には四人の子どもがおり、ひとりは乳児だった。母親とその子どもたちは、上下水道設備のない二部屋のアパートメントに居住していた。一家は床においたマットレスの上で寝ていた。母親は子どもたちの見まもる前で、警官に激しく抵抗した。やがて、この母親は建物外に連れだされた」。

つまりオンタリオは、母親が戦う現場を目《ま》のあたりにしていたのだ。

立ち退き処分にされた人々の名前のリストもあった。子どもを除外して、総勢十七人。これは月曜日の朝、ワシントン・ポスト紙の記事といっしょにデスクにおかれていたのとおなじリストだった。

ファイルのいちばんうしろの部分に、この十七人宛《あ》ての立ち退き通告書がはさみこまれていた。きちんと綴じこまれてはおらず、日誌にはなんの記録もない。これはつかわれなかった通告書なのだ。不法占拠者には、通告書をうけとる権利をふくめて、なんの権利も認められていない。ここにある通告書は、痕跡を隠蔽《いんぺい》するためのあと知恵として追加されたものだ。ひょっとしたら、ミスターの事件があったあと、いずれ通告書が必要になるかもしれないと考えたチャンスが、あわててファイルにはさみこんだものかもしれない。

あからさまで、愚かしい改竄《かいざん》工作だった。しかし、考えてみればチャンスはパートナーである。パートナーがほかから強制されてファイルを提出したという話は、じっさいきいたことはない。

そしてこのファイルは、提出されたものではない——盗まれたものだ。窃盗行為。しかも、その証拠はいま着々とあつめられつつある。窃盗犯は、とんでもないうつけ者だ。七年前の雇用前手続の一環として、ぼくは信用調査会社の人間に指紋を採取されている。あとはチャンスのファイルキャビネットから見つかった指紋と、そのときの指紋を照合するだけのことだ。ほんの数分ですむ作業だろう。いまごろは、その作業も終了しているはずだ。ぼくの逮捕令状はもう発行されているだろうか？　そうなるのは避けられまい。
ファイルの閲覧をはじめてから三時間後、すべて見おわったときには床一面が書類でおおいつくされていた。ぼくはすべてを最初の順番どおり注意ぶかくならべると、法律相談所に行って、全ページのコピーをとった。

買い物に行ってくる——という置き手紙があった。ぼくたちの部屋には、かなり上等なスーツケースがあった——財産分割のときに言及しわすれた品物だった。これから近い将来には、クレアのほうがぼくよりも旅行の機会が多いだろう。だからぼくは、安物のバッグをもらうことにした。ダッフルバッグとジムバッグだ。つかまりたくなかったので、基本的な品物だけをとにかくベッドに積みあげた——靴下、下着、Tシャツ、洗面道具、靴。ただし靴は、過去一年間に履いたものだけにした。残りの靴はクレアに捨ててもらおう。ぼくは急いで、洋服簞笥《だんす》とメディスンキャビネットのぼくの領分から品物を運びだした。肉体的な傷もそれ以外の傷も、ともに激しく疼《うず》いてはいたが、二階ぶんの階段を降りてふたつのバッグを車に積みこんでは引きかえし、スーツ類や礼装類の荷物を運びおろした。それから、すくなくとも五年はつかっていなかった古い寝袋を見つけて、キルトと枕《まくら》のふたつといっしょに車まで運んだ。これ以外にぼくがもちだせる品物は、自分用の目覚まし時計とポータブルCDプレーヤー、数枚のCD、キッチンカウンターの上の十三インチのカラーテレビ、コーヒーポット、ヘアドライヤー、それに青いタオルのセットだった。

車にこれ以上荷物を積みこめなくなると、ぼくは出ていくことをメモに書いて、それをクレアが残したメモの横においた。なるべく自分のメモを見ないようにする。さまざまな感情が交錯しあったまま、肌のすぐ下で一触即発の状態になっていた。その感情と正面からむきあう気がまえはできていない。住んでいた場所からこんな形で離れるのははじめての経験であり、切りあげ方もわからなかった。

それからドアに鍵《かぎ》をかけて、階段を降りていった。二、三日以内には残りの荷物を引きとるためにまた足を運ぶこともわかっていたが、いまはこの階段を降りるのもさいごのような気分だった。

クレアはあの置き手紙を読み、簞笥の抽斗《ひきだし》やクロゼットを調べてぼくが運びだした品を確認し、ぼくがほんとうに出ていったとわかると、居間のソファに腰をおろして、すこしだけ泣くのだろう。いや、大泣きするかもしれない。しかし、涙はすぐにとまるはずだ。クレアならやすやすと、つぎの段階に進めるにちがいない。

車でアパートメントから走り去っていくあいだも、解放感はかけらもなかった。ふたたび独身になったわけだが、昂奮《こうふん》で身がふるえるようなこともなかった。クレアもぼくも、ともに敗者だった。

17

ぼくは自分のオフィスに鍵をかけて閉じこもった。日曜日の法律相談所は、土曜以上に寒々と冷えきっていた。ぼくはぶあついセーターとコーデュロイのスラックス、それに防寒靴下という完全装備に身を固め、目の前に湯気のたつコーヒーカップをふたつおいて、デスクで新聞に目を通していた。建物には暖房設備もあるにはあったが、うかつに手を出して故障させるつもりはなかった。

前の事務所の椅子《いす》、革ばりのエグゼクティブチェアが恋しかった。前後に揺らすことも、背もたれを倒すことも、回転させることも思いのままだった。新しい椅子は、結婚式用に借りだす折りたたみ椅子よりも、わずかにましというしろもの。体調がいい日でも、すわり心地はわるいに決まっている。拳骨《げんこつ》で徹底的に殴られたも同然のいまのぼくには、この椅子は拷問具《ごうもんぐ》でしかなかった。

デスクはがたがたする払い下げ品だった——廃校になった学校あたりから流れてきた

品だろう。四角い箱形のデザインで、左右両側に三段の抽斗がある。抽斗はどれもあくにはあいたが、あけるだけでもひと苦労だった。反対側には依頼人用の椅子が二脚ある。これは、ほんとうにただの折りたたみ椅子だった。ひとつは黒、もうひとつは見たこともない緑っぽい色だった。

石膏《せっこう》の壁は何十年も前に塗装されたまま色褪《いろあ》せるにまかされ、いまは薄いレモン色になっていた。石膏自体にもひびが走っている。天井の隅には、蜘蛛《くも》が巣をつくっていた。唯一の装飾品は額装されたプラカードで、これは一九八八年三月に〈モール〉でひらかれた〝正義をもとめる行進〟を宣伝するものだった。

床は年代物のオーク材で、羽目板のへりの部分は、これまでの歳月での酷使ぶりを証明するように丸く磨耗していた。つい最近掃除されたらしいことは、部屋の隅に箒《ほうき》とちりとりがセットでおかれていることからも明らかだったが、これは床の埃《ほこり》を一掃したいと思ったら、その仕事は自分でやれという、さりげないサインでもあった。

なんとまあ、見事な転落ぶりか！　日曜日の朝にわびしいデスクにふるえながらすわり、石膏のひび割れをながめているぼく、依頼人候補者たちに襲われるのが怖さに鍵をかけたオフィスに閉じこもっているぼくの姿を見たら、わが愛《いと》しの兄ワーナーがなにをいうことか。きっと、恐ろしく豊かな語彙《ごい》を駆使して多彩な罵倒《ばとう》の文句を投げつけてくるはずだ。それも、思わずぼくが紙に書きとめておきたいと思うほどの文句を。

両親がどんな反応を見せるかは見当もつかない。いずれ近いうちに電話をかけて、住所変更とあわせ、二重の衝撃のニュースをつたえなくてはなるまいが。

正面玄関に大きなノックの音が響いて、ぼくは肝をつぶした。思わずすっくと立ちあがったものの、どうすればいいかもわからない。路上にたむろする悪党どもが追いかけてきたのか？　もういちどノックの音がして、ぼくは玄関にむかった。正面のドアの鉄《てつ》格子《ごうし》とぶあついガラスをすかして、人影が浮かびあがっていた。

たずねてきたのは、バリー・ナッツォだった。寒さに体をふるわせ、一刻も早く避難所に逃げこみたがっている顔をしている。ぼくはドアの鍵をあけ、バリーを室内に招き入れた。

「こりゃまた、絵に描いたようなあばら家だな」バリーが楽しそうな第一声を発して、正面のオフィスを見まわしているあいだ、ぼくは玄関のドアにふたたび錠をおろした。

「古風でいい感じだろう？」ぼくはバリーの出現で動揺を感じながら、その意味を推測しようとしていた。

「ごみため同然じゃないか！」バリーは、この相談所が大いに気にいったようすだった。ソフィアのデスクのまわりを歩きながら、ゆっくり手袋を脱いでいるのは、うっかりなにかにさわってファイルの雪崩《なだれ》を起こすのを心配してのことだろう。

「必要経費を低く抑えているから、儲《もう》けはぜんぶ家にもって帰れるというわけなんだ」

ぼくはいった。これは〈ドレイク&スウィーニー法律事務所〉でいいふるされた冗談だった。パートナーたちはしじゅう必要経費のことで文句を垂れているくせに、いちばんの関心事は自分たちのオフィスの模様替えなのである。

「じゃ、きみがここに転職したのは金のためだったのか?」バリーは、あいかわらず愉快でたまらない顔つきだった。

「決まってるだろうが」

「いよいよ正気をうしなったわけだ」

「天職を見つけたといってくれ」

「ああ、〝天の声〟とやらがきこえたんだろう?」

「そんなことを話しにきたのかい? ぼくの頭がいかれてると指摘するために?」

「クレアと電話で話したよ」

「なにをいってた?」

「きみが家を出ていった、と」

「そのとおり。ぼくたちは離婚することになった」

「ところで、その顔はどうしたんだ?」

「エアバッグのせいさ」

「ああ、そうだった。忘れてたよ。フェンダーが曲がっただけの事故だったという話だったが」

「そのとおり。たしかにフェンダーは曲がったな」

バリーはいったんコートを脱いで椅子の背もたれにかけたものの、すぐにまた着なおした。「諸経費がすくないのは、きみが光熱費の支払をサボっているということかな?」

「ときどき、ひと月ぶんの光熱費を節約するんだよ」

バリーはさらにオフィスを歩きまわり、左右にならぶ狭いオフィスをのぞきこんだ。

「この作戦本部は、どこの資金で運営されてる?」

「ある基金だ」

「衰えつつある基金かな?」

「ああ。それも急速に衰えつつある」

「どうやってここを見つけた?」

「ミスターがここの常連だったんだよ。ここが、あの男の法的代理人だったわけだ」

「ミスターか、懐《なつか》しいな」バリーは査察をしばし中断すると、じっと壁をにらみつけた。

「あの男はぼくたちをみな殺しにする気だったと思うかい?」

「いや。だれも、あの男の話をまともにはきかなかった。どうせ、そこらにいるホームレスとおなじだと思ってね。あの男は話をきいてほしかったんだ」

「やつに飛びかかろうという考えは頭に浮かんだか?」

「いや。ただ、ミスターから銃を奪ってラフターを撃ち殺そうとは思ったよ」

「なんで実行してくれなかった？」

「つぎの機会があれば、かならず実行するとも」

「コーヒーはあるか？」

「ああ。すわっていてくれ」

バリーにはキッチンに来てほしくなかった。あまりにも遺憾な点の多すぎるキッチンだったからだ。ぼくはカップをさがしだして手早く洗い、コーヒーをそそぐと、バリーをぼくのオフィスに招き入れた。

「いい部屋じゃないか」バリーはあたりを見まわしていった。

「こここそ、あらゆるホームランボールが落ちてくる部屋だからね」ぼくは誇らしげにいった。それからぼくたちは、デスクをはさんでさしむかいに腰をおろした。どちらの椅子も盛大にきしみ、いまにもつぶれて壊れる寸前だった。

「きみがロースクールで夢見ていたのは、こんな場所だったのか？」バリーはたずねた。

「ロースクールのことは覚えてない。卒業以来、あまりにも多くの時間を報酬請求にまわしたせいでね」

バリーはようやく、つくり笑いも薄笑いも見あたらない顔で、まっすぐぼくを見つめてきた。冗談はおしまいだった。心ない考えだとわかってはいたが、ぼくとしてはバリーの体に録音機がしのばせてあるのではないか、という思いをふりきれなかった。事務所はヘクター・パーマに録音機を帯びさせて、乱闘の場に送りだしてきた。おなじことをバリー相手にやっても不思議はない。バリーが自分から志願するはずはないが、事務所がプレッシャーをかけることはできる。なんといっても、ぼくは公認の敵なのだ。

「じゃ、きみはミスターのことを調べて、ここにたどりついたわけだ」

「まあね」

「で、なにがわかった？」

「いいかげん、馬鹿《ばか》のふりはやめろよ、バリー。事務所でなにが起こってる？ 幌馬車《ほろばしゃ》で円陣を組む全面的防戦態勢でもとってるのか？ きみは、ぼくを追ってきたわけかな？」

バリーは手早くコーヒーをひと口飲みながら、慎重にぼくの発言の意味に思いをめぐらせていた。それから、いまにも吐きだしそうな顔でいった。「まずいコーヒーだな」

「温かいだけましと思え」

「クレアのことは残念だと思うよ」

「ありがとう。でも、できたらその話はしたくない」

「ファイルが一冊、紛失しているんだよ、マイクル。で、だれもかれもきみが犯人だと主張してる」

「きみがここに来たことを知っているのは？」

「うちの妻だ」

「事務所にいわれて、ここに来たのか？」

「断じてちがう」

ぼくはその言葉を信じた。バリーは七年前からの友人だし、ときにはかなり親密にもなった。とはいえふたりとも、友情に時間を割いていられないほど忙しかったことのほうが多すぎたのだが。

「なぜ、ぼくが犯人呼ばわりされているんだろう？」

「まず、あのファイルはミスターに関係したものだった。つぎに、きみはチャンスのオフィスをたずねてファイルの閲覧を要求した。ファイルが紛失した夜、チャンスのオフィス付近できみを目撃した人間がいる。何者かがきみに、本来きみが手にするべきではない鍵をわたしていたという証拠もある」

「それでぜんぶかい？」

「それにくわえて、指紋もあるんだ」

「指紋？」ぼくは驚いたふりをしながらいった。

「いたるところに指紋があったんだよ。ドア。照明のスイッチ。ファイルキャビネットそのもの。きみの指紋と完璧《かんぺき》に一致した。きみはチャンスの部屋にいたんだ。ファイルを盗んだのはきみだ。さて、これからどうする？」

「きみは、ファイルの内容をどの程度知ってるんだ？」

「ミスターは、うちの事務所の依頼人である不動産会社によって強制立ち退《の》きを食らった。不法占拠者だったからだ。そのあとミスターは正気をなくし、ぼくたちを死ぬほど怖がらせ、おかげできみがあやうく撃ち殺されそうになった。で、こんどはきみが正気をうしなった」

「それだけか？」

「連中の説明ではそれだけだ」

「連中というのは？」

「事務所のお偉がただよ。金曜日に覚え書がまわされたんだ——弁護士、秘書、補助職員、助手までふくめた事務所の全員にね。そこにはファイルが盗まれたことや、きみが容疑者であることが書かれていて、さらに事務所のメンバー全員に、きみとのいかなる接触をも禁じるという通達も書かれていた。つまり、本来ならここに来ることも禁じられているわけだ」

「だれにも話さないよ」

「ありがとう」

ブレイドン・チャンスが強制立ち退きとロンテイ・バートンの件に関連があると見ぬ

いたとしても、あの男の性格からいって自分から認めはしまい。たとえ仲間うちのパートナーにも認めないだろう。バリーは正直に打ち明けてくれている。おそらくぼくが例のファイルに関心をもった原因は、デヴォン・ハーディだけだと思いこんでいるにちがいない。

「だったら、なぜここに来たんだ？」ぼくはたずねた。

「きみの友人だからだ。とにかく、いまの情勢は目茶苦茶じゃないか。金曜日には、驚くなかれ、事務所の構内に警官たちがぞろぞろはいってきたぞ。その前の週は、SWATが来ていて、ぼくたちは人質だった。で、きみは崖《がけ》から飛びおりるような真似《まね》をして、おまけにクレアとの一件だ。このあたりで、ひと休みしないか？　二週間ばかり、どこかに旅行しよう。おたがいに女房同伴で」

「どこに旅行する？」

「さあね。どこでもいい。南の島のリゾート地とかな」

「それで、なにか成果があがるとでも？」

「そうだな、体を温めることができるじゃないか。テニスをやってもいい。たっぷり睡眠をとる。心と体の再充電だ」

「金は事務所もちかい？」

「ぼくが出すよ」

「クレアの件は忘れてくれ。ぼくたちはおわりなんだ。長い時間がかかったけど、もう完全におわったんだよ」

「わかった。じゃ、ぼくたちふたりで旅行しよう」

「そうはいうが、きみはぼくとの接触を禁じられてるんだろう?」

「いいか、ぼくにひとつ考えがある」バリーはいった。「アーサーのところに行って、じっくり話をしてみよう。こんどの件をなかったことにできると思う。まず、きみがファイルを返して、中身をすべて忘れる。事務所はきみを許して、やはりすべて忘れる。で、きみはぼくとマウイあたりで二週間ほどテニスをして遊ぶんだ。旅行から帰ってきたら、きみは本来の居場所である豪華なオフィスにもどる」

「やっぱり事務所にいわれて、ここに来たんだな?」

「ちがう。誓ってもいい」

「それじゃ、うまく行くはずがないんだ」

「じゃ、納得できる理由を教えてくれ」

「弁護士の仕事は、時間単位の報酬請求で金を儲けることだけじゃない。なぜわざわざ、大企業おかかえの娼婦《しょうふ》にすすんで身を落とす必要がある?ぼくは、そんなことにうんざりした。これまでとちがう人生を歩みたくなったんだ」

「ロースクールの新入生みたいに青くさい口ぶりだな」

「そのとおり。ぼくたちがこの業界にはいったのは、法律の仕事がほかとくらべて重要だと思ったからじゃないか。ぼくたちなら不正や社会をむしばむ病気と戦える。なぜなら、ぼくたちは弁護士だからだ。ぼくたちだって、昔は理想を胸にいだいていた。だったら、あらためて昔にもどってもいいじゃないか」

「あいにく、ローンをかかえた身ではね」

「ぼくだって、べつに同調者をつのってるわけじゃない。きみには子どもが三人いる。さいわい、ぼくとクレアには子どもがいなかった。だから、ぼくはすこしばかり正気をなくす余裕もあったわけだ」

それまで気がつかなかったが、部屋の隅のラジエーターが〝がたがた〟と鳴ってから、かん高い音をたてはじめた。ぼくたちはラジエーターを見まもり、わずかでも空気を温めてくれるのを祈るような気持ちで待った。一分経過。そして二分経過。

「連中は、いずれきみを追いかけてくるよ」バリーがラジエーターに視線をむけながら、しかしなにも見ていない目でいった。

「連中？　〝われわれ〟のまちがいじゃないのか？」

「そうだな。事務所といおうか。ファイルを盗むのは許されないことだ。依頼人の立場に立って考えてみるといい。依頼人には、事務所側の機密保持を期待する権利がある。ファイルが外部に流出したら、事務所としては追いかけるほかはないんだ」

「刑事訴追の対象になると？」

「たぶんね。とにかく連中は、頭から火を噴くほど怒ってる。それも無理はないと思うな。さらには、法曹協会に懲罰処分をもとめるという話も出ている。裁判所からの差止命令も出されるだろう。この件では、ラフターがすでに動きはじめてる」

「いまさらながら、ミスターが銃をもうすこし下にむけて撃たなかったことが悔やまれるな」

「連中は本気だぞ」

「事務所には、ぼく以上にうしなうものがあるのにね」

そういったぼくの顔を、バリーはまじまじと見つめてきた。「じゃ、ミスターの件だけじゃないんだな？」

「ああ、そのほかの件が山ほどある。事務所がどっさり関与してるんだよ。事務所がぼくを追いかけてくるなら、逆に事務所を追及してやるまでだ」

「盗んだファイルを武器にはできないぞ。この国には、盗品のファイルを証拠として認めるような法廷はひとつもない。きみには、訴訟というものがまったく理解できてないんだ」

「だから、いま学びつつあるところさ。事務所には手を引くようにいってくれ。忘れるな、ファイルはぼくの手もとにあって、そのファイルには外部に知られたらまずい情報が詰まってるってことを」

「あの連中は、ただの不法占拠者じゃないか」

「この一件は、もっと複雑にこみいってるんだ。だれかがブレイドン・チャンスとじっくり腰をすえて話しあい、あいつの口から真実を引きだす必要がある。ラフターには勇み足で馬鹿ばかしい小技をつかう前に、ちゃんと勉強したほうがいいといってやれ。はったりなんかじゃないぞ——こいつは新聞のトップ記事になって当然の話だ。公表されれば、きみたち事務所の人間は怖くて家から一歩も出られなくなるだろうね」

「じゃ、きみは休戦を提案しているわけだな。きみはファイルを手もとに保管しておき、事務所にはいっさい手出しをするなと?」

「さしあたり現時点ではね。来週や再来週には、考えがどう変わっているかはわからないけど」

「直接アーサーに話したらどうだ？　ぼくがレフェリーをつとめるよ。三人だけでどこかの部屋に行ってドアに鍵《かぎ》をかけ、解決策を話しあうんだ。どう思う？」

「もう手おくれだな。人々が死んでるんだから」

「あの男なら自殺したようなものじゃないか」

「ほかにも死人が出たんだよ」ここまでが、口に出せる限界だった。いくら友人だといえ、バリーはぼくとの会話の一部始終を上司の前でくりかえすに決まっている。

「よかったら説明してくれないか？」バリーはいった。

「それは無理だ。機密事項なのでね」

「嘘《うそ》っぽちくさいな――ファイル泥棒をやらかした弁護士の口から出た言葉となるとね」

ラジエーターが、うがいや、げっぷめいた音をあげていた。しばらくは、会話をつづけるよりラジエーターを見ているほうが気楽だった。ぼくもバリーも、あとになって後悔するような発言をしたくはなかった。

それからバリーは、この相談所で働いているほかのメンバーの話をきかせてくれ、といってきた。ぼくは手短に話してきかせた。そのあいだバリーはいちどならず、「信じられない」という言葉を口にした。

「これからも連絡をとってもいいかな？」玄関を出ていきしなに、バリーはいった。

「もちろん」ぼくは答えた。

18

ぼくの研修期間は約三十分間で、これは法律相談所からワシントンDC北東部のペットワース地区にある〈サマリヤ人《びと》の家〉への、車での所要時間でもあった。モーディカイはハンドルを握りながら、ずっとしゃべっていた。ぼくはひとことも話さずにすわったまま、これから狼《おおかみ》の群れに餌《えさ》として投げわたされる新人としては当然の不安にさいなまれつつ、ブリーフケースをしっかと握りしめていた。服装はジーンズに白いワイシャツ。それにネクタイを締めて、古い濃紺のブレザーを着こみ、足には白い靴下と、とことん履き古した〈ナイキ〉。ひげを剃《そ》るのもやめていた。なんといっても、ぼくはアスファルト・ジャングルで戦うストリート弁護士だ。好きな服装をしても、どこからも文句は出ない。

もちろんモーディカイは、ぼくがオフィスに一歩足を踏みいれるなり服装の変化に目をとめて、ぼくの仕事準備がととのったむねを勝手に宣言した。なんの意見も口にしなかったが、モーディカイの視線はしばしば〈ナイキ〉にとどまっていた――いかにも、大規模法律事務所の弁護士が高層ビルの上から地上に降りてきて、恵まれない人々と数時間ばかりいっしょに過ごすように見えたのだろう。なぜかは知らないが、そういった連中は思いつめでもしたようにひげを伸ばし、ジーンズを身につける。

「きみの依頼人たちは、〝三分の一〟ずくめだぞ」モーディカイは片手でハンドルを握り、もう一方の手でコーヒーをもったまま、乱暴な運転で車を走らせていた――周囲にひしめくほかの車の存在が目にはいっていないことは明らかだった。「依頼人の約三分の一は仕事をもっている。約三分の一は子どものいる家族で、三分の一は精神に障害を負っており、三分の一は復員軍人だ。さらに低所得者むけの住宅補助金の受給資格がある人間のうち、ちゃんと金をうけとっているのはその三分の一ときている。過去十五年間で、二百五十万戸ぶんの低コスト住宅がとり壊され、連邦の住宅関連予算は七十パーセント削減されてる。人々が路上で暮らしていても当然の話だよ。政府は恵まれない人たちを踏みつけにすることで、予算のバランスをとっているんだ」

どんな話題であれ、モーディカイの口からは統計の数字がやすやすと流れでてきた。これこそがモーディカイの人生であり、天職だからだ。詳細なメモを作成することを叩《たた》きこまれてきた弁護士であるぼくは、この場でブリーフケースをあけて、片はしから書きつけておきたい衝動と戦い、じっと耳をかたむけているだけにした。

「最低賃金労働についている人たちにとっては、一戸建て住宅なんか選択肢にもはいってない。夢見ることさえしていないんだ。しかも彼らの増収ペースでは、住宅関連費の上昇に追いつけっこない。そこで彼らは、ますます転落していくことになる。その一方で、補助金計画がますます肥え太っていくわけだ。こういうことだよ——身体《からだ》に障害を負っているホームレスのうち、障害者補助金を適正にうけとっているのは、そのわずか十四パーセントにすぎない。十四パーセントだぞ！　これからきみも、似たようなケースをいくらも目にすることになるがね」

車は赤信号に行きあたり、急ブレーキの音も高らかに停止した——それも交差点の一部をふさぐ形で。たちまち、四方八方からクラクションの洪水が襲いかかってきた。ぼくはまたしても衝突事故にあうことを予想して、シートに身を深く沈めた。モーディカイのほうは、自分の車がラッシュアワーの車の流れをさまたげていることにも、とんと気づいたようすはない。うつろな目で前方を見つめているばかり——頭が完全に別世界に飛んでいるようだった。

「ホームレス問題のいちばん恐ろしい部分は、街を見ているだけでは決して見えてこない部分にあってね。貧困者の約半分までが、いまの住宅に住みつづけるために全収入の七十パーセントを注《つ》ぎこんでいる。住宅都市開発省が、住宅関連の出費として適正と認めているのは、収入の約三分の一だぞ。つまりワシントンには、かろうじて家に住んでいるだけの連中が数万人単位でいることになる――給与の小切手が一枚もらえなかったり、予期せぬ病気で病院に一回でも行く羽目になったり、なにか不測の事態に一回でも見舞われたりしたがさいご、その人たちはいまの住宅をうしなうことになるんだ」

「そういう人たちはどこに行くんです?」

「まっすぐ救護所に行く人はまれだな。最初はだいたい、家族や友人が住んでいる家を頼るんだよ。ただし、それで生まれる緊張はかなりのものだ――家族や友人にしたところで、補助金をもらって住宅に住んでるし、賃貸契約で一戸あたりの居住人数を制限されてもいる。つまり彼らは、賃貸契約に違反せざるをえなくなるわけで、これが強制立ち退きを招くことになる。そんなわけで、彼らはあちこちをまわっていく――ときには子どものひとりを姉妹のだれかにあずけ、もうひとりは友人にあずけるような真似をしながらね。あとはもう、情況が悪化するばかりだ。ホームレスの大多数は救護所を恐れていて、救護所に行くのをなんとか避けようとするしな」

そういってモーディカイは口をつぐみ、コーヒーを飲んだ。

「なぜです?」ぼくはたずねた。

「すべての救護所がいい環境だとはかぎらないからさ。救護所のなかには、暴行や強盗、はてはレイプが横行しているところもあるからね」

それこそ、ぼくが今後の法律家人生を過ごすことになっている場所でもある。「うっかりして、銃をもってくるのを忘れました」

「心配するな。この街には、ボランティアで公益活動をしている弁護士が数百人はいるがね、ひとりとして傷ついたという話はきいたことがないよ」

「それをきいて安心しました」

ぼくたちを乗せた車は、ふたたび——前よりは多少安全に——走りはじめた。

「さらにホームレスたちの約半数は、アルコールやドラッグの問題をかかえている。きみの友だちのデヴォン・ハーディがいい例だが、珍しいことではないんだ」

「そういった人たちに、なにをしてあげられます?」

「残念だが、してやれることはほとんどない。いくつか治療プログラムも残ってはいるが、施設に空《あ》きベッドがほとんど出ないのが現状だ。それでもハーディは、なんとか復員軍人のための恢復《かいふく》施設に入れてやれた。ところが、あの男は脱走したんだ。およそ依存症の連中は、自分がいつ素面《しらふ》になるかを自分で決めたがるものでね」

「あの男はどんなドラッグをやってたんです?」

「アルコールだよ。もっとも安価だからね。クラックも、おなじく安価だという理由で蔓延《まんえん》している。ありとあらゆるドラッグを目にすることになるぞ——ただし、デザイナーズドラッグと呼ばれている合成麻薬はあまりにも高価で、ほとんど見かけないね」

「ぼくが手がける最初の五つの案件は、どんなものになるんでしょう?」

「心配か？」

「ええ。なんといっても、なんの手がかりもないもので」

「肩の力を抜け。仕事はそう複雑なものじゃない——必要なのは根気だ。これからきみが会うのは補助金、たぶん食糧スタンプをきちんともらっていない人たちだ。それから離婚問題。なかには、大家に正式な苦情を申し立てたい人もいるだろう。それから、刑事事件をあつかうことになるのも確実だ」

「どんな種類の刑事事件です？」

「ちっぽけな事件ばかりだよ。現代アメリカでは、ホームレスを犯罪者化する動きが流行している。どこの大都市でも、路上で暮らしている人々を起訴するための法律がぞくぞくと制定されているんだ。物乞《ものご》い禁止、ベンチでの就眠禁止、橋の下での野宿禁止、公共公園への私物保管行為禁止、歩道にすわりこむ行為禁止、公衆の面前での飲食禁止。こうした法律の大多数は、法廷で息の根をとめられてはいるよ。エイブラムの目ざましい働きのおかげで、連邦裁判所の判事たちがこの手の悪法は憲法修正第一条違反だと納得した例もある。だから市当局は、そのときどきに応じて、徘徊《はいかい》や放浪、公共の場所での酩酊《めいてい》を禁じた一般的な法律を適用してくる。やつらの標的はホームレスだよ。上等なスーツを着た男がバーで酒を飲んだあとに路地で立ち小便をしても、お目こぼししてもらえる。おなじ路地でホームレスが立ち小便をすると、公共の場所での放尿を禁じた法律の違反で逮捕されるんだ。〃一掃作戦〃も日常茶飯事だしな」

「なんですか、その〃一掃作戦〃というのは？」

「ああ。ある都市の一区画に焦点をあわせて、そこにいるホームレスをひとり残らずすくいとり、べつの土地に投げ落とすことだよ。オリンピックを控えたアトランタ市も、これを実行した——世界じゅうが見まもっているのだから、貧乏人が物乞いしたり公園のベンチで寝たりしているのを放置してはおけない、という理由でね。市当局はナチの親衛隊の兵士みたいな連中を街に送りこんで、問題をいっせいに刈りとった。それがすむと、あの市は自分たちの街がどれほど清潔かを吹聴《ふいちょう》しまくったんだ」

「で、ホームレスたちはどこに運ばれたんです？」

「救護所でなかったことだけは、まちがいない。あの街にはそんなものがなかったからね。ほかの場所に強制的にうつしただけだよ——廏肥《きゅうひ》同然に、ほかの地区にどさりと投げ落としたんだ」モーディカイは手早くコーヒーを飲みながら、ヒーターを調節した。その結果、ハンドルはたっぷり五秒間まったく放置されていた。「いいか、マイクル。どんな人間にも居場所が必要なんだ。あの人たちには、その選択肢がない。腹が減れば、物乞いをすればいい。疲れたら、どこなりと見つかった場所で眠ればいい。住む家をうしなってホームレスになったら、それでもどこかに住まいをさだめなくちゃならないんだ」

「ホームレスは逮捕されてるんですか？」

「毎日のようにね。馬鹿《ばか》ばかしいかぎりの役所の方針だよ。たとえば、ここにひとりの男がいるとする。路上生活者で、救護所を出たりはいったりしながら、最低賃金の仕事につき、なんとか自分で身を立てられる段階に這《は》いあがるべく、精いっぱいの努力をしているとしようか。しかし、男は橋の下で野宿をした罪で逮捕される。本人だって橋の下なんかで寝たくはなかったが、だれだって寝る場所は必要だろう？　ところが男は有罪だ——市議会がすばらしき叡知《えいち》を発揮して、ホームレスになることを犯罪とさだめたからだ。男は牢屋《ろうや》から出るために三十ドル支払わなくてはならず、さらに三十ドルの罰金も払わなくちゃならない。素寒貧《すかんぴん》同然の男が六十ドルの支払を強いられるんだ。そんなふうに、この男はまたべつのあなぐらに叩きこまれるわけだ。逮捕されて辱《はずかし》めをうけ、罰金を科され、懲罰をうければ、この男が自分の生き方のあやまちを悟って、家を見つけるようになる、だから、とっとと道ばたから消え失《う》せろ——ということだ。こんなことが、アメリカのほとんどすべての大都市で起きているんだよ」

「じゃ、男は刑務所にはいらないほうがまだましだったと？」

「最近の刑務所に行ったことはあるかな？」

「いいえ」

「行くな。警官はホームレスのあつかいを教わってない——相手が精神的に障害を負っていたり、なにかの中毒だったりした場合はなおさらだ。刑務所は定員をはるかに超過してる。そもそも、いまの刑事司法制度が悪夢そのものだ——そこにもってきてホームレスを起訴しはじめたものだから、システムの渋滞は悪化するばかりさ。いちばん愚かしいのは、こういうことだ——ひとりのホームレスに救護所と食べ物、交通手段とカウンセリング・サービスをあたえた場合と、ひとりの人間を刑務所に収容した場合をくらべると、一日あたりの費用では後者のほうが二十五パーセントも割高になる。長い目で見て利益があがるのは、もちろん前者の方法だ。合理的な対策という点でも、もちろん前者に軍配があがる。二十五パーセントだぞ。しかもここには、逮捕や訴追手続にかかる費用は算入されていない。いまは大都市のほとんどが破産状態だ——とくにワシントンDCは悲惨なものだ。それを理由に、救護所をつぎつぎ閉鎖したくらいだからね。それなのに市当局は、ホームレスをどんどん犯罪者に仕立てあげることで、ますます金を浪費しているわけだ」

「訴訟の一大温床に思えますが……」ぼくはいったが、モーディカイに会話の先をうながす必要などなさそうだった。

「ああ、めったやたらと訴えを起こしているよ。全国の弁護士が、この手の法律をがむしゃらに攻撃してるんだ。くそったれな大都市は、どこも訴訟対策にホームレス用救護所の建造以上の金をつかってる。そうとも、だれだってこの国を愛さずにはいられないさ。世界でいちばん裕福な都市であるニューヨーク、あそこは自前の住民に住宅を提供できない。だから路上で寝たり、五番街で物乞いをしたりするほかない人が出てきた。これが、お高くとまったニューヨーカーの癇《かん》にさわったんだな。で、あいつらは街の浄化を公約にかかげたルドルフ・なんとかって男を市長にえらんだ。で、この市長は子飼いのメンバーだらけの市議会に、ホームレスを犯罪者に仕立てあげるための法律を可決させた。物乞い禁止、歩道にすわること禁止、ホームレスになること禁止、っていう法律だよ。そのあと連中はめったやたらと予算を切りつめ、救護所を閉鎖し、補助金を打ち切った。しかもその一方では、貧民を切り捨てた自分たちの弁護をさせるために、ニューヨークの弁護士どもにとんでもない額の大金を支払ったんだ」

「ワシントンはどれくらいひどい情勢なんです？」

「ニューヨークほどひどくはないが、いばれたものじゃないと思うな」

ぼくたちを乗せた車が走っていたのは、二週間前のぼくなら、昼日中で装甲車に乗っていても、とうてい走り抜けようという気になれなかった地域だった。商店の店先はどこも、頑丈そうな黒い鉄格子《てつごうし》で備えをかためていた。アパートメントは見あげるような高層建築ぞろいで、死んだような雰囲気をたたえ、ベランダの手すりからは洗濯物がはためいていた。どれもみな灰色の煉瓦《れんが》づくりで、連邦政府が急ごしらえでつくった建物ならではの、建築学的な無表情さをいちように刻印されていた。

「ワシントンは黒人の街だ」モーディカイはつづけた。「裕福な階層に所属する人間の数も多い。そしてまた、この街は変化をもとめる人々や、行動派の人々、それに急進的な人々を数多く引き寄せる街でもある。そう、きみのような人々をね」

「ぼくは行動派でも急進派でもありませんよ」

「いまは月曜日の朝だな。過去七年間、きみが毎週月曜日の朝をどこで過ごしていたか、ちょっと考えてみたまえ」

「デスクにいました」

「それも、すこぶる高級なデスクだろう？」

「ええ」

「そのデスクは、豪華な内装のオフィスにあった」

「ええ」

モーディカイはにたりと笑った。「だったら、いまのきみは急進派じゃないか」

このひとことで、ぼくの研修はおわった。

右手前方に、着ぶくれした男たちのグループが見えてきた。男たちは、街角においた携帯用ブタンバーナーのまわりに寄りあつまっていた。ぼくたちの車は男たちのほうに近づいていき、歩道ぎわで停止した。目の前には、かつて大昔にはデパートだった建物が建っていた。手書きの看板には〈サマリヤ人の家〉とあった。

「ここは私設の救護所なんだ」モーディカイがいった。「ベッドは九十あって、食べ物もまともだ。資金を出しているのは、アーリントンの教会の組合だよ。わたしたちは、六年前からここに来ている」

建物のドアの近くに、食糧銀行のヴァンがとまっていた。ボランティアたちが野菜や果物の箱を荷おろししている。モーディカイがドア近くにいた中年男に話しかけて、ぼくたちは建物にはいることを許可された。

「手短に案内しようか」モーディカイはいった。

一階部分を歩いていくあいだ、ぼくはモーディカイにぴったりと寄りそっていた。フロアは、短い廊下がいくつもつながった迷路になっていた。通路の左右には、塗装のほどこされていない石膏《せっこう》ボードでつくった、狭苦しい四角形の小部屋がいくつもならんでいた。どの部屋にもドアがあり、ドアにはちゃんと鍵《かぎ》がある。モーディカイはそのひとつをのぞきこみ、室内に声をかけた。

「おはよう」

部屋のなかでは、小柄な男が目をぎらつかせて簡易ベッドに腰かけていた。男はぼくたちに目をむけたが、なにもいわなかった。

「ここはいい部屋だよ」モーディカイはいった。「プライバシーが守られ、ちゃんとしたベッドや私物をおける場所がある。おまけに電気もつかえるしね」

そういってモーディカイは、ドアの横にあったスイッチをはじいた。小さな裸電球が消えて、部屋はつかのま前よりも暗くなった。それからまた、モーディカイはスイッチをはじいた。そのあいだ、男のぎらぎら輝いた目はまったく動かなかった。

部屋には天井がなかった。十メートルほど上は、昔のデパートの古ぼけた羽目板の天井になっていた。

「洗面所は？」ぼくはたずねた。

「ここの奥にある。個室に洗面所までそなえつけている救護所は、めったにない。やあ、楽しい一日になるといいね」モーディカイはひとりの逗留者《とうりゅうしゃ》にいい、相手は会釈《えしゃく》を返してきた。

あちこちでラジオがついていた。音楽を流しているものもあれば、ニュースを流しているものもある。あちこちで人々が動いていた。月曜日の朝――それぞれに仕事があり、行かなくてはならない場所がある。

「ここの部屋にはいるのはむずかしいんですか？」ぼくは最初から答えがわかりきっている質問をした。

「不可能に近いね。入居の順番待ちリストときたら一キロ以上もの長さがある。それにここの救護所は、入居希望者を篩《ふるい》にかけたりしないしね」

「ここに住んでいる期間は？」

「人それぞれさ。平均でいえば、まあ、三カ月というところか。ここは救護所のなかでもましなところのひとつで、ここにいれば安全だからな。で、それなりに人々が安定しはじめると、救護所のほうでは彼らを安価な住宅にうつす算段をしはじめるんだ」

モーディカイは、ここの運営にたずさわっているコンバットブーツを履いた若い女性にぼくを紹介した。

「うちの新人弁護士だ」というのが、その紹介の文句だった。

女性はぼくに、救護所への歓迎の言葉をかけてくれた。ふたりが、姿を消した依頼人について話しはじめたので、ぼくはひとりで廊下を歩きまわり、やがて家族づれが収容されている区画に行きあたった。赤ん坊の泣き声がきこえ、ぼくはひらいたままのドアに近づいた。先ほどよりは多少広い部屋が、いくつかの小部屋に仕切られていた。どう見ても二十五歳以上には見えない頑丈な体格の女が、上半身裸の姿で椅子《いす》に腰かけ、赤ん坊に乳をやっていた。三メートル離れたところで、ぼくが目を丸くして見つめているのに、動じた顔ひとつ見せなかった。ベッドには、ふたりの幼児が寝ころがっている。ラジオからはラップが流れていた。

女は右手をもちあげて、赤ん坊に吸われていない右の乳房を下からすくいあげると、ぼくに乳房をさしだすしぐさを見せた。ぼくは廊下を走って逃げ帰り、モーディカイを見つけた。

依頼人がぼくたちを待っていた。オフィスは食堂の片隅、調理場に近いあたりだった。デスクは、調理場から借り受けた折りたたみ式のテーブル。モーディカイが部屋の隅のファイルキャビネットの鍵をあけ、ぼくたちは仕事にかかった。壁にそってならんだ椅子に、六人の人たちが待っていた。

「最初はだれかな？」モーディカイがいうと、ひとりの女が椅子ごと前に進みでてきて、弁護士たちの前にやってきた。ふたりの弁護士は、ともにペンと法律用箋《ようせん》を準備している。片方はストリートの法律に通じた百戦錬磨の古強者《ふるつわもの》、もうひとりはなにも知らない青二才。

女はウェイリーンという名前で二十七歳、ふたりの子持ちで夫はいないという。

「依頼人のほぼ半分がこの救護所の逗留者だな」ノートをとっているあいだ、モーディカイが話しかけてきた。「残り半分は、路上生活をしている人たちだ」

「どんな依頼人でも引きうけるんですか？」

「ホームレスであればね」

ウェイリーンの問題は単純なものだった。あるファーストフード店で働いていたのだが、ある理由で――理由は当座の問題とは無関係だ、とモーディカイはいった――解雇された。しかし、未払いの給与小切手が二枚ある。ウェイリーンが住所不定だということもあり、会社側は見当ちがいの住所あてに小切手を送った。小切手はそのまま紛失し、雇用者は知らんぷりだという。

「来週はどこに滞在するつもりかな？」モーディカイがウェイリーンにたずねた。

ウェイリーンは、なんともいえないと答えた。ここかもしれない、あそこかもしれない。いま仕事の口をさがしているところで、もし働き口が見つかるとか、ほかのことが起これば、どこかに住みこみできる場所が見つかるかもしれないし……自前で部屋を借りられるかもしれないし……うんぬん。

「わたしがきみの金をとりかえしてやる。小切手は、わたしのオフィスあてに送らせよう」モーディカイはそういって、ウェイリーンに名刺を手わたした。「一週間後に、そこに電話をかけてくれ」

ウェイリーンは名刺をうけとり、ぼくたちに感謝の言葉を述べ、早足で去っていった。

「そのタコス屋に電話をかけて、いまの女性の顧問弁護士だと名乗って話をするんだ」モーディカイはぼくにいった。「最初は丁寧に話せ。ただし相手が協力しないようなら、大声で騒ぎたててやるんだ。必要なら自分で店まで出向いていって、小切手をうけとってこい」

こみいった指示ではなかったが、それでもぼくはこの指示を書きつけておいた。ウェイリーンの未払い給与は二百十ドル。〈ドレイク＆スウィーニー法律事務所〉でさいごに手がけた反トラスト法関連の訴訟では、九億ドルの行方が争点だった。

ふたりめの依頼人は、自分のかかえる法律問題を特定することもできなかった。この男は、ただ他人と話がしたかっただけだった。酔っぱらっているのか、さもなければ精神的に障害を負っているか——おそらくその両方だろう。モーディカイは男を調理場に案内し、コーヒーをふるまった。

「ホームレスのなかには、行列を見ると、とにかく列にならばずにいられないやつがいるんだ」モーディカイはいった。

三人めの依頼人は、この救護所に住みついて二カ月になる女性だった。そのため、現住所の問題は簡単に乗り越えることができた。復員軍人の未亡人だというこの五十八歳の女性は、身ぎれいにしてもいた。わが共同弁護人がこの女性と話をしているあいだ、ぼくはひと束の書類をあちこちめくってみた。それによれば、この女性は復員軍人恩給をうける権利を有していた。しかし小切手がメリーランド州の銀行口座あてに送られているため、その金をうけとれないのだ。女性は筋道たてて説明した。書類も、それをきちんと裏づけるものだった。

モーディカイはいった。「復員軍人局はまともなお役所だからね。わたしたちからいって、小切手はここに送らせるようにしよう」

ぼくたちが手ぎわよく依頼人の用件を処理しているあいだも、順番待ちの行列は長くなってきた。どんな問題であれ、モーディカイはすべて経験ずみだった——住所不定を理由とする食糧スタンプ配付の一時中止、保証金を返却しようとしない大家、養育費の不払い、残高以上の額面で小切手をふりだしたことを理由とする逮捕状、社会保障局への障害者給付金の支払い請求。二時間で十人の依頼人の相手をしたあと、ぼくはテーブルの端に移動し、ひとりで依頼人と面談しはじめた。貧困者のための弁護士としてはじめて丸一日過ごす日に、早くもぼくはひとり立ちし、わが共同弁護人氏にも負けないほど力のある人物のような演技を見せながら、ノートをとっていった。

ひとり立ちしたぼくの最初の依頼人は、マーヴィスという男だった。この男の要望は離婚の成立だった。やあ、ご同輩。悲しみに満ちたマーヴィスの話をきくうちに、ぼくはいますぐ家に飛んで帰り、クレアの足にキスをしたい気持ちにさえなった。マーヴィスの妻は売春婦だった——最初のうちはそこそこ高級な売春婦だったが、やがてクラックとめぐりあった。クラックにめぐりあって売人のもとへ行き、さらにポン引きのもとに走り、ついには路上生活にいたった。その転落の道筋で、妻はふたりが所有していた品物をすべて盗んで売りとばし、借金をこさえた。マーヴィスは借金の返済で首がまわらなくなり、正式に離婚の申立てをした。妻はふたりの子どもを連れて、ポン引きのもとに転がりこんだ。

マーヴィスは離婚の仕組みについて、一般的な質問をいくつか投げかけてきた。ぼくの知識は基本的な部分にかぎられていたので、その知識を精いっぱいふくらませて答えた。ノートをとっているあいだ、ふと脳裡《のうり》をクレアの姿がかすめた。いまこの瞬間、顧問弁護士の豪華なオフィスに腰をおろし、ぼくたちの関係を解消するための計画のさいごの詰めをおこなっているクレアの姿が。

「離婚にはどのくらいかかるんだい？」マーヴィスの質問の声が、ぼくをつかのまの白日夢から現実に引きもどした。

「六カ月です」ぼくは答えた。「奥さんは同意なさると思いますか？」

「はあ？」

「奥さんは離婚に同意するか、という意味です」

「その話はまだしてないんだ」

問題の女が出ていったのは一年前のことだ。ぼくにはこれが、離婚理由のひとつである〝結婚生活の遺棄〟に充分相当するように思われた。さらに不貞の要素がくわわるのだから、簡単に解決できる問題だろう――ぼくはそう思った。

マーヴィスは、一週間前からこの救護所で暮らしていた。身ぎれいにしていたし、薬もアルコールもやっておらず、いまは仕事をさがしていた。マーヴィスとの三十分は、ぼくにとってもとても楽しい時間だった。ぼくは、かならず離婚を成立させると誓った。

午前中の時間は、またたくまに過ぎていった。不安も、いまや消え去っていた。いまぼくは、本物の問題をかかえた本物の人々、ここ以外には法的代理人を得られる場所をもたない弱者を助けるために、わが手をさしのべている。この人たちはぼくに恐怖を感じているだけではない——法律と規則と裁判所と官僚主義がつくりだす巨大な世界を前にして怖気《おじけ》づいてもいる。だからぼくは笑顔を見せ、この人たちに自分が歓迎されている実感を味わわせることを学んだ。なかには、報酬を支払えないことでぼくに詫《わ》びてくる人たちもいた。お金のことは、どうかご心配なく——ぼくは何回もそうくりかえした——お金はどうでもいいんですから。

十二時になると、ぼくたちはテーブルをあけわたした。昼食の配膳《はいぜん》につかうからだ。食堂は混みあっていた。スープが用意されていた。

黒人街に来たことでもあり、ぼくたちは伝統的な南部黒人料理をふるまう〈フロリダ・アヴェニュー・グリル〉に足を運んだ。混みあったレストランの店内では、白い顔をした人間はぼくひとりだったが、ぼくはもう自分の肌の白さには慣れていた。いまのところ、だれもぼくを殺そうとはしていない。だれも、ぼくのことなど気にもとめていないように思えた。

ソフィアが、ちゃんと作動する電話機を一台見つけてくれていた。正面玄関のドアにいちばん近いデスクの、ファイルの山の下から掘りだしたのだという。ぼくはソフィアに礼を述べ、自分のオフィスというプライバシーのなかに引きこもった。八人もの人々が、正規の弁護士でないソフィアの助言を待って静かにすわっていた。モーディカイからは、午後は〈サマリヤ人の家〉で午前中に引きうけた案件関係の仕事をしろといわれていた。案件はぜんぶで十九件。そればかりかモーディカイは、ぼくが勤勉に仕事をこなせば、ソフィアの仕事の肩代わりもできるかもしれない、とほのめかしさえした。

これまでストリートでの物事のペースはゆるやかだという思いこみがあったとすれば、それは完全にまちがいだった。あっというまに、ぼくは他人の問題に耳までつかっているありさまだった。さいわい、わき目もふらない仕事中毒者だった前歴をもつぼくには、目の前の仕事をこなしていく準備がととのっていた。

しかしながら、最初にかけた電話は〈ドレイク&スウィーニー法律事務所〉にあてたものだった。不動産部門のヘクター・パーマと話したい――そういうと、電話を保留にされた。五分間待って電話をいったん切り、あらためてかけなおす。ようやくひとりの秘書が電話をとったと思ったら、また保留にされた。ついでなんの前ぶれもなく、ブレイドン・チャンスの耳ざわりな声が大音量でぼくの耳に飛びこんできた。

「なんのご用かな？」

ぼくはごくりと生唾《なまつば》を飲みこんでから、口をひらいた。「ええと、いまヘクター・パーマに電話をまわしてもらっているんです」

ぼくは声をかん高くし、言葉を切りつめて話すことを心がけた。

「失礼だが、そちらは?」

「リック・ハミルトン。学校時代の古い友人です」

「パーマはもうここには勤めていないんだ。すまんな」チャンスは電話を切った。

ぼくはじっと電話機を見つめた。ポリーに電話をかけてちょっと調べてもらい、ヘクターの身になにがあったかをつきとめてもらおうか。ポリーならたちどころに教えてくれそうだ。いや、ルドルフでもバリー・ナッツォでもいいし、ぼくの下で働いていたお気にいりの補助職員でもいい。そこまで考えたところで、その全員がもはや友人ではないことに気がついた。ぼくは事務所を去った身であり、立入禁止区域に指定された身だ。そう、ぼくは敵なのだ。ぼくはトラブルであり、上層部が事務所の人間にいかなる接触をも禁じている当人ではないか。

電話帳を調べると、市内には三人のヘクター・パーマがいることがわかった。順番に電話をかけようとしたが、電話線がふさがっていた。相談所の電話回線は二本――それなのに弁護士が四人もいるからだ。

19

初出勤の日がおわっても、格別急いで家に帰る気はなかった。家といっても、しょせんがらんとした屋根裏部屋。〈サマリヤ人《びと》の家〉の狭苦しい個室を三つあわせた程度の広さしかない。ベッドのない寝室と接続ケーブルのないテレビ、カードテーブルはあるが、冷蔵庫はないキッチンの寄せあつめだ。内装や飾りつけについては、漠然とした実現性の薄い計画しかなかった。

ソフィアは、五時になると同時に帰った——これがいつもの帰宅時間だった。家が治安のよくない地域にあるため、暗くなったときには家じゅうのドアに鍵をかけて閉じこもっていたいのだという。モーディカイは、ぼくと三十分ほどきょうのことをあれこれ話したあと、六時前後に帰っていった。あまり遅くならないように——モーディカイはそうぼくに注意した——帰るときには、ふたりで連れだって出ていけ。というのもモーディカイは事前にエイブラム・リーボウと話をして、この男が九時まで仕事をするつもりだということをきいており、エイブラムといっしょに帰るようぼくにいったのだ。車は近いところにとめること。歩くときには早足で。周囲すべてに注意すること。「で、感想は？」モーディカイは帰りしなに、ぼくのオフィスのドアの前で立ちどまってたずねてきた。

「すばらしく魅力的な仕事だと思いましたよ。人との接触で、いろいろ刺戟《しげき》をうけますから」

「ときには、胸のつぶれるような思いもさせられるがね」

「その気持ちも味わいました」

「それはよかった。もし胸になんの痛みも感じなくなったら、それがこの仕事の辞め時だからな」

「はじめたばかりのぼくにいう科白《せりふ》ですか」

「わかってるって。しかし、きみが来てくれて助かるよ。ここはワスプの弁護士を必要としていたんだ」

「だったら、ぼくは喜んでみなさんのバッジになりますよ」

モーディカイが去ると、ぼくはまたドアを閉めた。だれも口には出さなかったが、ここではドアをあけておくのが一般的な習慣であることは察していた。ソフィアは共用スペースで仕事をしている——きょうの午後はずっと、ソフィアが役人をつぎからつぎに怒鳴りつけている声がきこえていたし、相談所全体がその声に耳をそばだてていた。電話をかけているモーディカイはけだもの同然で、ありとあらゆる要求や悪質な恐喝をおこなう重々しく野太い声が、オフィスじゅうに響きわたっていた。エイブラムはもっと静かだったが、それでもオフィスのドアはあけはなしたまま仕事をしていた。いまのところどうすればいいかわからなかったので、ぼくはドアを閉めておきたかった。ほかのメンバーが見のがしてくれるはずだという考えもあった。

ぼくは、電話帳で調べた三人のヘクター・パーマに電話をかけてみた。ひとりめは、ぼくのさがしている相手ではなかった。ふたつめの番号は、ただ呼出音が鳴るだけ。三つめの番号にかけると、本物のヘクター・パーマのボイスメールが応答してきた。ただしメッセージはそっけないものだった。ただいま外出しております……メッセージを残してください……折りかえし電話をします。

まぎれもなく、ヘクターの声だった。

事務所の無限ともいえる能力をもってすれば、ヘクター・パーマひとりを隠す方法や場所にはこと欠かない。八百人の弁護士、百七十人の補助職員、ワシントンの本部にくわえて、ニューヨークとシカゴ、ロサンジェルス、ポートランド、パームビーチ、それにロンドンと香港《ホンコン》の支所。事務所はヘクターを馘《くび》にするほど愚かしくはなかった——あの男が知りすぎるほど知っているからだ。事務所ならヘクターの給料を二倍に増やして昇進させ、ほかのオフィスに異動させ、さらに前よりも広いアパートメントを用意するくらいはするだろう。

ぼくは電話帳からヘクターの住所を書き写した。ボイスメールが作動していることを考えれば、ヘクターがまだ引っ越しをすませていない可能性もある。最近ストリートで身につけた才気を駆使すれば、ヘクターの居どころをつきとめられる自信はあった。

ドアに小さなノックの音がした——外側から叩《たた》かれたせいで、ドアがひらいた。ボルトも把手《とって》もすり減ってがたついている。ドアは閉まることは閉まるが、鍵《かぎ》のラッチが所定の位置におさまらないのだ。ノックをしたのはエイブラムだった。

「ちょっといいかな？」そういいながら、エイブラムは椅子《いす》に腰をおろした。

このひとことは、エイブラムの定番の挨拶《あいさつ》であり呼びかけの文句だった。エイブラムはもの静かな超然とした男で、いかにも切れ者らしい雰囲気を強くただよわせていた。ふつうなら近寄りがたい男にも思えたかもしれないが、このぼくは過去七年ものあいだ、ありとあらゆる種類の弁護士が総勢四百人もひしめく建物で過ごしていた男だ。真面目《まじめ》一本槍《やり》で他人から距離をおき、人づきあいの技術など歯牙《しが》にもかけないエイブラム・タイプの弁護士なら、十人ばかりと顔をあわせて知りあいになっていた。

「きみに歓迎の言葉をいいたくてね」

エイブラムはそういうと、いきなり公益法の重要性を滔々《とうとう》と力説しはじめた。ブルックリンの中産階級家庭出身のエイブラムは、コロンビア大学に進み、ウォール街に本拠をおく法律事務所で三年もの悪夢のような日々を送ったのち、死刑廃止運動グループに参加して、アトランタで四年間を過ごした。さらに二年ほど、欲求不満がたまるばかりの連邦議会関係の仕事についていたが、法曹関係の雑誌で〈十四番ストリート法律相談所〉が弁護士を募集している広告に注意を引かれたのだという。

「法律は高貴な仕事だよ」エイブラムはいった。「この仕事にたずさわることには、金《かね》儲《もう》け以上の意味があるんだ」

それからエイブラムは、またしてもスピーチを開始した。こんどは巨大法律事務所と、何百万ドルという報酬をかきあつめている弁護士たちを弾劾《だんがい》する演説だった。それによれば、ブルックリン出身のある弁護士の友人は、豊胸手術用のシリコン・インプラントを製造している企業を全国で片はしから訴えて、年間一千万ドルを稼いでいるという。

「一年で一千万ドルだぞ！　それだけあれば、DCの全ホームレスに住むところと食事を提供できるじゃないか！」

ともあれエイブラムは、ぼくが光明を見いだしたことは大変喜ばしいといい、ミスターの事件についてはまことに残念だ、といった。

「で、なにが専門なんですか？」ぼくはたずねた。エイブラムとの会話は楽しかった。熱意あふれる聡明《そうめい》な男であり、その語彙《ごい》のとてつもない豊富さに、ぼくはあっけにとられっぱなしだった。

「専門はふたつ。ひとつは方針決定だ。ぼくはほかの弁護士と協力して、訴訟のアウトラインを作成する。じっさいの訴訟でも、ぼくが指示役をつとめる。おおむねが集合代表訴訟だ。商務省も訴えた。九〇年の国勢調査で、ホームレスの人数を現実よりもいちじるしく低く推定したという理由でね。ホームレスの子どもたちの入学を拒否したことを根拠に、ワシントンDCの学校制度そのものも訴えた。さらにワシントンDC当局が正当な法の手続なしに、数千人単位の住宅助成金の受給を打ち切ったことを根拠に、集合代表訴訟を起こしもした。ホームレスを犯罪者あつかいするような法令の数々も攻撃してきた。これからも、ホームレスを踏みつけにするようなものが出てくれば、どんなものでも訴えてやるつもりだよ」

「かなりこみいった複雑な訴訟になりますね」

「ああ、そのとおり。だけど幸運なことに、ここDCではすこぶる優秀な弁護士たちが、喜んで自分たちの時間を提供してくれるんだ。ぼくはそのコーチ役さ。ゲームのプランを作成し、チームを編成し、試合開始の号令を出すんだ」

「じゃ、依頼人たちには会わない？」

「たまには会うとも。ただね、いちばんいい仕事ができるのは、ひとりであっちの小部屋にいるときなんだ。それも、きみが来てくれてうれしかった理由のひとつだな。きみがいれば、ひとりあたりの仕事が減るからね」

ここでエイブラムがいきなりぴょんと立ちあがり、会話はおわった。ふたりで事務所を九時きっかりに出ることに話がまとまると、エイブラムは部屋を出ていった。話の途中で気がついたことがあった——エイブラムの指には結婚指輪がなかった。

法律こそ、エイブラムの人生だ。〝法律は嫉妬《しっと》深い愛人〟という古くからある表現は、エイブラムやぼくのような人間の手で新しいレベルに引きあげられていた。

そう、ぼくたちには法律しかない。


DC警察は午前一時近くまで待ってから、おもむろにコマンド部隊よろしく攻撃を開始した。警察官たちはドアの呼び鈴を鳴らすと同時に、拳《こぶし》でがんがんとドアをノックしはじめた。クレアがようやく目を覚ましてベッドから起きあがり、パジャマの上に手近の服を羽織ったときには、警官たちはいまにも破りそうな勢いでドアを蹴《け》りつけていた。クレアがおそるおそる相手の素性をたずねると、「警察だ！」という声があがった。ゆっくりとドアをあけたクレアは、すぐ恐怖にふるえあがって飛びすさった。四人の警察官——ふたりは制服警官で、ふたりはスーツ姿——が、人命が危険にさらされている場に突入するかのような剣幕で室内になだれこんできたからだ。

「下がってろ！」警官のひとりが居丈高に命じてきた。クレアは絶句していた。警官は重ねて怒鳴りつけてきた。「下がってろといったはずだぞ！」

部屋にはいると、警官たちは乱暴にドアを閉めた。責任者のガスコー警部補――きつすぎる安物のスーツを着ていた――が前に進みでて、ポケットから折りたたんだ書類を一気に引き抜いた。

「クレア・ブロックさんだね？」ガスコーは、下手くそきわまる刑事コロンボの物真似《ものまね》めいた口調でたずねた。

クレアは、口を半びらきにしたままうなずいた。

「わたしはガスコー警部補だ。マイクル・ブロックはどこかな？」

「あ、あの人はもうここには住んでないわ」クレアはようやくその答えを口にした。残る三人の警官はすぐそばをうろつき、どんなものにも即座に飛びかかれる体勢をとっていた。

ガスコーがこの言葉を信じるはずがなかった。しかしガスコーの手もとにあるのは家宅捜索令状だけで、逮捕令状はなかった。

「ここにあるのは、きょうの午後五時にキスナー判事が署名した家宅捜索令状だ」ガスコーはそういうと書類をひらいて高くかかげ、クレアに見せつけた――この場でいますぐ小さな活字に目を通し、内容を理解して当然と思っている態度だった。「すまないが、邪魔にならないよう下がっていてくれ」

クレアは、なおもあとじさってたずねた。「いったいなにをさがしてるの?」

「令状に書いてある」ガスコーはそういって、書類をキッチンカウンターの上に投げだした。四枚の書類がばらばらになって、アパートメントじゅうに散らばった。

携帯電話は、ぼくの頭のすぐ横——寝袋の開口部近くの床に直接おいた枕《まくら》の上にあった。床の上で寝たのは、これで三夜め——わが新たな依頼人たちの境遇に同化しようという努力の一環だった。食べ物もろくにとっておらず、睡眠時間をますます削り、そのうえ公園のベンチや歩道で寝る気分を味わおうとしていたわけだ。といっても体の左側は膝《ひざ》まで紫色の痣《あざ》でおおわれ、痛みもまだ激しかったので、体の右側を下にして眠っていた。

こんなことは些細《ささい》な代償だった。ぼくには屋根もあれば暖房もある。鍵のかかるドアもある。あすの食事が保証されてもいるし、未来もあるのだから。

ぼくは携帯電話をさがして手にとった。「はい?」

「マイクル!」クレアがせっぱ詰まった調子の低い声で話しかけてきた。「いま警官たちがアパートメントを捜索してるの!」

「なんだって?」

「警官たちがここに来てるのよ。四人も。捜索令状をもって」

「やつらの目的は?」

「ファイルをさがしてるわ」

「よし、十分後にそっちに行く」

「お願いだから急いで」

ぼくは魔物にとり憑《つ》かれた男もかくやという剣幕で、アパートメントに乗りこんだ。たまたま最初に顔をあわせたのがガスコーだった。

「ぼくはマイクル・ブロック。あんたはいったいだれなんだ？」

「ガスコー警部補だよ」せせら笑いを浮かべながら、ガスコーは答えた。

「身分を証明するものを見せてもらおうか」ぼくはそういって、コーヒーカップを手に冷蔵庫にもたれかかっているクレアをふりかえった。「なにか紙をもってきてくれ」

ガスコーは上着のポケットから警察バッジをとりだし、ぼくにも見えるように高くかかげた。

「ラリー・ガスコーか」ぼくはいった。「あんたは、きょうの朝九時にぼくから訴えられる最初の人間になるわけだな。で、ほかにはだれがいる？」

「あと三人いるのよ」クレアがぼくに一枚の紙を手わたしながらいった。「たぶん、いまは寝室にいると思うけど」

ぼくはすぐうしろにガスコーをしたがえる形で、アパートメントの奥に歩いていった

――クレアは、この警部補のうしろを歩いてきた。客用寝室をのぞきこむと、ひとりの私服警官が床に両手と両膝をついて、ベッドの下をのぞきこんでいた。

「身分を証明するものを見せてもらおう」ぼくは大声で私服警官にいった。警官はあたふた立ちあがり、戦うかまえをとった。ぼくは歯を食いしばり、さらに一歩前に出た。

「身分証明書を見せろといってるんだ」

「おまえはだれなんだ？」警官はそういって一歩あとじさり、ガスコーを見やった。

「マイクル・ブロック。そっちの名前は？」

警官はさっとバッジをとりだした。

「ダレル・クラークか」ぼくは大きな声で名前を読みあげながら、紙に書きつけた。

「被告人第二号だな」

「おれを訴えられるわけがないだろうが」クラークという警官はいった。

「せいぜい覚悟していろよ。いまから八時間後、ぼくは連邦裁判所に行き、不法な家宅捜索の賠償として百万ドルの支払をもとめる訴訟を起こしてやる。勝つのはぼくだ。裁判所はぼくを支持する判決を出す。そうなったら、おまえたちが破産を申し立てるまで追いかけまわしてやるぞ」

ぼくの昔の寝室からさらにふたりの警官があらわれ、ぼくは四人に囲いこまれる形になった。

「クレア」ぼくはいった。「ビデオカメラをもってきてくれ。これを記録に残したいんだ」

クレアは居間に姿を消した。

「こっちには、判事が署名した捜索令状があるんだぞ」ガスコーは、いささか受け太刀の口調になった。ほかの三人が前に進み、包囲網を狭めてきた。

「この捜索そのものが違法行為なんだ」ぼくは辛辣《しんらつ》な調子でいった。「その令状に署名した人物も訴えられることになる。おまえたち全員を訴えてやるぞ。おまえたちは、強制的に休暇をとらされるはずだ。たぶん無給休暇だな。おまけに民事訴訟の被告にされることになるね」

「われわれには免責特権があるはずだ」ガスコーが仲間にちらりと視線をむけながらいった。

「そんなもの、クソの役にも立つものか」

クレアがカメラを手にして引きかえしてきた。

「きみは、ぼくがもうここには住んでいないことを警官たちに話したのか？」ぼくはクレアにたずねた。

「ええ、話したわ」クレアはカメラを目の位置にかまえながら答えた。

「それでも、きみたち警察官は捜索を続行した。いいか、その時点で捜索行為は違法になったんだ。本来なら、そこで踏みとどまるべきだったんだよ。ところがどっこい、お楽しみをあきらめてなるものか——そう思ったんだな？ そりゃそうだ、人さまの私物を思うがままにちょろまかすほうが、ずっと楽しいに決まってる。きみたちには、踏みとどまるチャンスがあった——きみたちはそのチャンスを、自分で踏みつぶしたんだ。となれば、あとはその代償を支払ってもらうしかないね」

「このいかれ野郎が」ガスコーがいった。警官たちはみな、恐怖を顔に出すまいとしていた——しかし彼らは、ぼくが弁護士であることを知ってもいる。たしかに最初アパートメントにぼくはいなかった。だから、ぼくが充分な知識の裏づけのもとに話しているのではないか、と思っているのだ。ところがどっこい、そんな知識はぼくにはない。しかし、いまのところ、ぼくの話はそれなりの説得力をもっていた。

いわばぼくは、法律という氷の上でスケートをしているも同然だった——それも、とんでもなく薄い氷の上で。

ぼくはガスコーを無視して、ふたりの制服警官に顔をむけた。

「お手数だが名前を教えてくれ」

ふたりが警察バッジをとりだした。ラルフ・リリー。ロバート・ブロウアー。

「手間をとらせたね」ぼくは小癪《こしゃく》な弁護士そのままの口調でいった。「きみたちふたりは、被告人第三号と第四号ということになる。さて、もう帰ってもらおうか」

「ファイルはどこだ？」ガスコーがたずねた。

「ファイルはここにはない。ぼくがもうここには住んでいないからだ。あんたたちが訴えられる理由も、まさにそこにあるんだがね、ガスコー警部補」

「訴えられるのは日常茶飯事さ、どうってことはない」

「すばらしい。では、顧問弁護士の名前は？」

それにつづく決定的な一瞬のあいだに、ガスコーはひとりの弁護士の名前も口にできなかった。ぼくは居間に引きかえすと、警官たちは不承不承あとについてきた。

「出ていってもらおう」ぼくはいった。「ファイルはここにはない」

そのあいだもクレアは、ビデオカメラのレンズをずっと警官たちにむけていた。おかげで、警官たちの悪罵《あくば》が最小限に抑えられた。四人で玄関のドアにむかって歩くあいだ、ブロウアーが弁護士種族についてひとくさり意見を吐いていた。

警官たちがいなくなってから、ぼくは家宅捜索令状に目を通した。クレアはぼくを見つめながら、キッチンテーブルでコーヒーのカップに口をつけていた。家宅捜索のもたらしたショックは薄れつつあり、いまクレアはもとどおり感情をうかがわせぬ、氷のように冷ややかな態度に立ちかえっていた。クレアのことだから、自分が恐怖を感じたことをぜったいに認めないだろうし、わずかなりとも心細さを感じていたとしても、それを顔に出すようなことはあるまい。もちろん、ぼくを必要としているようなそぶりは

――それがどんな意味であれ――ぜったいにうかがわせないだろう。

「ファイルの中身はなんなの？」クレアがたずねてきた。

しかし、本心から知りたがっているわけではない。クレアがききたがっているのは、こんな事態はもう二度と起こらないという確約の言葉なのだ。

「話せば長い話でね」ぼくはいった。言葉を変えれば、〝質問するな〟ということだ。

クレアはぼくの言葉の意味を理解した。

「ほんとうに、あの警官たちを訴えるつもり？」

「まさか。訴えるに足る根拠がないからね。ぼくはただ、連中をここから追いはらいたかっただけだ」

「作戦成功ね。あの連中が出なおしてくることはある？」

「ない」

「それをきいてほっとしたわ」

ぼくは捜索令状を折りたたんで、ポケットに突っこんだ。令状に書かれていた捜索対象物品はひとつだけ――リバーオークス社とＴＡＧ社間の取引に関係するファイル。いまこのファイルは、わが新居であるロフトの壁の裏側に、全書類のコピーともども隠されていた。

「いまぼくがどこに住んでるかを、警官に教えたのか？」ぼくはたずねた。

「だって、いまのあなたの住所を知らないもの」クレアは答えた。会話の流れからすれば、これにつづくわずかな沈黙のあいだに、クレアがぼくの現住所を質問してもおかしくはなかった。しかし、クレアはなにも質問しなかった。

「こんなことになって、申しわけなく思うよ」ぼくはいった。

「いいの。二度とおなじようなことが起こらないと約束さえしてくれれば」

「約束する」

別れぎわの抱擁もキスもなかった。いかなる種類の肌のふれあいもなかった。ぼくはただ、おやすみの言葉を口にして、ドアを通りぬけただけだった。それこそ、いまのクレアが望んでいることにほかならなかった。

20

火曜日はDCでも最大の救護所である〈創造的非暴力のためのコミュニティ〉——略称CCNV——への出張相談日にあたっていた。きょうも運転はモーディカイの担当だった。モーディカイは最初の一週間だけぼくに付き添い、そのあとぼくをこの大都会に解き放すという予定を立てていた。

バリー・ナッツォにきかせた脅しと警告の文句は、結局は馬耳東風におわったらしい。〈ドレイク&スウィーニー法律事務所〉はこの件に全力でとりくむつもりのようだったし、そうと知っても驚きはなかった。前に住んでいたアパートメントへの夜明け前の急襲は、これからの事態を前もって予告する手荒な警告だった。こうなった以上、自分のしたことを正直にモーディカイに打ち明けるほかはなかった。

ふたりで乗りこんだ車が動きはじめるなり、ぼくは口をひらいた。「妻と別れることになりました。もう家を出て、ひとりで暮らしてます」

かわいそうにモーディカイは、朝の八時にこんな気の滅入《めい》るニュースをきく心がまえができていなかった。

「それは気の毒に」そういいながらぼくに顔をむけたせいで、モーディカイはあやうく信号無視をして、横断中の歩行者をはねそうになった。

「そんなふうに思う必要はありませんよ。で、きのうの夜中、ぼくがそれまで住んでいたアパートメントに警官たちが夜討ちをかけてきたんです。連中の目あては一冊のファイル——もっと正確にいうなら、ぼくが事務所からもちだしてきたファイルでした」

「どんなファイルなんだ？」

「デヴォン・ハーディとロンテイ・バートンについてのファイルです」

「くわしい話をきこうじゃないか」

「これまでに判明していることですが、デヴォン・ハーディが人質をとって立てこもり、そのあと警官に狙撃《そげき》されて死ぬような行動を起こしたのは、〈ドレイク＆スウィーニー法律事務所〉がハーディをそれまで住んでいた家から強制的に立ち退《の》かせたからでした。ほかにも十六人の成人と若干名の子どもたちが、ハーディと同時に立ち退かされています。その一群の人々のなかに、ロンテイ・バートンとその子どもたちがいたんです」

モーディカイはしばし考えをめぐらせてから、口をひらいた。「この街も広いようで狭いものだな」

「問題の廃屋となった倉庫は、リバーオークス社が郵政公社関連の施設を建造しようとしている敷地にありました。施設建造は、総額二千万ドルの大プロジェクトです」

「あの倉庫なら知っていたよ。昔から、不法占拠者たちが住みついていたな」

「ところが、彼らは不法占拠者ではなかった――すくなくとも、ぼくはそう考えています」

「きみの推測か？　それとも事実として知っていることかな？」

「いまは推測の段階です。というのも、問題のファイルが改竄《かいざん》されているんです――書類の一部が抜きとられ、新たな書類が追加されています。この一件で汚れ仕事を押しつけられ、物件の査察や強制立ち退きの執行をまかされていたのが、ヘクター・パーマという弁護士補助職員で、この男がぼくに情報を提供してきたんです。ヘクターは匿名《とくめい》で、まず強制立ち退きが不当なものだったとメモでぼくに教えてきました。それからファイルを入手するのに必要な二本の鍵《かぎ》を、ぼくにわたしてきたんです。ところがきのうの時点では、ヘクターはもうワシントンの本社オフィスからいなくなっていました」

「いまどこにいるんだ？」

「ぼくも知りたいと思ってます」

「鍵はその男からもらったんだね？」

「直接、手わたしでうけとったわけではありません。ぼくが不在のとき、指示を書いたメモといっしょにこっそりデスクにおいていったんです」

「で、きみはその鍵をつかった？」

「ええ」

「ファイルを盗むために？」

「盗むつもりはありませんでした。ただ、中身をコピーするために法律相談所に行こうとしているとき、どこかの馬鹿《ばか》が赤信号を無視して横から突っこんできて、ぼくはやむなく病院送りになってしまったんです」

「それがつまり、きのうわたしたちが事故車から回収してきたファイルだったわけだ」

「そうです。最初は中身をすっかりコピーしたら、〈ドレイク&スウィーニー法律事務所〉の所定の場所にもどすつもりでしたし、そうなっていれば、ことがおおやけになることもなかったはずなんです」

「それが知恵のある人間の言葉だとしたら、わたしは断固異議をとなえるがな」本心ではモーディカイはぼくのことを、大馬鹿者とののしりたかったはずだ。しかし、ぼくたちの友情はまだ生まれたばかりのはかないものだった。「で、そのファイルから消えている書類とは？」

ぼくはリバーオークス社と、この会社が郵政公社の設備を建造するために演じた競争を要約して話した。「なにをおいても重要だったのは、土地をいち早く入手することでした。ヘクターは最初に工場を査察にいったおりに、路上強盗にあっています。この件のメモがファイルに残ってます。そのあとヘクターはもういちど、こんどは警備員同伴でおなじ場所に行きました。この二回めの査察についてのメモがないんです。正式に記録されてファイルに綴《と》じこまれはしたようですが、あとになって――おそらくブレイドン・チャンスの手で――ファイルから抜きとられたのです」

「で、そのメモにはなにが書いてあった？」

「わかりません。ですから勘でいっているだけなんですが、倉庫に行ったヘクターは、仮設住宅のようなアパートメントに住んでいる不法占拠者たちを見かけて、その話をき き、彼らがじっさいにはティルマン・ガントリーなる人物に家賃を支払って住んでいる賃借人だと知ったのではないでしょうか。不法占拠者ではなく賃借人だとなれば、彼らには不動産貸借法で規定されているとおり、保護をうけるあらゆる権利があることになります。しかし当時すでに解体工事の日程も迫っており、売買の最終手続をすませなくてはならないという事情や、取引がまとまればガントリーが大儲《おおもう》けできるという事情があったせいで、このメモが無視され、強制立ち退きが執行されたんでしょう」

「十七人の人間が住んでいたんだな」

「ええ。それにくわえて、数人の子どもたちも」

「ほかの連中の氏名はわかってるのか？」

「ええ。何者かが――たぶんヘクターだと思いますが――ぼくに人名のリストをよこしたんです。デスクにこっそりおいていくことで。もしそこに名前の書いてあった人たちを見つければ、こっちには証人がいることになります」

「たぶんね。しかし――こっちのほうがありそうな話だが――ガントリーがその連中の頭に、恐怖心を叩《たた》きこんでいるかもしれないぞ。あいつは影響力のある大物だし、自分をゴッドファーザー的な人物だと思いこんでる。ガントリーから黙っていろと命じられたら、そいつは口を閉じているさ――命令にそむけば、川に浮かぶことになるんだから」

「でも、あなたはガントリーなど恐れてはいませんね？　やつに会いにいって、ちょっと圧力をかけてやりましょう。そうすればガントリーは降参して、洗いざらい白状するに決まってます」

「きみは、アスファルト・ジャングルで長いこと暮らしすぎたようだな。そうでなければ、わたしはとんでもないうつけ者を雇い入れてしまったことになる」

「ええ、ぼくたちの姿を見るなり、ガントリーは尻尾《しっぽ》を巻いて逃げだしますとも」

朝も早い時間ということもあって、冗談にはなんの効き目もなかった。効き目がなかったのは、車のヒーターもおなじだった。ファンは全力をふりしぼって動いていたが、車内は凍えるような寒さだった。

「倉庫を売って、ガントリーにはどのくらいの金が転がりこんだ？」

「二十万ドルです。ガントリーが倉庫を買ったのはその半年前ですが、そのときの買値については、ファイルのどこにも記載がありませんでした」

「ガントリーはだれから倉庫を買ったんだ？」

「市当局です。もともと廃屋だったんです」

「買値はせいぜい五千というところだな。最大限多めに見ても一万がいいところだ」

「商売としてはわるくないですね」

「ああ、わるくないな。ガントリーにすれば、大きな一歩前進だったろうよ。もともとは、けちな商売から出発した男でね——ちんけなデュープレックス・タイプのアパートを貸したり、洗車場を経営したり、小さな食料品店をやったり、ちょっとした投機に手を出したりしてたんだ」

「それがまた、どうして廃屋になった倉庫を買いとって、そこを安アパートメントにして貸しだすような真似《まね》をしたんでしょう？」

「現金欲しさだな。倉庫を買うのに五千ドル、そのあと間仕切りに壁をいくつかつくり、ふたつばかりのトイレの取付工事にもう千ドルばかりかかったとしようか。それから倉庫に電灯をともせば、商売がはじめられる。話が世間に広まって、間借人がやってくる。ガントリーは間借人たちに、ひと月百ドルの家賃で部屋を貸し、家賃の支払は現金にかぎるといいわたす。どのみちガントリーの間借人たちは、わざわざ書類を作成しようとはしない。おまけに廃屋の外見をわざと汚いままにしておけば、市の検査官が来たところで、〝こいつらはただの不法占拠者です〟といい抜けることもできる。その場では不法占拠者を蹴《け》りだす約束をするが、はなからそんなつもりはない。このあたりじゃ、そんなことは日常茶飯事だよ。この手の〝闇《やみ》アパート〟がね」

いったいどうして、市当局はそんな現状に介入して法律を守らせようとはしないのか？　あやうくその質問を口にしかけ、幸運にもすんでのところで思いとどまった。その答えは——道路には数えることも避けることもできないほど陥没箇所が無数にあるという現実、警察所有のパトカーの三分の一は整備不良で、走らせることが危険な状態だという現実、あちこちの学校の屋根が崩落しているという現実であり、病院では患者がクロゼットにまで押しこめられているという現実、子どもをかかえた五百人のホームレスの母親たちが救護所に住めないという現実だ。そのすべてが答えである——ひとことでいえば、この市はもはや機能していないのだ。

だとすれば、闇で部屋を貸している大家が——たとえその大家が人々を実質的に路上生活へと追いやったとしても——市の優先処理事項になるはずもない。

「ヘクター・パーマをどうやって見つけるつもりだ？」

「これもぼくの推測ですが、事務所は狡猾《こうかつ》ですから、ヘクターをあっさり馘《くび》にはしなかったはずです。事務所には支所が七つありますから、そのどこかに隠したにちがいありません。いずれはヘクターを見つけだしますよ」

車はダウンタウンを走っていた。モーディカイはある場所を指さしていった。「あそこにトレーラーハウスが積み重ねられているのが見えるか？　あれが〈マウント・ヴァーノン・スクエア〉だ」

一ブロックの半分ほどの敷地に高いフェンスがはりめぐらされ、外からの視線を封じていた。トレーラーハウスは形も長さもさまざまで、かなり荒廃しているものもあり、どれをとっても薄汚れていた。

「この市でも最悪の救護所だよ。あれはもともと郵政公社がつかっていたトレーラーで、政府がDCに払い下げた。で、DCはすばらしき才知を発揮して、トレーラーにホームレスを詰めこんだんだ。詰めこみ具合ときたら、缶詰のオイルサーディンなみだよ」

二番ストリートとDストリートの交差点に出ると、モーディカイは横に長く延びた三階建ての建物を指さした——千三百人の人々が住んでいる建物だった。

CCNVは、一九七〇年代はじめにワシントンに集結して政府に圧力をかけようとしていた反戦運動家たちによって設立された。運動家たちは、最初ワシントンDCの北東部に一軒家を借りて共同生活を営んでいた。連邦議会議事堂周辺で抗議活動をくりかえすうち、彼らは元ヴェトナム帰還兵のホームレスたちと出会い、仲間としてうけいれはじめた。やがて彼らはもっと大きな建物に引っ越していき、そういった場所が市内のあちこちに増えていくにつれ、集団の人数もどんどん増えていった。戦争がおわると、反戦運動家たちはDCにおけるホームレスの窮状に注意をむけた。そして八〇年代初期、ミッチ・スナイダーという運動家があらわれ、たちまち情熱的かつ声高な路上生活者たちの代弁者としての地位を確立した。

そしてCCNVは、廃屋となったジュニアカレッジを発見した。もとは連邦政府の予算で建造されたもので、当時もまだ政府所有の建物だったが、スナイダーは六百人の不法占拠者をともなってここに侵攻したのである。かくしてこの建物が彼らの司令所となり、家となった。彼らを排除するべく、手を変え品を変えての作戦がおこなわれたが、ひとつとして成功をおさめなかった。一九八四年に、スナイダーは五十一日間におよぶハンガーストライキを挙行し、ホームレスが無視されている現状への関心を訴えた。再選をひと月後に控えていた当時のレーガン大統領は、この建物をホームレス救護所の模範施設に改装するという計画を発表した。スナイダーはストライキを終結させた。だれもが満足していた。選挙がおわると、レーガンは公約をあっさり踏みにじり、そのうえ悪法をつぎつぎに制定していった。

一九八九年、ワシントンDC市当局はダウンタウンからはるか遠く離れた市南東部に救護所を建造し、CCNVからのホームレスの移転を計画しはじめた。しかし、これはホームレスたちの猛烈な抵抗にあった。彼らは、CCNVから出たくなかったのだ。スナイダーは、自分たちは窓に板を張って籠城《ろうじょう》の準備をととのえている、という声明を発表した。さまざまな噂《うわさ》が乱れ飛んだ。建物内には八百人の路上生活者が立てこもっている……武器が山のように隠匿されている……戦争になるにちがいない……。

市当局は後退を余儀なくされ、和平を申し入れた。その結果、CCNVのベッド数は一千三百にまで増えた。ミッチ・スナイダーは一九九〇年に自殺し、市はある道路にその名前を冠した。

ぼくたちが到着したのは八時半ごろで、居住者が外に出かけていく時間にあたっていた。仕事をもっている人間も大勢いたし、大半の人間が日中は外で過ごしたいと思っているのだ。正面玄関のまわりでは百人ばかりの男たちがタバコを吸いながら、暖かな休息の一夜が明けた寒い朝ならではの、幸せに満ちあふれた会話をかわしていた。

一階のドアをくぐると、モーディカイは詰所のなかにいた監督官に話しかけた。モーディカイが書類にサインをすませてから、ぼくたちは建物から急いで出ていこうとする人々の群れのあいだを縫い、人ごみをよけながらロビーを歩いていった。ぼくは自分が白人であることを意識すまいと努めたが、そんなことは不可能だった。ジャケットを着てネクタイを締めているぼくは、ここではかなりいい服装をしているといえた。これまでずっと金に困らない生活を送ってきたぼくが、いま黒人たちの海をただよっている——みなタフな面《つら》がまえをしたストリート育ちの若い男たちで、ほとんどが前科もち、ポケットに三ドル以上の金がある人間はいないも同然。となれば、たちまちぼくは首の骨を折られて、財布を奪われるにちがいない。ぼくは他人と目をあわせるのを避け、ずっと渋面で床を見おろしていた。それからぼくたちは、相談室の前で待った。

「武器やドラッグの所持が見つかった場合には、問答無用でここへの終身立入禁止が申しわたされるんだよ」ふたりで階段を降りてくる人波を見ながら、モーディカイはいった。その言葉で、わずかながら人心地がついた。

「ここで不安を感じたことはないんですか？」ぼくはたずねた。

「なに、じきに慣れるさ」口にするのは簡単だ。モーディカイは言葉でしゃべっているだけなのだから。

ドアの横においてあるクリップボードには、法律相談の希望者が名前を書きこむ用紙がはさんであった。モーディカイがクリップボードを手にとり、ぼくたちは依頼人の名前を調べていった。いまのところ、総勢で十三人の名前が書きこまれていた。

「平均よりいくらかすくないな」モーディカイはいった。それからふたりで鍵の到着を待っているあいだに、モーディカイがぼくに基礎知識を流しこんできた。「あっちが郵便局だ。この手の仕事でいちばん手間を食うのが、依頼人たちの所在地をつねに把握してておくことなんだ。なにせ、住所がしじゅう変わる連中だからね。優秀な救護所は、居住者に郵便の発送やうけとりの便宜をはかっているんだ」

そういってモーディカイは、手近にあったべつのドアを指さした。

「あそこは衣服室。ここでは一週間に、三十人から四十人の新顔をうけいれている。最初の手続は健康診断だ。現在いちばんの脅威は結核だな。第二の手続が、あの部屋に行って三種類の衣服のセットをうけとることだ。下着や靴下はもちろん、なにもかもそろったセットだよ。ここの居住者は、ひと月に一回あの部屋をたずねて、ひとそろいの服をもらえることになってる。だから、一年間ここで過ごせば、かなりまっとうな服が手もとにそろうわけだ。古着ではないぞ。ここには、つかいきれないほどの服が寄付されてくるんだ」

「一年間？」

「そうだ。一年経過すると、居住者を外に追いだす。最初は冷酷に思えるかもしれない。しかし、じっさいはその反対だ。ここの目標は、人々の自立でね。最初ここに住みつく手続をとるにあたって、身じたくをととのえて酒や薬を体から抜き、手に職をつけて働き口を見つけるまで一年の猶予《ゆうよ》期間があることを、まず知らされるわけだ。とはいえ大半の連中は、一年以内にここを出ていくよ。永遠にここに住んでいたいと思っているのは、ごく少数だ」

アーニーという男が、思わず目をみはるような鍵束持参でやってきた。アーニーは相談室のドアの鍵をあけると、また姿を消した。この部屋を法律相談所の出張室にして、法的助言をあたえる準備がととのった。モーディカイはクリップボードを手にしてドアに歩みよると、最初に書かれていた名前を大声で読みあげた。

「ルーサー・ウィリアムズ」

ルーサーはようやくドアをくぐれるほどの巨体で、ぼくたちとさしむかいの椅子《いす》に腰をおろしたときには、その椅子が音をたてて壊れそうになった。作業用の緑色のユニフォームと白い靴下、オレンジ色のゴム製のシャワーサンダルという服装だった。夜は国防総省地下のボイラー室で働いているという。同棲《どうせい》していたガールフレンドが全財産をもって家を出て行ったため、請求書の支払に窮するようになり、ついにはアパートメントに住めなくなって救護所暮らしになったが、いまの境遇を恥じていると話していた。

「おれはただ、ひと休みしたいだけなんだ」ルーサーがいい、ぼくはこの男を哀れに思った。

ルーサーの手もとには山ほどの請求書があった。クレジットカード会社からも追いかけまわされているという。いまは救護所に身を隠している状態だった。

「じゃ、破産を申し立てよう」モーディカイはぼくにいった。どうすれば破産を申し立てることができるのかは見当もつかなかったが、ぼくはまじめくさった顔でうなずいた。

ぼくたちはそれから二十分かけて書類を作成し、ルーサーは幸福な男となって帰っていった。

つぎの依頼人はトミーという男だった。トミーは優雅なしぐさで部屋にはいってくると、ぜんぶの爪《つめ》が鮮やかな赤に塗られた手をさしだして握手をもとめてきた。ぼくは握手に応じたが、モーディカイは控えていた。トミーは、ドラッグ依存症患者のリハビリテーション施設に入院していた。理由はクラックとヘロイン。トミーには未納の税金がたっぷりあった。三年にわたって所得税申告をしていなかったが、国税庁が突然この見おとしに気づいたのである。子どもの養育費も二千ドルほど未払いになっていた。トミーも――ある種の、という限定つきではあるが――子どもの父親だとわかって、なにがなし心が軽くなった。リハビリテーション施設には週七日の通院が必要であり、とうていフルタイムの仕事につけない――トミーはいった。

「子どもの養育費では破産宣告はできないし、税金についても無理だな」モーディカイはいった。

「そうはいっても、リハビリのおかげで働けないんだ。ここでリハビリを中断したら、またドラッグ漬けに逆もどりになっちまう。仕事もできないし破産も申し立てられないとなったら、いったいどうすりゃいい？」

「いまは打つ手がないな。とにかく、まずリハビリをさいごまでおわらせて、働き口を見つけるのが先決だ。そうなったら、あらためてここにいるマイクル・ブロックに電話で相談したまえ」

トミーはにっこりと笑顔になって、ぼくにウインクをすると、ただようような足どりで部屋から出ていった。

「どうやらきみは、あの男に好かれたようだね」モーディカイはいった。

アーニーがつぎの相談申し込み者のリストをもってきた。書かれていた名前はぜんぶで十一人。ドアの外には行列ができていた。そこでぼくたちは、分離作戦をとることにした——ぼくが部屋の奥に移動し、モーディカイはおなじ場所にとどまって、ふたりがそれぞれに依頼人と面談するのだ。

ぼくの最初の依頼人は、ドラッグ関係の容疑で告発された若い男だった。ぼくは男の話の一部始終を書きとめた——あとで相談所に帰ったとき、モーディカイにそっくり話をつたえられるようにするためだった。

つぎの依頼人を目にするなり、ぼくはショックをうけた。四十代の白人で、刺青《いれずみ》も顔の傷も歯の欠損もなく、イヤリングも見あたらず、目が血走っているわけでもなく、鼻が赤くなっているわけでもなかったからだ。ひげは一週間伸ばしたままで、髪の毛はひと月ほど前に刈ったきり。握手をかわすと、男の手が弱々しく湿っていることに気づかされた。名前はポール・ペラム。この救護所に住みついて三カ月。その前は医者だったという。

ドラッグ、離婚、破産、医師免許の取消などが、ペラムという橋の下を流れている最近の記憶だったが、この記憶もいまや急速に薄れつつあった。いまペラムは人と――できれば白人と――話をしたいだけだった。ペラムはときおり、テーブルの端にいるモーディカイのほうをこわごわと盗み見ていた。

かつてペラムは、ペンシルヴェニア州スクラントンの街に住む高名な産婦人科医だった。大きな屋敷、メルセデス、愛らしい妻、ふたりの子ども。最初に手を出したのは、精神安定剤のヴァリアムだったが、すぐにもっと強力な薬剤の中毒になった。さらに隙《すき》を盗んでコカインの快楽にも手を出し、自分の病院に勤務する若い看護婦の肉体のつまみ食いも覚えた。本業のかたわら、ペラムは不動産の開発や造成にも手を出しており、銀行にも多額の借金があった。そしてあるとき、ごくふつうの分娩《ぶんべん》手術中に、ペラムは新生児を床に落とすという失敗をしでかした。赤ん坊は息絶えた。あいにく赤ん坊の父親は尊敬をあつめている聖職者であり、この失態の一部始終を目撃してもいた。訴訟を起こされた恥辱もあって、ペラムはドラッグと看護婦の肉体にますます耽溺《たんでき》し、ついにすべてが崩壊した。ペラムが患者からうつされたヘルペスを妻に感染させるにおよび、妻は一切合財を握りしめてフロリダに引っ越していった。

ぼくは、ペラムの話に夢中できいっていた。ホームレス弁護士としてのぼくのキャリアはまだ短かったが、それでも出会った依頼人の全員から、どうして最終的に路上生活を余儀なくされたのかという悲しい身の上話を詳細にきくように努めていた。おなじようなことが自分の身に起こるはずはない、そう安心したい気持ちからだった。ぼくとおなじような階級の人間は、そんな不幸を案じる必要などないのだ、と。

ペラムの話に釣りこまれたのは、依頼人を見ながら〝そうとも、これが自分であってもおかしくなかったんだ〟とはじめて本心から思えたからだった。運命の共同謀議で打ち倒されることは、だれの身に起こっても不思議はない。そしてペラムも、自分の身の上を熱心に語りたがっていた。

ペラムは、自分の足跡がまだ冷えきっていないかもしれない、とほのめかした。話はもう充分だ——そう思ったぼくが、弁護士を必要としている理由を質問しようとした矢先、ペラムがいきなりこんなことをいいはじめた。

「破産手続のときに、あるものを隠したんだよ」

ふたりの白人男がおしゃべりにうつつをぬかしているあいだ、モーディカイは着実に依頼人をさばいていた。そこで、ぼくはまたノートをとりはじめた。「隠したというのは、なにを？」

破産手続を担当した弁護士は性悪のやつだった——という発言を皮切りに、ペラムは銀行があまりにも手早く取引停止にしたせいで、自分の身が破滅したという話を怒りに満ちた口調で話しはじめた。声はあくまでも低く静かだったし、モーディカイがこちらにちらりと視線をむけるたびに、ペラムはすばやく口を閉ざした。

「それだけじゃない」ペラムはいった。

「なにが？」とぼく。

「この話は機密になるんだね？　いや、これまで多くの弁護士をつかってはきたが、ちゃんと報酬を支払ってきたんだ。総額でどのくらいかは、見当もつかないよ」

「もちろん、話の内容は完全に機密ですよ」ぼくはきっぱりと断言した。無給の仕事ではあっても、報酬の有無は弁護士と依頼人のあいだの守秘義務にはまったく影響しない。

「他言無用に願うよ」

「ええ、ひとことだって洩《も》らしませんとも」ワシントンDCのダウンタウンにある救護所で、千三百人のホームレス仲間に混じって暮らすというのは、身を隠すには最上の手段ではないだろうか——そんな思いが頭をよぎった。

　ペラムは、ぼくの返答に満足したようだった。

「まだ金まわりのよかったころ、わたしは妻が浮気してることを知らされたんだ」これまで以上に声を低くして、ペラムはつづけた。「患者のひとりが教えてくれてね。裸の女を診察するせいかな、女たちはどんなことでも教えてくれるんだよ。わたしはがっくりと気落ちした。私立探偵を雇って調べさせたところ、はたして浮気の話は事実だった。

で、相手の男は……まあ、いいか。ある日をさかいに姿を消したとだけいっておくよ」

ペラムは言葉を切って、ぼくの反応をうかがっていた。

「姿を消した？」

「ああ。それ以来、姿を見かけたやつはいない」

「死んでるんですか？」ぼくは茫然《ぼうぜん》としながらたずねた。

ペラムは小さくうなずいた。

「どこに行けば、その男が……見つかるかも知っている？」

またしても小さくうなずく。

「何年前のことです？」

「四年前だ」

ペラムの一言一句をメモに書きとめながら、ぼくの手はかすかにふるえていた。

ペラムは前に身を乗りだして、小声でささやいた。「男はＦＢＩの捜査官でね。カレッジ時代の妻のボーイフレンドだった――ペンシルヴェニア州立大学だよ」

「まいったな」ペラムの話が事実なのかどうか、ぼくはまったくわからなかった。

「連中がわたしを追ってるんだ」

「連中とは？」

「ＦＢＩだ。ＦＢＩは、四年たったいまでもわたしを追ってるんだよ」

「で、ぼくにどうしてほしいと？」

「さあね。あいつらと取引をするとかは？　追われつづけているのには、もううんざりしてるんだ」

ぼくがしばしば情況を分析しているあいだに、モーディカイはひとりの依頼人との面談をおえて、つぎの依頼人を大声で呼んでいた。ペラムは、モーディカイの一挙手一投足を見まもっていた。

「多少の情報が必要ですね」ぼくはいった。「その捜査官の名前はご存じですか？」

「もちろん。いつ、どこで生まれたのかも知っているよ」

「いつ、どこで死んだのかも知っていると？」

「もちろん」

ペラムは、ノートや紙をいっさい手にしていなかった。

「よかったら、相談所のぼくのオフィスに来てもらえますか？　情報の裏づけになるような書類をもってきてください。それなら相談にも乗れますが」

「考えさせてくれ」ペラムはそういって腕時計を見やった。ある教会の掃除係として働いているのだが、もう遅刻している、と説明した。ぼくたちは握手をかわし、ペラムは出ていった。

ストリート弁護士になるためにいちばん肝心なのは、人の話をきく能力であることを、ぼくはすばやく学びつつあった。依頼人たちの多くは、人に話をきいてもらいたいだけなのだ。これまであちこちで叩《たた》きのめされ、小突きまわされてきた連中ばかりだ。そこにもってきて、無料で法律相談ができるというのだから、鬱憤《うっぷん》を弁護士にぶちまけようではないか。モーディカイは依頼人たちの話の内容をつつきまわし、自分が追及するべき問題の有無を見さだめる達人だ。ぼくはといえば、世の中にここまで貧しい人々がいるという事実を前に萎縮《いしゅく》しているばかりだった。

ぼくはまた、最善の案件とはその場ですぐ処理できて、いかなるあと追い作業も必要としないものであることを学びつつあった。ぼくの手もとのノートには、食糧スタンプや住宅補助金、低所得者用メディケイド健康保険、社会保障カード、さらには運転免許証などまでふくめた、各種の申請用紙がひとそろいはさんであった。依頼人の書類作成能力が怪しく思えたときには、ぼくたちが書類の記入もすませた。

昼前までに、ぼくたちの前を合計で二十六人の依頼人たちが通りすぎていった。ぼくとモーディカイは、疲れはてた状態でここをあとにした。

「すこし散歩をしよう」建物の外に出ると、モーディカイがいった。

空は雲ひとつなく晴れあがり、気温は低く、風も強かったが、窓もない狭苦しい部屋に三時間もいたあとだけに心身が洗われるような気分だった。道路の反対側には、連邦租税裁判所のモダンできれいな建物がそびえていた。それどころかＣＣＮＶのまわりに建っているのは、どれももっと最近になって建造された、まっとうな建物ばかりだった。ぼくたちは二番ストリートとDストリートの交差点で足をとめ、ふりかえって救護所をながめた。

「あの建物のリース契約は四年後に切れるんだ」モーディカイがいった。「不動産業界の禿鷹《はげたか》どもが、早くも上空を旋回しはじめてる。二ブロック先では、コンベンションセンターの新築計画ももちあがっているしな」

「醜悪な争いになりそうですね」

「争いどころか、戦争になるよ」

ぼくたちは道路をわたって、連邦議会のほうに歩いていった。

「さっきの白人に、なにを相談された？」モーディカイがたずねてきた。

白人といえば、ペラムひとりしかいなかった。

「驚くべき話でしたよ」ぼくはどこから切りだせばいいかわからず、とりあえずそういった。「なんでも、昔はペンシルヴェニアで医者をしていたというんです」

「で、きょうはだれに追われていると話してた？」

「なんですって？」

「いまはだれに追われていると話していた？」

「ＦＢＩです」

「そりゃいい。この前はCIAに追われてるという話だったからな」

ぼくの足が動きをとめた——モーディカイの足はとまらなかった。「じゃ、前にもあの男に会ったことがあるんですね？」

「ああ。あいつは順番にまわっているんだよ。ピーターとかなんとか、そんなような名前だったな」

「ポール・ペラムです」

「その名前も変わるんだ」モーディカイはふりかえって、肩ごしに声をかけてきた。「波瀾《はらん》万丈の話をきかせてくれただろう？」

二の句が継げなかった。ぼくはその場に立ちすくんだまま、トレンチコートのポケットに深く手を突っこんで歩いていくモーディカイのうしろ姿を、ただ見つめていた——その肩がふるえていたのは、モーディカイが爆笑していたからだった。

陪審評決（上・下）
J・グリシャム
白石朗訳
注目のタバコ訴訟。厳正な選任手続きを経て陪審団に潜り込んだ青年の企みとは？　陪審票をめぐる頭脳戦を描いた法廷小説の白眉！

パートナー（上・下）
J・グリシャム
白石朗訳
巨額の金の詐取と殺人。二重の容疑で破滅の淵に立たされながら逆転をたくらむ男の、巧妙で周到な計画が始動する。勝機は訪れるか。

百万ドルをとり返せ！
J・アーチャー
永井淳訳
株式詐欺にあって無一文になった四人の男たちが、オクスフォード大学の天才的数学教授を中心に、頭脳の限りを尽す絶妙の奪回作戦。

ケインとアベル（上・下）
J・アーチャー
永井淳訳
私生児のホテル王と名門出の大銀行家。典型的なふたりのアメリカ人の、皮肉な出会いと成功とを通して描く〈小説アメリカ現代史〉。

十四の嘘と真実
J・アーチャー
永井淳訳
読者を手玉にとり、とことん楽しませてくれる——天性のストーリー・テラーによる、十四編のうち九編は事実に基づく、最新短編集。

メディア買収の野望（上・下）
J・アーチャー
永井淳訳
一方はナチ収容所脱走者、他方は日刊紙経営者の跡継ぎ。世界のメディアを牛耳るのはどちらか——宿命の対決がいよいよ迫る。

フリーマントル
幾野宏訳

虐待者（上・下）
—プロファイリング・シリーズ—

小児性愛者たちが大使令嬢を誘拐！ 交渉人を務める女性心理分析官は少女を救えるのか？ 圧倒的筆致で描く傑作サイコスリラー。

フリーマントル
松本剛史訳

英雄（上・下）

口中を銃で撃たれた惨殺体が、ワシントンで発見された！ 国境を超えた捜査官コンビの英雄的活躍を描いた、巨匠の新たな代表作。

フリーマントル
真野明裕訳

屍体配達人（上・下）
—プロファイリング・シリーズ—

欧州各地に毎朝届けられるバラバラ死体。残忍な連続殺人犯に挑む女心理分析官にも魔の手が！ 最先端捜査を描くサイコスリラー。

フリーマントル
戸田裕之訳

流出（上・下）

チャーリー、再びモスクワへ！ 世界中に流出する旧ソ連の核物質を追う彼は、単身ロシア・マフィアと対決する運命にあった……。

フリーマントル
真野明裕訳

屍《しかばね》泥棒
—プロファイリング・シリーズ—

連続殺人、幼児誘拐、臓器窃盗、マフィアの復讐……EU諸国に頻発する凶悪犯罪にいどむ女性心理分析官の活躍を描く新シリーズ！

フリーマントル
松本剛史訳

猟鬼

モスクワに現れた連続殺人犯は、髪とボタンを奪っていった。ロシアとアメリカの異例の共同捜査が始まったが——。新シリーズ誕生。

S・ブラウン
吉澤康子訳

殺意は誰ゆえに（上・下）

殺人事件を追う孤独な検事の前に現れた謎の美女。一夜の甘美な情事は巧妙な罠だったのか？　愛と憎悪が渦巻くラヴ・サスペンス！

S・ブラウン
長岡沙里訳

激情の沼から（上・下）

職も妻も失った元警部補は復讐に燃えた。だが、仇敵の妻を拉致して秘策を練るうちに……。狂熱のマルディグラに漂う血の香り！

S・ブラウン
吉澤康子訳

口に出せないから（上・下）

障害にもめげず、義父と息子とともに牧場を守る未亡人アンナ。だが、因縁の男が脱獄し、危険が迫る——。陶酔のラヴ・サスペンス。

S・ブラウン
長岡沙里訳

知られたくないこと（上・下）

愛児を突然死で失った大統領夫人に招かれたTVリポーターのバリー。夫人の暗示に動かされて真相を探り、驚愕の事実を知らされる。

S・ブラウン
吉澤康子訳

あきらめきれなくて

フリーのパイロットと、その兄の死の原因を作った女医。反発しあう二人が密入国先で知ったこととは……。ラヴ・サスペンスの快作。

S・ブラウン
長岡沙里訳

追わずにいてくれたら

見てはいけないこと。してはいけない恋——。女性弁護士の、秘密同盟からの必死の逃亡を描く。5千万読者を魅了した著者の会心作。

A・クリスティ
中村能三訳

アクロイド殺人事件

財産家アクロイド氏が刺殺された書斎から消えた一通の手紙――完全に擬装された犯罪を名探偵ポワロの非凡な推理力が解き明かす。

井上宗次
石田英二訳

クリスティ短編集
(I・II)

灰色の脳細胞の持主ポワロ。やさしい老婦人ミス・マープル。英国紳士パーカー・パイン。三人の名探偵が独自の持味で勝負する傑作選。

A・クリスティ
蕗沢忠枝訳

オリエント急行
殺人事件

厳寒のヨーロッパを走るオリエント急行は大雪のため立往生し、深夜、大富豪が刺殺された。だが12人の乗客には全てアリバイが……。

A・クリスティ
中村能三訳

ABC殺人事件

ABCという差出人名の挑戦状を受取ったポワロは、犯行現場も被害者もアルファベット順に起る、奇妙な連続殺人事件を追う……。

A・クリスティ
中村妙子訳

マダム・ジゼル殺人事件

マダム・ジゼルは死んでいた……。パリからロンドンへ向かう定期便の機内という完全密室での異様な殺人に、ポアロの推理が挑む。

A・クリスティ
真野明裕訳

スタイルズ荘の
怪事件

ヘイスティングズが静養していたスタイルズ荘の所有者が殺された。名探偵ポワロの推理は真相を突きとめるか？ 著者のデビュー作。

M・H・クラーク
宇佐川晶子訳
月夜に墓地でベルが鳴る
早すぎる埋葬を防ぐために棺に付けられたベル。次にそれを鳴らすのはいったい誰なのか？　悲劇が相次ぐ高齢者用マンションの謎。

M・H・クラーク
宇佐川晶子訳
小さな星の奇蹟
富くじで四千万ドルを当てた強運の持ち主アルヴァイラおばさんが探偵業に精を出す、ハートウォーミングなクリスマス・サスペンス。

M・H・クラーク
深町眞理子訳
恋人と呼ばせて
あの顔は、殺人事件の被害者にそっくり……。美貌に憧れる女心と、愛する人を永遠に手放すまいとする歪んだ執着心が生むサスペンス。

M・H・クラーク
宇佐川晶子訳
リメンバー・ハウスの闇のなかで
息子を事故で亡くし、自分を責め続けるメンリーを襲う恐ろしい悪夢の数々。いやこれは現実？　息もつまるような迫真のサスペンス。

M・H・クラーク
宇佐川晶子訳
あなたに会いたくて
TV局記者のメガンが遭遇した通り魔被害者は、あまりにも彼女とそっくりだった。そして、その夜不気味なFAXが彼女の許に……。

S・ハンター
佐藤和彦訳
極大射程（上・下）
大統領狙撃犯の汚名を着せられた伝説のスナイパー・ボブ。名誉と愛する人を守るため、ライフルを手に空前の銃撃戦へと向かった。

K・グリムウッド
杉山高之訳
リプレイ
世界幻想文学大賞受賞

ジェフは43歳で死んだ。気がつくと彼は18歳――人生をもう一度やり直せたら、という窮極の夢を実現した男の、意外な、意外な人生。

J・ケイン
田中西二郎訳
郵便配達は二度ベルを鳴らす

サンドイッチ食堂で働くフランクは、店主殺害のために完全犯罪を企むが……。ハード・ボイルドの名作として名高い、著者の処女作。

J・ケラーマン
北澤和彦訳
トラウマ（上・下）

父の強迫観念から過去の記憶を厳重に封じ込めていたルーシーを、ひどい悪夢が襲うようになった。アレックス最大の難事件が始まる。

D・ケネディ
中川　聖訳
ビッグ・ピクチャー

ヤッピー弁護士ベンは妻の不貞に気づき、激情に駆られて凶行に及んでしまう。そして過去の自分を葬ろうと……。全米震撼の問題作。

D・ケネディ
中川　聖訳
仕事くれ。

落ちる、墜ちる、堕ちる……。栄光を掴みかけたネッドはいかにして奈落へと誘いこまれたのか。血と涙に彩られた再就職サスペンス。

D・ゴードン
池田真紀子訳
死んだふり

老悪党と若妻とその愛人。三人の偽装殺人計画はやがて本物の殺人へ……。クールな笑いと色気とで読者を煙にまく新世代犯罪小説！

乃南アサ著　凍える牙　直木賞受賞

凶悪な獣の牙――。警視庁機動捜査隊員・音道貴子が連続殺人事件に挑む。女性刑事の孤独な闘いが圧倒的共感を集めた超ベストセラー。

乃南アサ著　ドラマチックチルドレン

子どもたちはなぜ荒れ、閉じこもるのか――。それぞれの問題から立ち直ろうと苦しむ少年少女の心理を作家の目で追った感動の記録。

乃南アサ著　死んでも忘れない

誰にでも起こりうる些細なトラブルが、平穏だった三人家族の歯車を狂わせてゆく……。現代人の幸福の危うさを描く心理サスペンス。

乃南アサ著　団欒

深夜、息子は彼女の死体を連れて帰ってきた。その時、家族はどうしたか――。表題作をはじめ、ブラックユーモア風味の短編5編。

乃南アサ著　花盗人

「あなたが私にくれたものは、あの桜の小枝だけ」。夫への不満を募らせる女は逃げ場を求め――。10編収録の文庫オリジナル短編集。

乃南アサ著　再生の朝

品川発、萩行きの高速バス。暴風雨の中、走る密室が恐怖の一夜の舞台に。殺人者・乗務員・乗客の多視点で描いた異色サスペンス。

内田康夫著　幸福の手紙

「不幸の手紙」が発端だった。手紙をもらった典子の周辺で、その後奇怪な殺人事件が発生。事件の鍵となる北海道へ浅見光彦は急いだ！

内田康夫著　皇女の霊柩

東京と木曾の殺人事件を結ぶ、悲劇の皇女和宮の柩。その発掘が呪いの封印を解いたのか。血に染まる木曾路に浅見光彦が謎を追う。

服部真澄著　龍の契り

香港返還をめぐって突如浮上した謎の密約文書には、何が記されているのか。英・中・米・日による熾烈な争奪戦の果てに待つものは。

藤田宜永著　鋼鉄の騎士（上・下）
日本推理作家協会賞受賞
日本冒険小説協会特別賞受賞

第二次大戦直前のパリ。左翼運動に挫折した子爵家出身の日本人青年がレーサーへの道を激走する！　冒険小説の枠を超えた超大作。

藤田宜永著　理由はいらない

依頼を受けることに、理由などいらない――。ヤクザの家に生れた過去を持つ探偵。静かに熱い連作6編。これぞ探偵小説の現在形。

菊地秀行著　死愁記

雨の降り続く町、蠟燭の灯るホテル――。世界の薄皮を一枚めくれば、妖しき者どもが姿を現す。恐怖、そして哀切。幻想ホラー集。

Title : THE STREET LAWYER (vol. I)
Author : John Grisham

路《ろ》上《じょう》の弁《べん》護《ご》士《し》(上)

新潮文庫　ク - 23 - 17

Published 2001 in Japan
by Shinchosha Company

平成十三年九月一日発行

訳者　白《しら》石《いし》朗《ろう》

発行者　佐藤隆信

発行所　株式会社 新潮社

郵便番号　一六二—八七一一
東京都新宿区矢来町七一
電話 編集部(〇三)三二六六—五四四〇
読者係(〇三)三二六六—五一一一

価格はカバーに表示してあります。

乱丁・落丁本は、ご面倒ですが小社読者係宛ご送付ください。送料小社負担にてお取替えいたします。

印刷・東洋印刷株式会社　製本・加藤製本株式会社

ISBN4-10-240917-3 C0197